नाड़ी - दर्शन

(भारतीय चिकित्सा केन्द्रीय परिषद् द्वारा स्वीकृत एवं
उत्तर प्रदेश-शासन द्वारा पुरस्कृत)

आयुर्वेदाचार्य
ताराशंकर मिश्र वैद्य, आयुर्वेद चक्रवर्त्ती (श्रीलंका)
प्रधानाचार्य, श्री अर्जुन आयुर्वेद महाविद्यालय, वाराणसी
पूर्व सुश्रुतसंहिताध्यापक, सम्पूर्णानन्द संस्कृत विश्वविद्यालय, वाराणसी
रत्नसदस्य, राष्ट्रिय आयुर्वेद विद्यापीठ, भारत सरकार

MLBD
PUBLICATIONS

पुनर्मुद्रणः दिल्ली 2022

ISBN: 978-93-9175-989-6

मोतीलाल बनारसीदास पब्लिकेशन्स
4741/23, अन्सारी रोड, दरियागंज,
नई दिल्ली-110002
mlbd@mlbd.com/ www.mlbd.com

मुद्रित भारत में

भूमिका

आजकल के नवशिक्षित प्रायः कहते सुने जाते हैं कि नाड़ी पर हाथ रखकर रोग या रोगी की परीक्षा करना केवल ढकोसला मात्र है। इसी प्रकार कुछ कहते हैं कि आयुर्वेद की वृद्धत्रयी चरक-सुश्रुत-वाग्भट्ट में नाड़ी-परीक्षा का कहीं नामोनिशान नहीं है। फिर भी इस नाड़ी-विज्ञान की चर्चा शार्ङ्गधर आदि में कैसे और कहाँ से आयी है ? कुछ समझ नहीं पड़ता। आदि आदि।

सम्यक्तया अवलोकन करने से निश्चय होता है कि हमारे आयुर्वेद की भित्ति अनेक दर्शनशास्त्रों के समन्वयाधार पर स्थित है। न्याय, सांख्य, वैशेषिक, योग, वेदान्तादि दर्शनों का आयुर्वेद में यत्र-तत्र उपयोग किया गया है। इसका पता सम्यग्रूपेण चरक तथैव सुश्रुत के सूत्र, शारीर, विमानादि स्थानों का अवलोकन करने से लगता है। यद्यपि वृद्धत्रयी में स्पष्टरूपेण नाड़ी-परीक्षा की बातें शार्ङ्गधरादि नाड़ीज्ञान विषयक पुस्तकों की तरह नहीं मिलतीं तथापि इनके "दर्शनस्पर्शनप्रश्नैः परीक्षेताथ रोगिणम्" इस सूत्रकथित स्पर्शन से नाड़ी का भी संकेत किया गया है। इसके अतिरिक्त "इत्यष्टविधमाख्यातं योगिनामैश्वरं बलम्" आदि कथनों से स्पष्ट है कि चरक में योगशास्त्र का अच्छा उपयोग किया गया है। "श्वासोच्छ्वासप्रवर्तिनी सुषुम्णा" अर्थात् वस्तुतः नाड़ी 'श्वासोच्छ्वासप्रवर्तिनी सुषुम्णा' है, यह अन्यत्र कहा गया है। इससे स्पष्ट है कि सुषुम्णाकाण्ड मुख्य स्थान रहते हुए भी सुषुम्णा सर्व शरीर के रोम - रोम में व्याप्त है। इसी से सर्व देह का संविद् ज्ञान होता है। श्वासोच्छ्वास की प्रवृत्ति होती है। रोम - रोम में व्याप्त सुषुम्णा यह नाड़ी का ही पर्याय है। इसीलिए कहा गया है कि नाड़ी के द्वारा शरीरव्यापी सुख-दुःख का ज्ञान पण्डितों को प्राप्त करना चाहिए। सुषुम्णा आदि नाड़ियों का पूरा ज्ञान योगशास्त्र से प्राप्त होता है। इसलिए सन् १९३० ई. के बीकानेर में हुए राजपूताना प्रान्तीय तृतीय वैद्य सम्मेलन के अध्यक्षीय भाषण में मैंने कहा था कि यह नाड़ीज्ञान का विषय हमारे आयुर्वेद में योगशास्त्र से ही आया हुआ है।

जो कुछ हो, कहीं से ही आया हो, नाड़ीज्ञान परमोपादेय है। महात्मा रावण, कणाद, भूधर एवं बसवराज आदि का यह कथन नितान्त ठीक है कि दीपक के सामने जैसे सब पदार्थ स्पष्ट दिखायी देते हैं, इसी प्रकार स्त्री, पुरुष, बाल-वृद्ध

मूक-उन्मत्तादि किसी भी अवस्था में क्यों न हो, नाड़ी इसके व्यस्त-समस्त-द्वन्द्वादि दोषों का पूरा ज्ञान करा देती है। मैंने अपनी अस्सी साल की अवस्था में उत्तरोत्तर अनुभव किया है कि यह कथन बिल्कुल ठीक है। फिर भी मैं मानता हूँ कि-

रागी, पागी, पारखी, नाड़ीवैद्यरु न्याय।
इन सबका गुर एक है, हीयातणा उपाय।

इस मारवाड़ी या गुजराती दोहा में कहा है कि रागरागिनी का जानना या प्राप्त करना, पदचिह्नों के पीछे-पीछे जाकर चोर को पकड़ लेना, रत्न को देखते ही असली नकलीपन की परीक्षा करना, नाड़ी द्वारा रोग का परीक्षण, न्याय करके अपराध आदि का निर्णय करना; इन सबका गुर एक ही है और वह है अपने हृदय का मनोविज्ञान। यह बिल्कुल ठीक है कि वात-प्रकोप में नाड़ी जोंक या सर्प की तरह चलती है तथा सन्निपात में नाड़ी की गति लवा, तीतर या बटेर की चाल सी होती है। केवल यह कह देने मात्र से ही पता नहीं लगता परन्तु हमें इन जोंक-सर्प-लवा-तीतर-बटेर की चाल का अनुभव प्रत्यक्ष देखकर करना होगा या गुरु से प्रत्यक्ष जानना होगा। मुझे यह स्पष्ट कह देना उचित प्रतीत होता है कि नाड़ी का ज्ञान तुरन्त ही नहीं होता। किन्तु मनोयोगपूर्वक उत्तरोत्तर धीरे-धीरे कई वर्षों के अभ्यास से नाड़ी का सम्यक् ज्ञान मन में स्थिर हो जाता है और हम उससे रोगी के रोग की परीक्षा ठीक कर सकते हैं।

महर्षि कणाद, महात्मा रावण, भूधर, बसवराज आदि ने नाड़ी के विषय में जो कुछ कहा है उनकी पोथियाँ भी मिलती हैं, परन्तु केवल उनसे काम नहीं चलता। इस विषय को समझाने के लिए शुद्ध हिन्दी में विषद वर्णन की आवश्यकता थी। हमें वैद्यराज श्री ताराशंकर मिश्र को धन्यवाद देना चाहिए, इसलिए कि उन्होंने चरक, सुश्रुतादि तथैव आधुनिक साइन्स को लेते हुए इस विषय पर अच्छा प्रकाश डाला है। इसमें नाड़ी की उपादेयता, नाड़ीशारीर, नाड़ी के पर्याय,नाड़ी की गति, उनके द्रष्टव्य स्थान, नाड़ी से दोष-ज्ञान, नाड़ी पर रसों का प्रभाव, दूष्यों का नाड़ी पर प्रभाव, इसी प्रकार नाड़ी के मिस अनेक शारीरिक हृदयादि अंगों पर भी लिखा है जो विचारणीय है। चित्र तक भी दिये गये हैं। अन्त में कहना उचित प्रतीत होता है कि लेखक ने बड़े उल्लास से अच्छा परिश्रम किया है। हमारा काम है कि हम इसे अपनावें, मनन करें ताकि लेखक उत्साहित होकर अन्य भेंट भी हम सबके सामने रख सकें।

सीताबर्डी, नागपुर १ **श्री गोवर्धन शर्मा छांगाणी**
ता. २१-१२-१९५४ ई.

☆ श्री गुरवे नमः ☆

आमुख

आस्तिकता की ओर-तब हम छात्र थे! एक आयुर्वेद- विद्यालय में। खुला मस्तिष्क था हमारा। अन्धविश्वास, परम्परा और दबाव उस पर ताला नहीं बन्द कर सकते थे। कुल मिलाकर बिना सोचे समझे, बिना देखे-भाले कुछ भी मानने को तैयार नहीं थे हम ! नाड़ी-ज्ञान के लिए हमें केवल शार्ङ्गधर संहिता के ५-७ श्लोक पढ़ाये गये थे। पर वे हमारी बुद्धि में ठीक से उतर न सके। उधर पाश्चात्य चिकित्सा-विज्ञान की हिन्दी में लिखी पुस्तकें भी हम पढ़ते थे। उनकी छपाई, चित्र, सजावट और समझाने की विधियों ने हमें आकृष्ट कर रक्खा था। पढ़ने में बड़े मीठे लगते थे वे! ठीक इसके विपरीत नाड़ी-विज्ञान का पक्ष उपस्थित करने वाली पुस्तकें ! एक दो फर्मे की, रद्दी कागज पर, सजावट और सौन्दर्य से विहीन ! उनकी 'मक्षिकास्थाने मक्षिका' वाली टीकायें सब मिलकर इस विज्ञान के प्रति अश्रद्धा उत्पन्न कर रही थीं। तिस पर भी नाड़ी देखनेवाले अधिकांश चिकित्सकों द्वारा की गयी सामान्य त्रुटियां हमारी सरल श्रद्धा को डण्डे मार रही थीं।

इसी अवस्था में एक दिन उसी आयुर्वेद विद्यालय के औषधालय में बैठा था, प्रधान वैद्य की गद्दी पर। रोगी आते थे, जाते थे, अधिकांश अच्छे होते थे। विविध परीक्षाओं से उनके रोग का निदान कर चिकित्सा व्यवस्था कर देता था। नाड़ी-ज्ञान की गम्भीर आवश्यकता का प्रश्न ही नहीं उठता था। लक्षण-चिकित्सा-पद्धति अपना काम कर रही थी। सब काम दर्शन और प्रश्न से चल जाता था। दोष-दूष्य विवेचन आदि बहुत दूर पड़ गये थे। कोई बिना हमारे कहे हमें नाड़ी दिखाने का साहस नहीं करता था। परन्तु ...! एक दिन एक रोगी ने आकर बिना कुछ कहे हमारे सामने अपना हाथ नाड़ी देखने के लिए उपस्थित कर दिया। हम झल्ला उठे। उसका हाथ झटककर नित्य की भाँति चिकित्सा व्यवस्था कर दी। वह चला गया।

हमें क्या पता था ? वे महोदय विद्यालयीय प्रधान मन्त्री के स्वजातीय थे और दूसरे दिन मन्त्री महोदय ने कार्यालय में हमें बुला भेजा। नाड़ी देखने के लिए हाथ सामने किया। कल का चित्र हमारे सामने नाच उठा। हमने नाड़ी देखने से अस्वीकार करते हुए कहा कि आपने यह पढ़ाया नहीं है। क्या पुस्तकों में लिखा नहीं है ?

छूटते ही उन्होंने कहा। 'मैं जासूसी पुस्तकों को नहीं मानता' हमारा उत्तर था। मैं शार्ङ्गधर को चरक आदि के आगे इससे अधिक नहीं मानता था। न जाने क्यों मन्त्रीजी ने फिर कुछ न कहा और आज तक कुछ न कहा।

पर इस घटना ने हमारी मान्यता को झकझोर दिया। जैसे वर्षों की नींद टूट गयी हो। सोचने लगा, क्या युग-युग से चली आयी परम्परा असत्य है ? क्या नाड़ी-विज्ञान की ये पुस्तकें रद्दी ही हैं। परिणामतः लगा मनन और अनुभव करने। और तब ! एक दिन ज्ञान की आँखें खुल गयीं। रद्दी जासूसी टोकरी में लाल मिलने लगे। विडम्बनाओं में वास्तविकता का दर्शन होने लगा। जैसे किसी ने हृदय पर हथौड़ा मारकर कहा, इन्हीं रद्दी पुस्तकों और विडम्बनावाले वैद्यों ने आयुर्वेद को आज तक जीवित रक्खा। यदि ये न होते तो तुम भी आज न होते और न नाड़ी पर तुम्हें लेखनी उठाने की नौबत ही आती ! इस मार से हमारा जीव रो उठा। हमारे अज्ञान ने एक विज्ञान पर इतना अत्याचार कर दिया और तब ! वैद्यों, अवैद्यों, छात्रों और अध्यापकों द्वारा आयुर्वेद पर हुए अत्याचार के स्मरण से हृदय चीत्कार कर उठा। ओफ! आज आयुर्वेद को समझे और समझाये बिना ठुकराया जा रहा है, उसे अन्धकार में फेंका जा रहा है।

इसी चीत्कार ने नाड़ी पर हिन्दी भाषा में अत्यन्त सुबोध पुस्तक लिखने की प्रेरणा दी, जिससे सुकुमारमति छात्र भी इस अगम्य ज्ञान को प्राप्त कर सकें, नास्तिक जन भी नाड़ीज्ञान का अनुभव कर सकें, साधारण जन भी नाड़ी-ज्ञान की तथ्यता को जानकर सरलता से उसका अभ्यास कर सकें, उस पर हुए आक्षेपों का निराकरण हो सके। अन्ततः सोचते-समझते और परखते हुए यह पुस्तक आपकी सेवा में प्रस्तुत है। इसका परिणाम आज के युग में क्या होगा ? यह नहीं जानता। केवल अपनी बात कह देना जानता हूँ, समझना न समझना आपका काम है। लोगों की मिथ्या धारणाओं का भी निराकरण करने का प्रयत्न करूँगा।

नाड़ी-परीक्षा आर्ष है-कुछ लोग आये दिन कह दिया करते हैं-नाड़ी ज्ञान चरक-सुश्रुत आदि आर्ष संहिताओं में नहीं लिखा है। अतः वह मान्य नहीं। उनके कहने से ऐसा लगता है-जैसे वे चरक-सुश्रुत पर जान ही दे देते हैं और उनके अतिरिक्त कुछ सुनना ही नहीं चाहते। लेकिन हमारा अनुभव है कि जिस प्रकार नाड़ी-ज्ञान के विरुद्ध वे एक तर्क उपस्थित करते हुए आर्ष संहिता की मान्यता स्वीकार करते हैं उसी प्रकार चरक सुश्रुतादि का भी विरोध करते हुए अन्य अगणित तर्क उपस्थित

करते रहते हैं। इस प्रकार जो विरोध के लिए विरोध करता है, उसे समझाने से काम न चलेगा ! जो समझने के लिये तैयार हैं उनसे निवेदन है कि चरक-सुश्रुत में रस-चिकित्सा भी अत्यन्त सूक्ष्म या नहीं के बराबर लिखी गयी है, अन्य तन्त्रों में उसका विस्तार हुआ और जग ने उसे शिरोधार्य किया। उसी प्रकार नाड़ी-परीक्षा का सूत्र स्पर्श-परीक्षा चरक-सुश्रुतादि में लिखा है। स्पर्श-परीक्षा में नाड़ी-परीक्षा भी है। यह स्पष्ट है कि **"तस्य चेन्मन्ये न स्पन्देयातां परिमृश्यमाने तदा तं परासुरिति विद्यात्"** (चरक इन्द्रिय स्थान अ. ३) में मन्या-स्पन्दन नाड़ी का ही स्पन्दन है। प्रचलित नाड़ी-परीक्षा के स्थानों में मन्या भी एक स्थान है। इसके अतिरिक्त चरक में, सुश्रुत में और सभी आर्ष संहिताओं में जगह-जगह हृद्ग्रह, हृत्स्तम्भ और हृद्द्रव आदि शब्द प्राप्त होते हैं जो वस्तुतः हृदय अथवा नाड़ी-परीक्षा द्वारा ही जाने जा सकते हैं। चरक संहिता की परम्परा के प्रवर्त्तक महर्षि भारद्वाज ने तो स्पष्ट कहा है :-

दर्शनस्पर्शनप्रश्नैः परीक्षेताथ रोगिणम्।
रोगांश्च साध्यान्निश्चत्य ततो भैषज्यमाचरेत्।।
दर्शनान्नेत्रजिह्वादेः स्पर्शनान्नाड़िकादितः।
प्रश्नाहू[1]तादिवचनैः रोगाणां कारणादिभिः।।

(नाड़ीज्ञान तरंगिणी)

इस प्रकार स्पर्शन-परीक्षा में नाड़ी-परीक्षा का उल्लेख स्पष्ट आर्ष है।

चरक संहिता के कर्त्ता महर्षि अग्निवेश के सहाध्यायी महर्षि भेड़ ने भी कहा है :—

रोगाक्रान्तशरीरस्य स्थानान्यष्टौ परीक्षयेत्।
नाड़ीं जिह्वां मलं मूत्रं त्वचं दन्तनखस्वरात्।।

(भेड़ संहिता)

यहाँ स्वर-परीक्षा का तात्पर्य सभी प्रकार के यथा - नासा वाणी, फुस्फुस, हृदय, अन्त्र आदि में स्वतः उत्पन्न एवं वैद्य द्वारा उत्पन्न की गयी ध्वनियों से है। स्वर नासिका से निकली वायु को भी कहते हैं। यदि वह शीतल हो तो रोगी की स्थिति संकटापन्न होती है यदि स्वाभाविक उष्ण है तो निरापद होती है। दाहिने-बायें स्वर के प्रभाव पर भी अध्ययन अपेक्षित है।

---

१. आहूतादिवचनैः कं स्थान पर दूतादिबचनैः पाठान्तर भी मिलता है जो महत्त्वपूर्ण है।

'प्रयोग चिन्तामणि' में उल्लिखित महर्षि मारकण्डेय, वशिष्ट एवं गौतम के नाड़ी-परीक्षा सम्बन्धी वचनों से एतत्सम्बन्धी उनके ग्रन्थों का पता चलता है, जिसमें महर्षि मारकण्डेय प्रणीत नाड़ी-परीक्षा ग्रन्थ जर्मनी के एक पुस्तकागार में आज भी है। माण्डव्य एवं हारीत ऋषि ने भी नाड़ी-परीक्षा पर लेखनी उठायी थी, ऐसा पता चलता है।

चरक संहिता के उपदेष्टा महर्षि आत्रेय की नाड़ी-परीक्षा आज भी रॉयल एशियाटिक सोसाइटी, कलकत्ता के संग्रहालय में सुरक्षित है, महर्षि कणाद कृत नाड़ी-विज्ञान तो प्रचलित ही है। ऋषि-कुलोत्पन्न रावणकृत नाड़ी-परीक्षा भी आज प्रकाशित है। कुल मिलाकर कहने का तात्पर्य यह है कि नाड़ी-विज्ञान पूर्णतः आर्ष है। चरक में इसका सूत्र लिख दिये जाने पर भी वहाँ इसे विस्तृत नहीं किया गया। इसका कारण यह है कि नाड़ी-विज्ञान और इसका शारीर सब योगशास्त्र का विषय है, जिसका संकेत मात्र ही इस संहिता में मिलता है। विस्तार नहीं। ठीक उसी प्रकार, जिस प्रकार शल्य और शालाक्य तन्त्र का। अन्ततः इन दोनों तन्त्रों को भी पराधिकार समझकर अग्निवेश ने चरक में विस्तार से नहीं लिखा। अन्य धन्वन्तरि, भोज आदि ने इनके लिये अलग तन्त्र विस्तार से लिख डाला। उसी प्रकार नाड़ी-परीक्षा और योग-शास्त्र पर अन्य ऋषियों ने लेखनी उठायी जिसका संकेत स्पर्शन परीक्षा में चरक में कर दिया गया है। इस विषय में हमारे जैसे जन का आग्रह उचित नहीं, विद्वानों का ध्यान इस दिशा में खींचना मात्र उद्देश्य रहा; जिससे वे आगे भी विचार कर सकें।

असत्य और कठिन नहीं- कुछ लोग इसकी सच्चाई में सन्देह करते हैं। इसका एक कारण-इसके सम्बन्ध की अतिशयोक्तियाँ भी हैं, जिनमें यहाँ तक कहा जाता है कि "अमुक व्यक्ति ने सूत से बँधी हुई नाड़ी को उसी सूत के सहारे बहुत दूर बैठकर देखा और सत्य निर्णय किया"। इन अतिशयोक्तियों के विस्तार में हम न जाकर केवल इतना ही कहना चाहते हैं कि नाड़ी-ज्ञान के ग्रन्थों के आधार पर रोगी की नाड़ी अपने हाथों में स्पर्श कर वैद्य सत्य निर्णय दे सकता है। किसी विज्ञान पर जितना अधिक परिश्रम होगा, परिणाम उतना ही सुन्दर होगा। इसी प्रकार नाड़ी-विज्ञान पर सतत अभ्यास के परिणामस्वरूप निर्णय की अद्भुत क्षमता प्राप्त हो सकती है। परन्तु साधारण ज्ञान सम्पन्न वैद्यों को थोड़े अभ्यास से भी रोग-निर्णय की क्षमता प्राप्त हो सकती है। आवश्यकता है सत्य समझ कर अभ्यास करने की ! एकदम असत्य कहकर उदासीन होने से तो कुछ मिलेगा ही नहीं। हमने स्वयं इसके

सरल अभ्यास की ओर संकेत किया है। उसके अनुसार प्रयत्न करने से भी काम चल जायेगा। अन्ततः हम आप से पूछना चाहते हैं कि चिकित्सा-शास्त्र पढ़ने के लिये आपने साइन्स, संस्कृत और अंग्रेजी आदि न जाने किस-किस पर श्रम किया ! एनाटोमी, फीजियोलॉजी, बॉटनी, जुलाजी और न जाने कितनी 'लॉजियों' पर माथा-पच्ची की। तो कृपा कर थोड़ा सा श्रम आयुर्वेद अथवा नाड़ी-विज्ञान पर क्यों नहीं कर लेते ?

जब स्टेथिस्कोप और ठेपन-परीक्षा द्वारा हृदय का शब्द गुनकर रोग-निर्णय हो सकता है तो नाड़ी द्वारा हृदय की ही गति पहचान कर क्यों नहीं रोग-निर्णय किया जा सकता ? कुल मिलाकर आपसे निवेदन है कि नाड़ी द्वारा रोग-निर्णय करना न तो कठिन है और न असत्य ही ! कठिन है आपका इस ओर झुकाव ! जिसे आप ही सरल कर सकते हैं।

त्रिदोष-ज्ञान की अपेक्षा - हाँ नाड़ी-ज्ञान के पूर्व इतना करना होगा, जिससे त्रिदोष की जानकारी आपको हो सके। यह समझ लीजिये, आयुर्वेद की मूल भित्ति त्रिदोष पर ही निर्भर है। इसका जितना ही गम्भीर ज्ञान होगा, आयुर्वेद पढ़ने में उतना ही आनन्द आयेगा। यद्यपि आयुर्वेद-विद्यालयों में इस विषय की पढ़ाई पर अपेक्षाकृत कम ध्यान दिया जाता है तथापि जितना ध्यान दिया जाता है उतना नाड़ी-परीक्षा के कामचलाऊ ज्ञान के लिये कम नहीं है।

मैं आपसे कहूँगा कि थोड़ा ध्यान देकर इस विषय को पढ़ें। जब तक आपकी प्रत्येक जिज्ञासा का उत्तर न मिल जाय तब तक प्रयास करें। हमने प्रस्तुत पुस्तक में कुछ निवेदन किया है पर इसके लिये स्वतन्त्र रूप से त्रिदोष की पुस्तकों का अध्ययन अवश्य कर लीजिये।

अगणित ग्रन्थ और उनके मतान्तर - नाड़ी-ज्ञान के सम्बन्ध में अगणित पुस्तकें हैं। उन सबमें लगभग एक ही श्लोक या एक ही मत के वाक्य मिलते हैं पर कुछ अत्यन्त असंगत मत भी मिल जाते हैं। उनसे थोड़ी सी परेशानी होती है, थोड़ा सा विचार कर लेने से वह समाप्त हो जाती है। जहाँ तक हो सका है, सब मतों का सामंजस्य करके यहाँ अधिकतम संगत पाठ दिया गया है। आवश्यक मतान्तर का भी उल्लेख कर दिया गया है, जिससे वाचकों को विचारने में असुविधा न हो।

बहुत से अशुद्ध पाठ भी मिलते हैं, उनको भी केवल देखने के दृष्टिकोण से उसी सम्बन्ध में दिया है, जिससे उनके परिमार्जन में वाचकों से सहायता मिल सके!

सुबोध-पुस्तक लिखने का दृष्टिकोण था-छात्रों को, साधारण जनता को और उन सबको जो आयुर्वेद या नाड़ी-ज्ञान की गम्भीरता से घबड़ाते हैं; नाड़ी-ज्ञान समझाने का ! इसी हेतु बहुत सी बातें जिनसे पुस्तक सुबोधगम्य हो, छोड़ दी गयी है। जैसे नाड़ी से दोषों की अंशांश-कल्पना-विषों और बहुत सी मानसिक परिस्थितियों एवं व्याधि के मूल या पीड़ित स्थान का निर्णय इत्यादि। परन्तु इसका तात्पर्य यह नहीं है कि विद्वान् वाचकों के लिये यह उपेक्षणीय है। इसके संकेतों से वे नाड़ी-विज्ञान के मानसरोवर में राजहंस की भाँति अवगाहन कर सकते हैं। विवेचन में कहीं यदि दुविधा हो तो उसके निराकरण के लिये उनके मूल पाठ टिप्पणी में दे दिये गये हैं। उनसे जो भी संकेत मिले, उसकी दिशा में वे चल सकते हैं।

क्षेत्र - यह याद रक्खें, कई कारणों से नाड़ी परीक्षा तदवधि आविष्कृत आयुर्वेदीय कायचिकित्सा पर अधिक सटीक लागू होती है। क्योंकि उसी ओर उसके मूल त्रिदोष अथवा कारण द्रव्यों तक ही नाड़ी-परीक्षा के तत्कालीन विशेषज्ञों ने ध्यान दिया है। इस मौलिक आधार पर आज विस्तार के दृष्टिकोण से विचार करने की अधिक आवश्यकता है। इस आवश्यकता की पूर्ति जिस क्रम से होगी उसी क्रम से नाड़ी-परीक्षा युगानुरूप सन्दर्भ में परिपक्व और चमत्कारिक परिणाम उपस्थित करेगी। शल्य-शालाक्य-अगदतन्त्र और भूत विद्या के क्षेत्र में कई कारणों से आयुर्वेदीय नाड़ी-परीक्षा में कम ध्यान दिया गया है। यद्यपि नाड़ी-परीक्षा के मूल आधार त्रिदोष एवं द्रव्य उक्त क्षेत्र पर भी छाये हुए हैं तथापि पराधिकार होने से कायचिकित्सा के विशेषज्ञों ने अनिवार्य संकेत देकर शेष उनके लिये छोड़ दिया है, जो उस क्षेत्र पर अधिकार का दावा करते हैं। वे आगे बढ़ें, अनुसन्धानकर्त्ता आगे बढ़ें और अपने उत्तरदायित्व को समझें। स्वयं कुछ न करना, असमञ्जसताओं-अभावों के लिये प्राचीन पर व्यंग या आक्षेप करना नैतिक अपराध है।

अल्पज्ञ - यह भी आप समझ लें, मैं अत्यन्त अल्पज्ञ हूँ। मेरी ऐसी क्षमता नहीं जो — ऋषियों की, योगियों की वाणी और युग-युग से चली आयी नाड़ी-ज्ञान-परम्परा पर लेखनी उठा सकूँ। परन्तु एक देवता के चरणों में सुमनाञ्जलि अर्पित करने का सभी को अधिकार है, सम्पन्न और अकिंचन को भी ! जिससे जो जुटता है वह अर्पित करता है। देवता या उनके अन्य भक्त उसे पसन्द करें या न करें। ठीक उसी प्रकार नाड़ी-ज्ञान-देवता के चरणों पर अगणित मनीषियों ने अपनी श्रद्धायें समर्पित की हैं। मेरे संकुचित मानस ने भी यह सुमनाञ्जलि श्रद्धा से गद्गद ,

पर भय से काँपते हुए समर्पित कर दी है। मैं नहीं कह सकता कि देवता इससे सन्तुष्ट होंगे अथवा उनके भक्त आह्लादित होंगे। लेकिन देवता से, उनके भक्तों से हाथ जोड़कर एक ही प्रार्थना है-

प्रमाणसिद्धान्तविरुद्धमत्र, यत्किञ्चिदुक्तं मतिमान्द्यदोषात्।
मात्सर्यमुत्सार्य तदार्यचित्ताः, प्रसादमाधाय विशोधयन्तु।।

दिनांक २५-१२-१९५४ ई. — ताराशंकर वैद्य

यह पंचम संस्करण

आज 'नाड़ी-दर्शन' को समस्त देश ने मान्यता प्रदान करने की कृपा की है। जिसके निम्नलिखित मुख्य प्रमाण हैं :-

१. भारतीय चिकित्सा केन्द्रीय परिषद् ने इसे अपने आयुर्वेदीय पाठ्यक्रम में निर्धारित किया है जो समस्त देश में एकाधिकार के साथ लागू है।

२. निखिल भारतवर्षीय आयुर्वेद विद्यापीठ ने अपने पाठ्यक्रम में निर्धारित किया है जो समस्त देश और विदेश में लागू है।

३. उत्तर प्रदेश आदि बहुत से राज्यों में राजकीय आयुर्वेद सम्बन्धी पाठ्यक्रम में निर्धारित हुआ है।

४. उत्तर प्रदेश में राजकीय आयुर्वेद यूनानी तिब्बती अकादमी ने इसे पुरस्कृत किया है। नाड़ी-परीक्षा पर राज्य या केन्द्रीय शासन द्वारा पुरस्कृत यह अद्वितीय पुस्तक है।

५. आयुर्वेद के वैज्ञानिक इतिहास (लेखक-आचार्य प्रियव्रत शर्मा) में इसे नाड़ी परीक्षा की सर्वश्रेष्ठ दो पुस्तकों में उल्लिखित किया गया है।

६. उत्तर प्रदेश शासन द्वारा गठित संस्कृत विश्वविद्यालय, वाराणसी जाँच आयोग (लखनऊ के जस्टिस टण्डन की अध्यक्षता में स्थापित) ने इसे लेखक की एक उत्तम कृति मानते हुए उसे प्राध्यापक काय-चिकित्सा पद के सर्वश्रेष्ठ अभ्यर्थी के रूप में स्वीकार करने की संस्तुति २९ फरवरी १९७२ को किया है।

७. भारत प्रसिद्ध विद्वान् स्व. आचार्य विश्वनाथ द्विवेदी ने अपनी अभिनव नाड़ी तन्त्र नामक पुस्तक के लिए आभार प्रदर्शन में ऋषिकोटि के ग्रन्थों में एकमात्र इस नाड़ी दर्शन का उल्लेख किया है। आंग्ल भाषा की नाड़ी पुस्तकों में भी इससे सहायता ली गयी है।

इस गुणग्राहकता के लिए उपर्युक्त प्रमाणों के प्रमाताओं के प्रति लेखक कृतज्ञ है। अपने गुणों के कारण पुस्तक ने उपर्युक्त प्रकार से उत्तम स्थान प्राप्त किया। और, उसका यह पंचम संस्करण जनता की सेवा में उपस्थित हुआ।

दूसरी ओर इसके प्रचार में निम्नलिखित अवरोध उपस्थित हुए —

१. उपर्युक्त वाराणसेय (अब सम्पूर्णानन्द) संस्कृत विश्वविद्यालय के आयुर्वेद पाठ्यक्रम में विद्वत् परिषद द्वारा निर्धारित होने पर भी नियमावली छपते समय पुस्तक का नाम प्रूफ में काट दिया गया। इस अन्याय का उल्लेख उपर्युक्त जाँच आयोग ने भी किया है।

इसी प्रकार अन्य कतिपय स्थानों में भी पुस्तक के साथ जानबूझकर अन्याय हुआ है। इसका कारण अन्यथाभाव के अतिरिक्त और क्या हो सकता है? चाहे जो भी हो, हम इतना ही निवेदन करेंगे कि ज्ञान के प्रसार में जानबूझकर बाधक होना उचित नहीं। किसी भी सीमा में खुराना काण्ड सीमित अथवा संकुचित व्यक्तिवाद के लिये भले ही कुछ अर्थ रखता हो परन्तु वह देश और विज्ञान के लिये अनर्थ करता है। आयुर्वेद-जगत से नाड़ी विज्ञान, पञ्चकर्म, रसशास्त्र, पर्पटीकल्प, रसायन और वाजीकरण आदि विशेषताओं के संरक्षण और विकास के लिये विशेष निवेदन है।

इसके वर्तमान संस्करण में अनुभव एवं नवीन ज्ञान के कारण कुछ आवश्यक वृद्धि कर दी गयी है। सामयिक चर्चा के लिये एक नया (चौदहवाँ दूतनाड़ी पञ्चमहाभूत नाड़ी एवं विदेश) नामक अध्याय जोड़ दिया गया है।

इस पञ्चम संस्करण में मिली-जुली गतियों में अन्तर करने के लिए एक 'विशेषक' नामक अध्याय व कठिनाइयाँ एवं जिज्ञासा नामक नया प्रसंग जोड़ा गया है। मिली-जुली गतियों का मननीय चित्र भी दिया गया है।

आयुर्वेद जगत् से नाड़ी विज्ञान के विकास, प्रचार एवं कूटनीति आदि दुर्नीतियों से ऊपर उठने के लिये करबद्ध प्रार्थना है।

आज लेखक सन्तुष्ट है इसलिये कि उसे प्रतीत हो रहा है कि अब काले बादल छँट रहे हैं और आयुर्वेद एवं उसकी निष्ठा का सूर्य सामने आ रहा है। एक समय ऐसा आयेगा जबकि आयुर्वेद के भीतरी एवं बाहरी विरोधियों को फेंक दिया जायगा, तब आयुर्वेद को पूरा बल मिलेगा और उसे विश्व की सेवा करने का एकाधिकार मिलेगा।

और, यह सप्तम संस्करण !

ईश्वरवादियों की ईश्वर में आस्था है। पर उसे देखने की, परखने की कोई सटीक या पूर्ण व्यवस्था आज तक किसी के समक्ष प्रत्यक्ष नहीं हो सकी। परिणामतः "उर अनुभवति न कहि सक सोऊ (कोऊ)" ठीक यही स्थिति आयुर्वेद में नाड़ी परीक्षा की है। न जाने कितने युगों से "नाड़ी देखना" शब्द प्रचलित है। अष्टविध परीक्षाओं में "नाड़ी" सर्वप्रथम है। त्रिविध परीक्षाओं में भी 'दर्शन' सर्वप्रथम है। "पञ्चमिज्ञनिन्द्रियैः परिप्रश्नेन च" में भी त्वग्-इन्द्रिय सर्वव्यापी और सर्वश्रेष्ठ है।

तात्पर्य, सूर्य के समान श्वेत सत्य है, स्पष्ट है। इसे कुछ कहा जा सकता है, कुछ लिखा जा सकता है, अन्ततः कुछ अनुभव भी किया जा सकता है पर सटीक-समग्र समस्त वर्णन नहीं किया जा सकता। सो भी, अकिञ्चन इस लेखक के द्वारा! पर आस्था के सामने व्यवस्था की कथा ही क्या? क्योंकि व्यवस्था तो "खलु नर्त्तकी बेचारी" है और नाड़ी दर्शन के इस लेखक के पास तो कोई व्यवस्था ही नहीं। बदले में दुर्व्यवस्थाओं का अम्बार है। तब उसे कोई क्या कहेगा? उसका कोई क्या करेगा?

आप मात्र "नाड़ी दर्शन" की आस्था को, व्यवस्था को, देखिये और आशीर्वाद दीजिये। क्योंकि इसी के बल पर, मात्र इसी के बल पर इसका लेखक आपके चरणों में सातवीं बार स्वशीर्ष स्पर्श कराने का साहस कर रहा है। समष्टि ने, समाज ने, अज्ञों ने, विज्ञों ने इस पर न जाने कितने वार न्यौछावर किये हैं? अन्ततः उन वारों ने लेखक को आप का यार बना दिया। प्यार दिला दिया। इसीलिये यह ८२ वर्ष के वय में आपके चरणों का स्पर्श कर रहा है।

विश्वास है, "**नाड़ी-दर्शन**" इसी परिप्रेक्ष्य में आगे बढ़ता रहेगा।

आयुर्वेद एवं उसके भक्तों को प्रणाम !

स्वाधीनता दिवस **ताराशङ्कर वैद्य**

१५ अगस्त १९९७ ई.

आभार-प्रदर्शन

- **स्व. वैद्य श्री राजेश्वरदत्त शास्त्री,** भू. पू. प्रधानाचार्य, आयुर्वेद महाविद्यालय, का.हि.वि.वि., वाराणसी-आग्रहपूर्वक जीवनचरित्र लिखने के लिये।
- **वैद्य श्री प्रियव्रत शर्मा,** ए. एम. एस., एम. ए. (द्वितीय), साहित्याचार्य, अध्यक्ष-आयुर्वेदानुसन्धान संस्थान, काशी हिन्दू विश्वविद्यालय, वाराणसी-महत्वपूर्ण विचारणा के लिये।
- **स्व. वैद्य श्री काशीनाथ पाण्डेय,** बी. आई. एम. एस., आयुर्वेदाचार्य, व्याकरणाचार्य, प्राध्यापक-संस्कृत विश्वविद्यालय, वाराणसी-नाड़ी पर्याय एवं व्याकरण देखने के लिये।
- **वैद्य श्री सत्यदेव वाशिष्ट,** उपाचार्य सनातन धर्म प्रेमगिरि , आयुर्वेद महाविद्यालय, भिवानी (हिसार)-उनके नाड़ीतत्वदर्शनम् से सहायता लेने के लिये।
- **वैद्य श्री रणजीतराय देसाई,** उपाचार्य आयुर्वेद महाविद्यालय सूरत-उनके शरीर-क्रिया-विज्ञान से सहायता लेने के लिये।
- **वैद्य श्री जयदेव आयुर्वेदालंकार**-उनके नाड़ी-विज्ञान नामक निबन्ध से सहायता लेने के लिये।
- **डॉ. राखाल राय,** एम. बी. बी. एस., कलकत्ता-उनके 'षट्चक्र और उनका परिचय' से सहायता लेने के लिए।
- **श्री वॉल्टर हार्डिंग मौरर,** भारतीय विभाग, कांग्रेस लाइब्रेरी, वाशिंगटन (अमेरिका)-उनके एक वक्तव्य से सहायता लेने के लिये।

  अध्यक्ष- मोतीलाल बनारसीदास प्रतिष्ठान, चौक वाराणसी-मुद्रण और प्रकाशन में सहायता के लिये।
- **स्व. केदारनाथ शर्मा,** चित्रकार, लक्सा, चित्र निर्माण के लिये।
- **श्रीमनमोहननाथ वर्मा** - चित्रों की रूप-रेखा के लिये।

— **ताराशङ्कर वैद्य**

सहायक ग्रन्थ

- अथर्ववेद
- चरकसंहिता
- सुश्रुतसंहिता
- अष्टांग-हृदय
- भेड़संहिता
- योगवाशिष्ट
- शतपथब्राह्मण
- छान्दोग्य उपनिषद्
- योगसूत्र
- न्यायसूत्र
- शिवसंहिता
- नाड़ीविज्ञान (महर्षि कणाद)
- नाड़ी-परीक्षा (मुनिकुलोत्पन्न श्रीरावण)
- नाड़ीज्ञान दर्पण (भूधरभट्ट द्वारा संग्रहीत)
- नाड़ी दर्पण
- नाड़ीज्ञान तरंगिणी
- नाड़ीप्रकाश
- नाड़ीविवेक
- बसवराजीयम्
- गोरखसंहिता
- शार्ङ्गधरसंहिता
- योगरत्नाकर
- वैद्यभूषण

इनके अतिरिक्त प्रातःस्मरणीय पुण्यश्लोक चक्रपाणि, गंगाधर, जयदेव, डल्हण, हाराणचन्द्र, अरुणदत्त एवं दुर्गाचार्य प्रभृति द्वारा की गयी विभिन्न ग्रन्थों की टीकायें।

नाड़ी-दर्शन के लेखक
श्री ताराशङ्कर वैद्य
का
संक्षिप्त परिचय

पवित्र कुल-परम्परा - वाराणसी जनपद में पवित्र गंगातट पर स्थित टाण्डा ग्राम के पूर्वाञ्चल में शाकद्वीपीय ब्राह्मणों का एक परिवार है। त्याग, तपस्या, सेवा और ज्ञान की मूर्ति ज्योतिष-तन्त्र-कर्मकाण्ड-रत्नाकर श्री पण्डित अयोध्यानाथ मिश्र जिसके एक मूर्धन्य सदस्य थे। उन्होंने मिर्जापुर नगर में उपलब्ध अपने विद्वान् मामा की कई लाख रुपयों की सम्पत्ति का सहर्ष परित्याग कर टाण्डा ग्राम में आकर आत्मबल पर अपना घर बनाया। मिश्र जी के चार सुपुत्र श्री शम्भूशङ्कर मिश्र, श्री संकटा मिश्र, श्री जगन्नाथ मिश्र एवं श्री केदारनाथ मिश्र हुए। श्री पं. संकटा मिश्र के दो सुपुत्र श्री ताराशङ्करजी एवं श्री राजा-शङ्करजी हुए।

जन्म एवं शिक्षा - श्री ताराशङ्करजी का जन्म संवत् १९७२ की श्री कृष्णजन्माष्टमी को हुआ। अपनी जन्मभूमि टाण्डा के मिडिल स्कूल से वर्नाक्यूलर फाइनल परीक्षा उत्तीर्ण करने के बाद हिन्दू विश्वविद्यालय की रणवीर संस्कृत पाठशाला से आपने प्रवेशिका परीक्षा प्रथम श्रेणी में प्रथम होकर उत्तीर्ण की। तत्पश्चात् वाराणसी के ही श्री अर्जुन आयुर्वेद महाविद्यालय से आयुर्वेदाचार्य परीक्षा प्रथम श्रेणी में प्रथम होकर उत्तीर्ण की। परीक्षाओं के वर्तमान स्वरूप एवं मुख्य लक्ष्य नौकरी के कारण आपने अन्यान्य परीक्षायें देने से मुख मोड़ लिया। किन्तु कई मान्य परीक्षा-संस्थाओं में आप वरिष्ठ अधिकारी हैं। काशी हिन्दू विश्वविद्यालय, इण्डियन मेडिसिन बोर्ड, उत्तर प्रदेश में परीक्षक

रह चुके हैं। आयुर्वेद विभागीय परीक्षा, राजस्थान, राजकीय आयुर्वेद यूनानी फैकल्टी, पंजाब, निखिल भारतीय आयुर्वेद विद्यापीठ एवं हिन्दी साहित्य सम्मेलन, नागपुर, राजस्थान-दरभंगा-सम्पूर्णानन्द संस्कृत विश्वविद्यालय प्रभृति उच्च कोटि की परीक्षा संस्थाओं में उच्च परीक्षाओं के परीक्षक हैं या रहे हैं।

कार्य - अपने ग्रामीण छात्र-जीवन से ही आप उच्च कोटि के सार्वजनिक कार्यकर्त्ता रहे हैं। १३ वर्ष की ही आयु में वाराणसी के ग्रामीण क्षेत्र के सर्वश्रेष्ठ पुस्तकालय 'बाल पुस्तकालय' टाण्डा के आप प्रधान मंत्री हो गये। अपने गाँव में आपने इण्टर कालेज, हरिजन विद्यालय, कन्या विद्यालय और पोस्ट ऑफिस की स्थापना करायी। काशी वैद्यसभा एवं छात्र-मण्डल अर्जुन आयुर्वेद विद्यालय के भी आप संस्थापक हैं। संस्कृत विश्वविद्यालय के आयुर्वेद विभाग की स्थापना में आपका महत्वपूर्ण योगदान रहा है। विश्व संस्कृत परिषद् वाराणसी एवं काशी वैद्यसभा के आप अध्यक्ष तथा अखिल भारतीय आयुर्वेद महासम्मेलन के आजीवन सदस्य हैं।

आयुर्वेदीय छात्रावस्था से ही आपने श्री अर्जुन आयुर्वेद महाविद्यालय को अपना जीवन समर्पित कर दिया। इसके कारण वाराणसी के बाहर की उच्च कोटि की सेवाओं को भी आपने तिलाञ्जलि दी। इसी महाविद्यालय में आज आप प्रधानाचार्य पद पर कार्य कर रहे हैं। अत्यन्त कष्ट और संघर्ष के बावजूद भी आप इसकी सेवा कर रहे हैं। उत्तर प्रदेशीय भारतीय-चिकित्सा-परिषद् के आप लगातार १५ वर्ष तक सदस्य रहे हैं।

साहित्य सेवा - वैद्य जी हिन्दी और संस्कृत के उच्च कोटि के लेखक, नाटककार, वक्ता और कवि हैं। आठ वर्ष की आयु से ही आप तत्कालीन बालोपयोगी पत्रों में लिखते रहे हैं। १३ वर्ष की आयु में हिन्दी के सर्वश्रेष्ठ पत्र 'आज' में आपका लेख छपा। तब से न जाने आपके कितने लेख और कवितायें उच्च कोटि की पत्रिकाओं में छप चुकीं। छात्रावस्था में ही आपने आयुर्वेद-परिभाषा और माधव निदान की हिन्दी टीका की। स्वस्थ-वृत्त-समुच्चय की हिन्दी टीका भी आपने की। "काय चिकित्सा" नामक उत्तम चिकित्सा ग्रन्थ का भी प्रणयन आपने किया। धन्वन्तरि नामक संस्कृत नाटक, दोष-दर्शन,

देह-दर्शन और पदार्थ-दर्शन आपकी अप्रकाशित रचनाएँ हैं। 'आज' के आयुर्वेदीय विशेषांकों एवं धन्वन्तरि के विष-चिकित्साङ्क तथा चिकित्सा-समन्वयांक का आपने सम्पादन किया है। राजकीय आयुर्वेदानुसंधान समिति, बम्बई के आग्रह पर आपने विष तन्त्र का भी प्रणयन किया है। आकाशवाणी से भी आपकी वार्ताएँ और कवितायें संस्कृत एवं हिन्दी में प्रसारित होती रहती हैं। आयुर्वेदीय पत्रिकाओं एवं अन्यान्य पत्रों में आपके लेख निकलते हैं। दूरदर्शन से भी आपकी वार्ता प्रसारित होती है।

विश्व आयुर्वेदीय कन्वेन्शन, दिल्ली सन् १९९२ के एक सत्र, पोद्दार राजकीय आयुर्वेद कॉलेज, बम्बई की हरिप्रपन्न शर्मा (ले. रसयोगसागर) स्मारक व्याख्यान सन् १९९२ में, बम्बई वैद्यसभा के शताब्दी समारोह के अवसर पर सम्पन्न सेमिनार सन् १९९१ एवं अन्य बहुत से सेमिनारों में लेखक ने अध्यक्षता की है।

चिकित्सा कौशल - पितामह के निर्देश के कारण आपने आयुर्वेदीय चिकित्सा को अपनी जीविका नहीं बनाया। किन्तु आयुर्वेद के आप कट्टर पक्षपाती हैं। इसके लिये सर्वदा शास्त्रीय पक्ष के साथ ही व्यवहार पक्ष भी उपस्थित करते हैं। अन्यान्य पद्धतियों की प्रतिस्पर्धा में आपने आयुर्वेद का मुख उज्जवल किया है जिसकी कहानी राजकीय प्रामाणिक पुस्तकों एवं पत्रिकाओं आदि में देखने को मिल सकती है। काशी की साहित्यिक मण्डली और न्यायाधीश आदि अधिकारी आपके चिकित्सा-कौशल के अनुभवी हैं। शास्त्र, कर्म और धर्म की ऐसी त्रिवेणी अन्यत्र मिलना कठिन है।

राजेश्वर दत्त शास्त्री
भू. पू. प्रधानाचार्य, आयुर्वेद महाविद्यालय
काशी हिन्दू विश्वविद्यालय, वाराणसी
(१२ जून १९६९ के पूर्व तक)

श्री धन्वन्तरि जयन्ती
दिनांक ३१-१०-६७ ई.

स्वर्गीय लेखक के गुरुदेव — श्री पं. लालचन्द्र वैद्य

गुरुदेव !

तुम्हारे चरणों में -

यह अद्वितीय

"नाड़ी दर्शन"

प्रणाम कर रहा है,

आशीर्वाद दो !

तन्मात्राओं की भाँति

आयुर्वेद महापुरुष को

शब्दगुणकम् 'आकाशम्' में

★ अभिव्याप्त करे ★

★
★
★

१९९७ ई. — ताराशंकर

विषय-सूची

श्वासवाही संस्थान की व्याधियाँ

कास, श्वास, राजयक्ष्मा, हृद्रोग, उच्च रक्तभार, न्यून रक्तभार।

मूत्रवाही एवं प्रजनन संस्थान की व्याधियाँ

मूत्रकृच्छ, मूत्राघात, प्रमेह, उपदंश, शूकदोष, हस्तमैथुन, प्रदर, सोमरोग, अन्त्रवृद्धि।

वात-संस्थान

मस्तिष्कगत विकार, मूर्च्छा, अपस्मार, निद्रा, निद्रित, पानात्यय, मदात्यय, दाह, उन्माद, वातव्याधियाँ, वात रोगों की साधारण नाड़ी, आक्षेपक, अपतानक, दण्डापतानक, धनुस्तम्भ, अन्तरायाम, पक्षाघात, जिह्वा-स्तम्भ, गृध्रसी, क्रोष्टु-शीर्ष, खञ्ज-रोग, पंगु, पाद-दाह, अवबाहुक, मूक-मिन्मिन-गद्गद्, खल्ली, वातरक्त, ऊरुस्तम्भ, आमवात, शीतपित्त तथा उदर्द, श्लीपद, कुष्ठ, गलगण्ड, गण्ड-माला (कण्ठ-माला), अपची, मेदोरोग, स्थूलता, उल्लेखरहित रोगों की नाड़ी परीक्षा।

अध्याय १५

साध्यासाध्य-विवेक १८०-१८८

साध्य रोगों अथवा जीवन की नाड़ी, मुमूर्षु की नाड़ी-गति में अपवाद, मृत्युज्ञान के लिये अनिवार्य जानकारी, काल-ज्ञान, नाड़ी द्वारा असाध्यता का ज्ञान, मृत्यु-काल-ज्ञान, निश्चित मृत्यु की नाड़ी, तुरन्त मृत्यु की नाड़ी, ज्वालावधि तक मृत्यु की नाड़ी, आधा प्रहर के बाद मृत्यु की नाड़ी, डेढ़ प्रहर के बाद मृत्यु की नाड़ी, छ प्रहर में मृत्यु की नाड़ी, एक दिन के भीतर मृत्यु की नाड़ी, एक दिन के बाद मृत्यु की नाड़ी, तीन दिन में मृत्यु की नाड़ी, चार दिन में मृत्यु की नाड़ी, पाँच दिन में मृत्यु की नाड़ी, एक सप्ताह में मृत्यु की नाड़ी, स्वस्थ की मृत्यु ज्ञापिका नाड़ी।

लेखक, आयुर्वेद जगत् के सर्वश्रेष्ठ संगठन अखिल भारतीय आयुर्वेद महासम्मेलन की मुख्य पत्रिका का सम्पादक १५-१२-७० से अगस्त ७२ तक और प्रधान सम्पादक सितम्बर १९७२ से फरवरी १९७५ तक रहा। उसके स्नातक संघ का भी अध्यक्ष रहा है।

इसके अतिरिक्त वे ९ जुलाई सन् १९७० को वाराणसेय (अब सम्पूर्णानन्द) संस्कृत विश्वविद्यालय में सुश्रुत संहिता के अध्यापक पद पर सादर आहूत हुये। वहाँ की वार्षिक पत्रिकाओं एवं स्मारिका का प्रधान सम्पादक रहा है। ३० जून, १९७६ को ६० वर्ष का वय पूर्ण कर वहाँ से सेवा निवृत्त हुआ। तत्पश्चात् अपनी मातृसंस्था अर्जुन आयुर्वेद महाविद्यालय में प्रधानाचार्य रहा।

♦

चित्र-सूची

◆

लेखक — श्री तारा शंकर वैद्य

अध्याय १

नाड़ी-दर्शन

उपादेयता

निदान के अनेक साधन – आज के युग में रोगज्ञान एवं रोगीपरीक्षा के अनेक साधन उपलब्ध हैं। एक्स रे, स्टेथिस्कोप, स्फिग्मो-मोनोमीटर, थर्मामीटर, अणुवीक्षण यन्त्र एवं अपथल्मस्कोप आदि आधुनिक चिकित्सकों में अधिक प्रचलित हैं। मल, मूत्र, रक्त और कफ की परीक्षा आदि के लिए अलग-अलग साधन सामने आ चुके हैं। आँख, कान, नाक, जिह्वा, गुदा, लिंग और योनि आदि की परीक्षा के लिये भी अगणित साधन प्रस्तुत हैं। परमाणुसिद्धान्त एवं रेडियम चिकित्सा पद्धति के आधार पर भी कई यन्त्र रोगों का पता लगाना प्रारम्भ कर चुके हैं। और, सबसे आगे बढ़कर रोग-रोगी-परीक्षा एवं चिकित्सा के लिये विभिन्न प्रकार के कम्प्यूटर बन चुके हैं। अनेक स्थलों पर उत्साहपूर्वक कम्प्यूटर से रोग-रोगी परीक्षा एवं चिकित्सा का आयुर्वेद जगत् में अभिनव और अभिनन्दनीय प्रयास विद्वान्-अनुभवी-मनीषी वैद्यों द्वारा हो रहा है। इन सबका अपने-अपने स्थान पर महत्व है। प्रत्येक चिकित्सक को जहाँ तक हो सके इनसे काम लेना चाहिये।

लेकिन अगणित परिस्थितियाँ ऐसी हैं जहाँ ये काम नहीं दे पा रहे हैं। रोगी की मानसिक स्थिति का पता इनसे चल नहीं सकता। काम, क्रोध, मद, मोह, लोभ आदि का पता इनसे नहीं लगता। भूख, प्यास, निद्रा, तन्द्रा आदि इनसे नहीं जाने जा सकते। रोगी के अजीर्ण तक का पता ये नहीं दे सकते। वात-नाड़ी-संस्थान की अगणित बीमारियाँ (वातव्याधियाँ आदि) इनकी पहुँच के बाहर हैं। अतिसार व धातुक्षय पूर्णतया इनकी पहुँच के बाहर हैं। उदररोग और गुल्म आदि के तथ्यों की पूरी थाह

इनसे नहीं मिलती। कुल मिलाकर एक चिकित्सक केवल इन्हीं यन्त्रों के भरोसे नहीं रह सकता। यदि वह रोगी की पूरी व्याधि का सच्चा जिज्ञासु है तो सही निदान करने में बहुत बड़ी कठिनाई होती रहती है।

भौतिक साधनों की कठिनाइयाँ - और फिर, ये यन्त्र सर्वजनसुलभ नहीं! युद्ध आदि की परिस्थितियों में ये जवाब दे देंगे। सभी चिकित्सक इनका उपयोग नहीं कर सकते। इसलिये कि ये दुर्गम्य व बहुत महँगे हैं। इनके लिये अगणित विषयों की जानकारियों की आवश्यकता पड़ती है। बड़े से बड़े परीक्षक भी एक रोग का निदान करने में इनके ऊपर रोगी का सहस्त्रों रुपया एवं बहुत समय व्यय करा देने के बाद भी रोगनिर्णय में प्रश्नवाचक चिन्ह (?) दे देते हैं। अन्त में रोगी के पास तड़पने के अतिरिक्त कोई चारा नहीं रहता। इन्हीं सब कारणों से विश्व के लगभग ५ अरब मानवों में लगभग ५ करोड़ ही इन सब यन्त्रों से कुछ लाभ उठाते हैं। इस पर भी धूप और बिजली आदि के अभाव इन साधनों के ऊपर ठीक समय पर वज्रपात कर इन्हें पंगु बना देते हैं।

एक कठिनाई यह भी है कि इनमें नित्य परिवर्तन और परिवर्धन होते रहते हैं, परिणामतः समृद्धिशाली बड़ा राष्ट्र भी अपने एक अस्पताल में इन्हें नहीं जुटा सकता। भारत की बात तो बहुत दूर है। भौतिक साधनों या सम्पत्तियों के फेर में पड़कर यह राष्ट्र कभी भी पूरा नहीं पा सकता। बल्कि अपने आदर्श गान्धीवाद अर्थात् मानवता एवं शान्ति से बहुत दूर होता जायगा। यह कटु सत्य है कि भौतिक सम्पत्तियाँ मानव को सुख एवं शान्ति से दूर ले जाती हैं।

भौतिक साधनों पर निर्भर रहने से सबसे बड़ी गड़बड़ी यह होती है कि मानव अपनी ही असीम स्वाभाविक शक्ति को भूल जाता है जिससे वह पराश्रयी या पंगु बन जाता है। चिकित्सा विज्ञान में भी आज यही हो रहा है। आज का चिकित्सक स्वभावतः रोग पहचानने की अपनी ही शक्ति को धीरे-धीरे भूल रहा है।

नाड़ी परीक्षा से सुविधा - ठीक इनके विपरीत नाड़ी-परीक्षा ! इसके द्वारा रोगनिदान करने के लिए पैसे की आवश्यकता नहीं ! कोई झंझट और परेशानी भी नहीं। अनेक यन्त्रों के ज्ञान की आवश्यकता नहीं। केवल वैद्य और रोगी इसके उपादान हैं। यदि सर्वप्रधान यन्त्र हाथ ठीक है, उसमें स्पर्शज्ञान है और वैद्य का विवेक सत्य है तो रोग का निदान बड़ी सरलता से अल्प समय में हो जायगा।[१] फिर भी निर्णय

१- पर इसका तात्पर्य यह नहीं कि नाड़ी द्वारा रोगज्ञान के भरोसे दर्शन, स्पर्शन और प्रश्न

अपनी सीमा में सुनिर्णीत होगा, वहाँ प्रश्नवाचक चिह्न नहीं लगेगा। युद्ध, शान्ति, धूप-छांह और अन्धकार आदि किसी भी परिस्थिति में यह काम हो सकेगा।

उन परिस्थितियों, जिनमें रोगी प्रश्न का उत्तर नहीं दे सकते या असत्य उत्तर देते हैं, में भी यह काम देती हैं। रोगी बालक हो, मोहित हो, बेहोश या उन्मत्त हो-फिर भी इससे उसके रोग का पता चल जायगा।[१]

भारतीय नारी के लिए एकमात्र साधन - एक बहुत बड़ी बात यह है कि एक भारतीय ललना के रोग निदान का यह सबसे बड़ा साधन है। लज्जा के आवरण से आवृत इसके अंग-प्रत्यंग देखे नहीं जा सकते। प्रश्नों का उत्तर देने में यह मूक होती है। वाणी खुलने पर भी कई कारणों से सही उत्तर मिलना कठिन ही है। नाड़ी इन सब कठिनाइयों को दूर कर देती है। वैद्य नाड़ी द्वारा इसके रोगों का निदान कर लेता है। यह भी स्मरणीय है कि इसका मुख्य रोग प्रदर आज के सभी यन्त्रों की पहुँच के बाहर है। कुल मिलाकर भारतमाता के कष्टों को जानने का हमारे पास आज नाड़ीपरीक्षा के अतिरिक्त कोई साधन नहीं।

बालकों के लिये सुविधा - यही स्थिति बालकों के लिये भी है। उनके पारिगर्भिक (दूधकट्टा-गर्भवती माता का दूध पीने से होने वाला रोग), शोष, बाल-ग्रह और अन्यान्य बहुत से रोगों का पता इन यन्त्रों से नहीं चलता ज़बकि नाड़ी परीक्षा से बाल रोगों का पता लग जाता है।

यन्त्रों की क्षमता के बाहर - सही बात तो यह है कि इन यन्त्रों से केवल थोड़े से कीटाणुओं (जो रोगकारक दोषप्रकोप के एक कारण हैं) एवं शरीर यन्त्र की स्थूलविकृति के अतिरिक्त कुछ भी पता नहीं चलता। शरीर की ग्रन्थियों के अति

पिछले पृष्ठ का शेष

आदि विविध परीक्षाओं को तिलाञ्जलि दे दी जाय। अभिप्राय यह है कि नाड़ी रोगज्ञान के लिये एक सरल, सुकर और सुलभ साधन है। साधारण नाड़ी ज्ञान सम्पन्न वैद्य के लिये नाड़ी द्वारा रोगनिर्णय का सम्पुष्टिकरण अन्य विविध परीक्षाओं (इन परीक्षाओं में आधुनिक यन्त्रोपयन्त्रों की आवश्यकता नहीं है केवल वैद्य की इन्द्रियाँ और बुद्धि अपेक्षित हैं) द्वारा कर लेना उत्तम है। एकमात्र नाड़ी द्वारा सभी रोगों एवं परिस्थितियों का पता चल सकता है पर इसके लिये वही महामानव वैद्य अपेक्षित है जो प्रपञ्चरहित होकर नाड़ीज्ञान का साधक हो।

१- रुग्णस्य मुग्धस्य विमोहितस्य दीपः पदार्थानिव जीवनाड़ी।

महत्वपूर्ण उद्रेचनों (Secretions) एवं एन्जाइम्स (Enzymes) आदि के रासायनिक संगठनों के अतिरिक्त अन्य कुछ पता इनसे तनिक भी नहीं लगता। इन उद्रेचनों से आरोग्य एवं जीवन की उन्नति के अगणित भावों का सम्बन्ध सर्वाधिक रहता है। रोग उत्पन्न करने में भी इनका सर्वाधिक हाथ रहता है। कोई यन्त्र-तन्त्र हो, बिना षड्विध (पञ्चज्ञानेन्द्रिय अर्थात् आंख-कान-नाक-जिह्वा-त्वचा और परिप्रश्न) परीक्षा के कुछ नहीं कर सकता और शोधन गलत है, त्वगिन्द्रिय सभी ज्ञानेन्द्रियों में सर्वव्यापक होने के कारण सर्वश्रेष्ठ है (च.सू.अ.११/३८)। आयु का एक नाम धारि है। उसी का यह स्पर्श-विज्ञान विशेषण है। स्पर्श-विज्ञान और धारि (आयु) हृदयाश्रित है। नाड़ी परीक्षा, हृदय परीक्षा और स्पर्श परीक्षा का ही पूर्ण नाम है। इसलिये यह नाड़ी परीक्षा समस्त यन्त्र-तन्त्र साधन द्वारा कृतपरीक्षण के ऊपर और ज्ञान-विज्ञान सम्मत है। प्रतिज्ञा यह है कि इसका अच्छा अभ्यास हो। पर यह ध्यान रहे कि यह परीक्षा इन्द्रियातीत ईश्वर एवं इन्द्रिय अथ च हृदयनिग्रही योगियों पर लागू नहीं होती।

नाड़ी द्वारा मनोविकारों का ज्ञान - आयुर्वेद की अन्यान्य परीक्षाविधियों के साथ ही नाड़ी-परीक्षा भी मानवों के अगणित भावों (काम, क्रोध, भय, स्नेह, प्रेम, मद, मत्सर आदि-जिनका तथोक्त उद्रेचनों से भी सम्बन्ध है) का पता लगाती है। अपमानजन्य ओजोह्रास का पता केवल इसी से लगता है।

भारतीयों के लिये सुबोध - यद्यपि कई कारणों से राष्ट्र एवं चिकित्सकों के दुर्भाग्य से नाड़ी ज्ञान पर से लोगों का विश्वास अपेक्षाकृत कम होता जा रहा है। फिर, इसका थोड़ा बहुत संस्कार प्रत्येक भारतीय में युग-युग से चला आ रहा है। जहाँ वह आज के यन्त्रों द्वारा किए हुए निर्णय को बिना विशेषज्ञ के नहीं समझ पाता, वहाँ नाड़ी द्वारा हुए निर्णय को सुनते ही बहुत कुछ समझ लेता है। उसके भूत, वर्तमान और भविष्य को भी जान लेता है। यही नहीं, वैद्यों को जाने दीजिये अधिकांश साधारण जन भी नाड़ी देखने के सम्बन्ध में थोड़ी बहुत जानकारी रखते

पिछले पृष्ठ का शेष

प्रदर्शयेद्दोषनिजस्वरूपं व्यस्तं समस्तं युगलीकृतञ्च।।(रावण)

बालानामपि मूकानां मूढानामपि देहिनाम्।
उन्मत्तानामभिचारविमूढमनसामपि।।
व्यस्तं समस्तं द्वन्द्वं च दोषरूपं विशेषतः।
दर्शयत्यचिरादेव नाड़ी द्रव्याणि दीपवत्।। (वसवराज)

हैं। वैद्यों के अभाव में घर की वृद्धा महिलायें तक नाड़ी देखकर कुछ निर्णय कर काम चलाती हैं। उनकी वैज्ञानिकता का, तथ्यता का दावा हम नहीं करते। हमने तो केवल भारत में नाड़ीज्ञान के बहु-प्रचार एवं बहुयुगीन संस्कार की ही बात को यहाँ पुष्ट किया है।

दीन-हीन मानवों का आधार - आप स्वयं बताइये-भारत ही नहीं अमेरिका, इंग्लैण्ड, रूस, चीन और जापान आदि किसी भी समृद्ध राष्ट्र के किसी कोने में जहाँ यातायात का कोई साधन नहीं, रोग निर्णय के तथोक्त कोई यन्त्र नहीं, वहाँ व्याधि से पीड़ित मानवता के कष्ट को पहचानने का नाड़ी के अतिरिक्त कौन सा साधन आज के विज्ञान ने दिया है ? उत्तर, सूर्य के समान स्पष्ट है, कोई नहीं ! ऐसी अवस्था में यदि नाड़ीज्ञान का प्रचार हो जाय तो रोगनिर्णय की बहुत बड़ी समस्या हल हो जाय। यह हल पूंजीपति और साधन-सम्पन्न के लिये ही नहीं अपितु एक साधनहीन दीन के लिये भी समान रूप से लागू होगा। एक के लिये नहीं। बहुजनहिताय-बहुजनसुखाय होगा। दुःख में भी ! सुख में भी ! युद्ध में भी ! शान्ति में भी !!

अध्याय २

सिद्धान्त

प्राणियों का पञ्चमहाभूत से सम्बन्ध – तीनों लोक–चौदहों भुवन के प्राणियों की बातें शास्त्रों में लिखी ही हैं, जिनमें मर्त्यलोक के प्राणियों की बात तो प्रत्यक्ष है। इस लोक के किसी देश का प्राणी क्यों न हो वह धरती पर रहता है तथा उससे भरण-पोषण करता है, आकाश में विचरण करता है, वायु में श्वास-प्रश्वास लेता है, जल पीता है और अग्नि से शरीर को गरम रखता है। उसकी यह परम्परा पुरानी है। न जाने कब से उसके पूर्वज भी यही करते आ रहे हैं। वह जो कुछ खाता पीता है या उसके जीवन के लिये जो भी उपादान हैं वे सब भी इन्हीं ५ के विचित्र संगठन से बने हैं। कुल मिलाकर प्राणी इन्हीं ५ से बना है, इन्हीं से जीवन धारण करता है और इन्हीं के बिखर जाने से उसका अस्तित्व इन्हीं में समाप्त हो जाता है।

यद्यपि आज का विज्ञान इन पाँचों में अगणित भेद कर चुका है। इन नामों से विभिन्न नाम उनके रख चुका है। यहाँ तक कि वह अपने सिद्धान्त से भारत के इस सिद्धान्त को गलत बताता है। लेकिन यह सभी जानते हैं कि प्राणी के जीवन-मरण में चाहे कोई भी तत्व या जीवाणु कारण हो, सब इन्हीं ५ के भीतर हैं-इन्हीं के भेद हैं। जिस प्रकार भारत ने सृष्टि की उत्पत्ति और लय में इन्हीं ५ तत्त्वों को कारण माना है, उसी प्रकार पश्चिम पहले १३, फिर ९० और फिर ९२ तत्त्व मानता था। अणु-सिद्धान्त (ऐटम थ्योरी) ने आज ९२ तत्त्वों से अगणित तत्व बना डाला है।[१] गम्भीरतापूर्वक विचार करने पर ये सभी पाश्चात्य तत्व भारतीय पञ्चतत्वों के बाहर नहीं हो पाते। भारत ने भी वायु के ४९ भेद किये हैं। इसी प्रकार जल और अग्नि के भी अगणित भेद किये हैं। पर उन भेदों की जानकारी से विमल विपुल बुद्धि वाले का लाभ भले ही हो ; जन साधारण का कोई लाभ नहीं। इसीलिये उन्होंने

---

१. अन्ततः धीरे – धीरे केवल एक या दो तत्त्व पर आज का विज्ञान आ रहा है।

सबकी जानकारी के लिये सृष्टि के स्थूल[१] इन्हीं ५ उपादानों का सामान्य विवेचन किया है। यह सामान्य विवेचन भी कुछ गम्भीर है। इसकी गम्भीरता में हम अपने पाठकों को नहीं ले जाना चाहते, सीधी सादी बातें ही उनके सामने रखी जायेंगी।

पञ्च महाभूत और रोग - यह सभी जानते हैं कि प्राणिमात्र का जीवन आकाश, वायु, जल, भोजन और ताप पर निर्भर है। साथ ही सभी का यह भी अनुभव है कि इन्हीं के विकार से जीवन के लिये संकट उपस्थित होता है। रोग भी इन्हीं के विकार से उत्पन्न होते हैं।

मानव शरीर में जब वायु अधिक लगती है तो उसका शरीर जकड़ जाता है, रूखा हो जाता है, उसमें दर्द होने लगता है। ऐसे ही वायुकारक अन्य कारण हैं जिनसे ये और इसी प्रकार के अन्य लक्षण उत्पन्न होते हैं। उनमें वायुनाशक तैल की मालिश आदि से आरोग्यलाभ होता है।

जल अधिक पीने से पेशाब अधिक आता है ; शरीर भारी हो जाता है ; अग्नि कमजोर पड़ जाती है। इसी प्रकार अन्य जलीय पदार्थ पीने से भी ये एवं इनके समान अन्य लक्षण उत्पन्न होते हैं जो जल के विपरीत अग्नि या आग्नेय पदार्थ सेवन करने से नष्ट होते हैं।

आग, घाम या अन्य आग्नेय पदार्थों से हमारे शरीर का जल नष्ट हो जाता है ; परिणामतः अधिक प्यास लगती है, पेशाब बन्द हो जाती है; देह तपने लगती है और इसी प्रकार के अन्य लक्षण प्रकट होते हैं, जो जल या जलीय पदार्थ के अधिक सेवन से नष्ट हो जाते हैं।

भोजन और पञ्चमहाभूत - हम नाना प्रकार के भोजन करते हैं। उनमें वायव्य, जलीय, आग्नेय, पार्थिव और आकाशीय सभी तत्त्व रहते हैं। इसमें जिसका आधिक्य भोजन में होगा उसके अधिक लक्षण उस भोजन के सेवन से शरीर में इस प्रकार प्राप्त होते हैं :-

---

१- ये स्थूल भी अलग-अलग चर्मचक्षुओं से नहीं देखे जा सकते। इनका परस्पर संगठित रूप ही पृथ्वी, जल, अग्नि, आकाश और वायु के रूप में दिखायी पड़ता है। इनसे भी क्रमशः अधिक सूक्ष्म पञ्चतन्मात्रा, अहंकार, महान् प्रकृति और सत्व-रज-तम का ज्ञान वे कर चुके थे। आज का विज्ञान तो अभी तक पृथ्वी आदि के भेदों तक का ही ज्ञान कर सका है। पञ्चतन्मात्रायें आदि उसके लिये अगम्य हैं।

चना, मटर और कोदो आदि भोजन वातप्रधान हैं इनके खाने से स्पष्टतः पेट में गुड़गुड़ाहट (वायु का प्रकोप) व शरीर में रूक्षता आदि बढ़ती है जो स्नेह (वायु नाशक !) खाने से शान्त होती है।

मिर्चा तथा मसूर आदि भोजन अग्निप्रधान हैं। इनके सेवन से प्यास अधिक लगती है, शरीर में जलन होती है, पेशाब कम होती है। ये इन्हें और इनके समान अन्य लक्षण भी उत्पन्न करते हैं। ये लक्षण जल या जलीय पदार्थ से शान्त होते हैं।

दूध, मट्ठा, भात तथा जल आदि पदार्थ अधिक सेवन करने से शरीर में तरल बढ़ता ही है; पेशाब अधिक आता है ;इसी प्रकार और लक्षण होते हैं, जो मटर-चना-रोटी आदि शुष्क पदार्थ खाने से शान्त होते हैं।

गेहूँ व उरद आदि पार्थिव पदार्थ खाने से शरीर में भारीपन और संहनन (घनत्व या ठोसपन) आदि बढ़ते हैं जो नमक व मिर्च-मसाले आदि आग्नेय और वायव्य पदार्थों के खाने से शान्त होते हैं।

आकाश और वायु के अधिकांश लक्षण समान हैं। वायव्य एवं आकाशीय द्रव्यों में एक दूसरे के लक्षण परस्पर मिले रहते हैं। अतः साधारणजनों के लिये उनका अलगाव करना कठिन है। लेकिन यह समझ लीजिये कि धान (जलीय); गेहूँ एवं उरद (पार्थिव); चना व मटर (वायव्य); मसूर (आग्नेय) आदि पदार्थ जब भूने जाते हैं तो उनका जलीयांश उड़ता है। पार्थिव अंश बिखर कर फैल जाता है। आग्नेय अंश अपने वाहकों (जलीय और पार्थिव अंश) के बिखरने से बिखर जाता है। सब जगह आकाश अधिक हो जाता है; जहाँ आकाश अधिक हुआ वहाँ वायु की उत्पत्ति या प्रवेश अधिक हो जाता है। इसीलिये सभी भृष्ट (भुने हुए) पदार्थ; चाहे वे पहले कैसे ही रहे हों- शरीर अथवा पेट में कुछ न कुछ वायु उत्पन्न करते हैं। परिणामतः पेट में गुड़गुड़ाहट एवं दर्द आदि लक्षण बढ़ जाते हैं; वायु के साथ आकाश के भी बढ़ने से पेट फूल जाता है। ये सब लक्षण स्नेह (तेल-घी की मालिश और घृतपान) और सेंक (उष्णता से वायु स्थानान्तरित होता ही है) से नष्ट होते हैं। गुदा से अधोवायु और मुख के मार्ग से डकार के रूप में वायु निकल जाता है। आकाश भी कम हो जाता है। अन्ततः सब विकार शान्त हो जाते हैं।

कहने का तात्पर्य यह है कि पञ्चमहाभूतों या उनसे युक्त आहारादि का सम्यक् सेवन करने से शरीर में स्वास्थ्य के लक्षण स्पष्ट देखे जाते हैं। उनका असम्यक् सेवन करने से रोग के लक्षण भी स्पष्ट देखे जाते हैं। चाहे किसी रोग के कारणस्वरूप किसी कृमि या जीवाणु का ठीक पता भले ही न चले परन्तु उसी रोग के कारण

में किस आहार या जलादि पञ्चमहाभूत के असम्यक् उपयोग का हाथ है, यह प्रत्येक मानव सरलता से समझता है और अनुभव करता है। अथवा किसी विशेषज्ञ के समझाने पर समझ लेता है।

रोगों के कारणभूत जीवाणुओं या कृमियों का ज्ञान अथवा अनुभव साधारण मानव को होता ही नहीं, किसी विशेषज्ञ के समझाने पर भी वह बेचारा उन्हें स्पष्ट अनुभव नहीं कर पाता। किसी प्रकार अणुवीक्षण यन्त्र आदि द्वारा सूक्ष्मता से समझाने पर वह मान लेता है फिर भी शरीर से उनके (जीवाणुओं या कृमियों के) परम्परागत सम्बन्ध को न देख सकने या न अनुभव कर सकने के कारण वह बेचारा अन्धकार में ही रहता है।

इसके विपरीत आहारादि या भूमि आदि पञ्चमहाभूतों के शरीर से परम्परागत सम्बन्ध का वह क्षण-क्षण अनुभव करता है-देखता है। रोगों के कारण होने में शरीर से उनके परम्परागत सम्बन्ध का भी अनुभव करता है या दर्शन करता है। जैसे किसी रोग में कारणभूत अधिक घाम का लगना, लू लगना, जल में भींगना; प्रवात (तेज हवा) का लगना और विभिन्न प्रकार के अनुचित आहारों-विहारों का सेवन आदि का शरीर से परम्परागत सम्बन्ध वह प्रत्यक्ष देखता है- अनुभव करता है। तदनुसार चिकित्सा के भी उसी प्रकार शरीर से परम्परागत सम्बन्ध के कारण लाभ होते हुये देखता है।

कुल मिलाकर हमारे कहने का तात्पर्य यह है कि रोगों के कारण भूमि आदि पञ्चमहाभूतमय आहार-विहार ही हैं। इसे प्रत्येक मानव समझता है; देखता और अनुभव करता है।

रोगों के कारण जीवाणु - आज के कतिपय विज्ञानवेत्ता उपर्युक्त से असहमत हैं;उनकी दृष्टि में रोगों के कारण वस्तुतः नाना प्रकार के जीवाणु या कृमि हैं। इन्हें वे विभिन्न प्रकार की परीक्षाओं; जिनमें अणुवीक्षण यन्त्र परीक्षा प्रमुख है; से सिद्ध भी करते हैं एवं तदनुसार चिकित्सा कर वे लाभ भी पहुँचा सकते हैं फिर भी रोगी या साधारणजन का शरीर से उनके परम्परागत सम्बन्ध का यथार्थ ज्ञान या अनुभव नहीं ही होता।

जीवाणु और पञ्चमहाभूत - यह स्पष्ट है कि उन जीवाणुओं या कृमियों का जन्म; भरण-पोषण एवं वर्धन भी इन्हीं पञ्चमहाभूतों से होता है जिस जीवाणु

या कृमि में जब जो महाभूत प्रधान रहता है।[१] वह उस समय उसी महाभूत के लक्षणों या विकारों से युक्त होकर प्राणी में प्रविष्ट होने पर उसी महाभूत को बढ़ाकर उन्हीं लक्षणों या विकारों को उत्पन्न करता है। तद्विपरीत चिकित्सा होने पर जीवाणु या कृमि नष्ट हो जाता है; उससे उत्पन्न महाभूत के लक्षण भी नष्ट हो जाते हैं और रोगी आरोग्य लाभ करता है। इस प्रकार जीवाणुओं या कृमियों का रोगों में कारणभूत होना द्रविड़ प्राणायाम से वस्तुतः महाभूतों की ही माया है। या इसे यों कहिये कि रोगों के कारणभूत महाभूतों का प्राणिशरीर में कुपित करने में जीवाणु या कृमि भी अन्यान्य कारणों की भाँति एक कारण है।

पञ्चमहाभूतों से त्रिदोष का सम्बन्ध - यद्यपि पाँचो महाभूत स्थूल सृष्टि या रोगों के कारण होते हैं, तथापि चिकित्सासौकर्य एवं साधारण लोगों की जानकारी के दृष्टिकोण से आयुर्वेद में उनके तीन प्रतिनिधि बनाये गये हैं या उन्हें तीन भागों में बाँट दिया गया है अथवा तीन के अन्तर्भूत कर दिया गया है, जिन्हें त्रिदोष कहा जाता है। वे तीन ये हैं : १-वात[२], २-पित्त[३], ३-कफ[४]।

ये तीनों स्वाभाविक अवस्था में रहने पर शरीर को धारण करते हैं अतः धातु भी कहे जाते हैं। विकृत अवस्था में या प्रकुपित अथवा क्षीण होकर, अन्य धातुओं (रस, रक्त, मांस, मेदा, अस्थि मज्जा और शुक्र) एवं मल, मूत्र, स्वेद आदि को दूषित कर रोग उत्पन्न करते हैं इसलिए ये दोष कहे जाते हैं। उन्हीं एवं अन्य धात्वादिकों को मलिन करते हैं अतः मल कहे जाते हैं। साधारणतः इन्हें धातु न कहकर दोष या मल कहा जाता है।

जिस प्रकार लोक में पञ्चमहाभूत स्वाभाविक अवस्था में रहकर उसे धारण एवं विकृतावस्था में रहकर उसे विनष्ट करते हैं, ठीक उसी प्रकार त्रिदोष स्वाभाविक अवस्था में शरीर धारण करते हैं एवं विकृत अवस्था में उसे विनष्ट कर देते हैं। कुल मिलाकर लोक में पञ्चमहाभूत जो कुछ करते हैं या करने की क्षमता रखते हैं, शरीर में उनके प्रतिनिधि त्रिदोष वह सब करते हैं या करने की क्षमता रखते हैं।

१- साधारण अवस्था में सर्वदा प्रत्येक जीवाणु या कृमि एक महाभूत की प्रधानता से युक्त रहता है और प्रधानतः उसी के लक्षणों को शरीर में व्यक्त करने की क्षमता रखता है।

२- वात को वायु, पवन, अनिल, प्रभञ्जन, श्वसन और सदागति आदि पर्यायवाची नामों से भी कहा गया है।

३- पित्त को तेज, अग्नि और अनल आदि पर्यायवाची नामों से भी कहा गया है।

४- कफ को बलास, श्लेष्मा और सोम आदि भी कहा गया है।

त्रिदोष, पञ्चमहाभूतों का प्रतिनिधित्व इस प्रकार करते हैं :-

वात - वायु और आकाश का। अग्नि का, कफ-जल और पृथ्वी का।[१]

जो दोष जिस या जिन महाभूतों का प्रतिनिधि है उसमें उस महाभूत की सभी बातों यथा-लक्षण, उत्पत्ति, विनाश, प्रकोप और प्रशम आदि का सामञ्जस्य होता है। कहने का तात्पर्य यह है कि शरीर में वात-वायु और आकाश का; पित्त-अग्नि का; कफ-जल और पृथ्वी का कुल काम करता है।

संक्षेप में शरीर में सभी गतियाँ वात से, अग्निकर्म पित्त से एवं सभी जलीय कर्म कफ से सम्पन्न होते हैं। इसे यों भी कहिये-सभी गतिकारक पदार्थ वात, आग्नेय पदार्थ पित्त एवं जलीय (सौम्य) अथवा पार्थिव पदार्थ कफ है।[२] आकाश शून्य है एवं अन्यान्य बहुत से कारणों से उसे अधिक स्थान त्रिदोष सिद्धान्त में नहीं मिल पाया है, उन कारणों पर प्रकाश डालना पुस्तक के विषय के बाहर की वस्तु है। पाँच महाभूतों का प्रतिनिधित्व तीन में ही बाँटा गया ? या किसका प्रतिनिधि किस दोष को क्यों बनाया गया ? इसका रहस्य भी यहाँ अधिक स्पष्ट करने की आवश्यकता नहीं है। यहाँ तो नाड़ी ज्ञान से स्पष्ट सम्बद्ध उनकी बातें बतायी जाएंगी।[३]

जिस प्रकार लोक के सभी द्रव्यों एवं परिस्थितियों का सम्बन्ध अलग-अलग प्रधानतः एक-एक महाभूत से है, उसी प्रकार शरीर से सम्बद्ध सभी आहार-विहारों का सम्बन्ध अलग-अलग एक-एक दोष से है। अर्थात् सभी आहार-विहार अलग-अलग एक-एक दोष प्रधान हैं। इसी कारण जिस आहार-विहार में जो दोष प्रधान होगा वह आहार-विहार शरीर में प्रधानतः उसी दोष को बढ़ाता या कुपित करता है। तद्विपरीत दोष को शान्त या क्षीण करता है। इस प्रकार सभी आहार-विहारों

१- वायवाकाशधातुभ्यां वायुः, आग्नेयं पित्तं, अम्भः पृथिवीभ्यां श्लेष्मा।

(अ.सं.सू.अ.२०)

२- तत्र वायोरात्मैवात्मा, पित्तमाग्नेयं, श्लेष्मा सौम्य इति। (सु.सू.अ.४२)

३- पर संक्षेप में इसे यों समझ लीजिये कि पृथ्वी धारण करती है और आकाश अवकाश है। इनमें स्पष्ट सक्रियता नहीं है इसलिये आयुर्वेद में इन्हें छोड़कर केवल स्पष्ट सक्रिय तत्वों को ले लिया गया है। चूँकि कर्म से वायु के सदृश, पित्त अग्नि के सदृश एवं कफ जल के सदृश है इसलिये इन्हें उनका प्रतिनिधित्व मिला। अधिक धारक होने से कफ को पृथ्वी का भी एवं अधिक अवकाश लेने के कारण वायु को आकाश का भी प्रतिनिधित्व मिला है।

को तीन भागों में बाँटा गया है। अलग-अलग उनकी गणना कठिन है। गुणों के अनुसार गुरु-लघु, रूक्ष-स्निग्ध, उष्ण-शीत, मृदु-कठिन,सूक्ष्म-स्थूल, चल-स्थिर, विशद-पिच्छिल, सान्द्र-द्रव, मन्द-तीक्ष्ण, श्लक्ष्ण-खर मधुर[१] अम्ल, लवण, कटु , तिक्त और कषाय आदि भेदों से पहले उन्हें बांटा गया है, फिर त्रिदोष के दृष्टिकोण से वर्गीकरण किया गया है।

आहार-विहार प्रयुक्त होने पर शरीर में अपने गुणों अथवा लक्षणों को उत्पन्न करता एवं बढ़ाता है। आहार-विहार से शरीर में उत्पन्न या वृद्धि व त्रिदोष भी इन्हीं (आहार-विहार के गुरुलघ्वादि) गुणों या लक्षणों से युक्त होते हैं। परिणाम यह होता है कि जिस गुण से युक्त आहार-विहार का सेवन किया जायगा, शरीर में उसी गुण की वृद्धि होगी। शरीरस्थ गुण-दोषों को छोड़कर अलग नहीं होते ! बल्कि शरीर एवं दोष का समवायि[२] सम्बन्ध होने के कारण शरीरस्थ गुण दोषों के ही गुण होते हैं। ये गुण दोषों के लक्षण भी होते हैं। अब इसे स्पष्ट रूप में-दोषानुसार यों समझिये :-

वायु के लक्षण - वायु, रूक्ष, शीत[३] लघु, सूक्ष्म, चल, विशद और खर होता है[४] अर्थात् शरीर या उससे सम्बद्ध धातु या मल में जहाँ भी ये लक्षण मिलें वहाँ वायु समझिये। इन लक्षणों में वृद्धि का नाम वायु की वृद्धि या प्रकोप एवं क्षीणता का नाम वायु की क्षीणता है।

रूक्ष; शीत; लघु आदि (वायु के लक्षणों को उत्पन्न करने वाले) आहार-विहार से शरीर में रूक्षता, शीतलता और लघुता आदि लक्षण बढ़कर वात के ही लक्षणों को बढ़ाते हैं। इस प्रकार वात को बढ़ाने के कारण इन आहार-विहारों को वातल या वातकारक कहा जाता है।

१- मधुर से लेकर कषाय तक छः रस हैं, जो आहारद्रव्यों में पाए जाते हैं।

२- अनेक या एक वस्तुओं जिनका एक दूसरे के बिना अस्तित्व समाप्त हो जाता है; का सम्बन्ध समवायि सम्बन्ध कहा जाता है।

३- यह गुण कफ का है। उसके संसर्ग से वात में मिलता है जहाँ शीत से वायु का अनुमान हो वहाँ उसके रूक्ष आदि अन्य लक्षणों को भी मिला लेना चाहिये।

४- रौक्ष्यं लाघवं वैशद्यं शैत्यं गतिरमूर्त्तत्वं चेति वायोरात्मरूपाणि भवन्ति। (च.सू.अ.२०) के अनुसार ये वायु के आत्मरूप हैं। इसके कर्मात्मक लक्षण ये हैं :-
प्रस्पन्दन (गति) उद्वहन (विषय-वहन) पूरण (आहार से उदरभरण) विवेक (रस व मल का पृथक्करण) धारण (वेग का नियमन) (सु.सू.अ.१५)

पित्त के लक्षण - पित्त किञ्चित् स्नेहयुक्त, उष्ण, तीक्ष्ण, द्रव[१], अम्ल, सर[२] (सरकनेवाला) और कटु होता है। शरीर या उससे सम्बद्ध वस्तु में जहाँ भी ये लक्षण हों वहाँ पित्त समझना चाहिये। लक्षणों में वृद्धि का नाम पित्त की वृद्धि या प्रकोप एवं हीनता का नाम पित्त की क्षीणता है।

उष्ण, तीक्ष्ण, अम्ल तथा कटु आदि आहार-विहार शरीर में उष्णता, तीक्ष्णता, अम्लता और कटुता आदि लक्षणों को बढ़ाने के रूप में पित्त को ही बढ़ाते हैं। इस प्रकार पित्त को बढ़ाने के कारण ऐसे आहार-विहार को पित्तल या पित्तकारक कहते हैं।

कफ के लक्षण - कफ गुरु, शीत[३], मृदु, स्निग्ध, मधुर, स्थिर व पिच्छल[४] होता है। शरीर या उससे सम्बद्ध धातु में जहाँ भी ये लक्षण मिलें वहाँ कफ समझना चाहिये। इन लक्षणों की वृद्धि का नाम कफ की वृद्धि या प्रकोप एवं हीनता का नाम कफ की क्षीणता है।

गुरु, शीत, मृदु आदि आहार-विहार शरीर में गुरुता, शीतलता और मृदुता आदि लक्षणों को बढ़ाने के रूप में कफ को बढ़ाते हैं। इस प्रकार कफ को बढ़ाने के कारण ऐसे आहार-विहार को कफकारक या श्लेष्मल कहते हैं।

वृद्ध एवं क्षीण दोष का परिणाम - वृद्धि को प्राप्त दोष शरीर में अपने लक्षणों एवं कर्मों को बढ़ाते हैं। क्षीण दोष अपने लक्षणों एवं कर्मों को घटाते हैं।

१- इन लक्षणों को समझाने में पुस्तक का कलेवर बहुत बढ़ जायगा। इन पर वस्तुतः विचार त्रिदोष पर अलग लिखे साहित्य में सम्भव है। नाड़ीज्ञान के जिज्ञासुजन यदि इनको न समझ सकें तो कोई विशेष हानि नहीं। यहाँ इन लक्षणों को छोड़कर अगले पैरा में लिखित उष्णता आदि लक्षणों से पित्त को मिलायें।

२- चरक सूत्रस्थान अध्याय २० के अनुसार ये पित्त के आत्मरूप हैं। इनके आधार पर सुश्रुत सूत्र स्थान अध्याय १५ में वर्णित रंग, पाचन, ओज-तेज, मेधा और ऊष्मा; उसके कर्मात्मक लक्षण हैं।

३- यह लक्षण वायु में भी मिलता है जो इसी कफ के संसर्ग से उसमें जाता है। (शीतकृत्सोमसंश्रयात्)। जहाँ शीत से कफ का अनुमान हो वहाँ उसके गुरु-स्निग्ध आदि लक्षण मिला लेने चाहिये।

४- चरक सूत्रस्थान अ. २० के अनुसार ये कफ के आत्मरूप हैं। इनके आधार पर सुश्रुत सूत्रस्थान अध्याय १५ में वर्णित उसके कर्मात्मक लक्षण ये हैं :- सन्धिबन्धन, स्नेहन, व्रणरोपण, शरीर का वृंहण एवं बलकरण।

इस प्रकार आप वृद्ध एवं क्षीण दोष का परिणाम समझकर भविष्य का अनुमान कर सकते हैं।

आहार-विहारों का नाड़ी से सम्बन्ध - जिस क्षण इन्द्रियों के राजा मन अथवा इन्द्रियों के अधिष्ठान आँख, कान, हाथ, पैर आदि से आहार-विहारों का सम्बन्ध होता है उसी क्षण इन्द्रियों और मन के आश्रय शिर[1] (मस्तिष्क) में उसकी सूचना पहुँचती है। तद्नुसार उसमें तत्क्षण परिवर्तन होने लगता है। इस परिवर्तन का अविकल प्रभाव सुषुम्ना एवं प्राणदा नाड़ी के संज्ञावाहक भाग द्वारा तत्क्षण हृदय (वक्षस्थ) पर पड़ता है तब उसकी गति में तद्नुसार विचित्रतायें होने लगती हैं। आहार-विहार का प्रभाव अन्न रस पर तत्पश्चात् रस धातु पर पड़ता है। रस धातु से रक्त धातु बनती है। रस धातु और रक्त धातु दोनों मिले जुले हृदय में पहुँचते हैं। रसवाहि स्रोतों और रक्तवाहिनी नलिकाओं का मूल हृदय ही है।[2] इसलिये हृदय की गति का प्रभाव रक्त वाहिनियों पर पड़ता है। अर्थात् तद्नुसार उसमें भी गति-वैचित्र्य होता है, जिसे नाड़ी में देखा जाता है।

मानसिक भावों का नाड़ी से सम्बन्ध - मस्तिष्कगत आहार (मद्य का प्रभाव) विहारों के परिवर्तन का प्रभाव हृदय के साथ ही विभिन्न वात नाड़ियों द्वारा समस्त शरीर पर भी पड़ता है। भय का प्रभाव मुख पर (तेजहीनता के रूप में); त्वचा पर (रोमाञ्च के रूप में), गुदा पर (मल निकलने के रूप में) और मूत्राशय पर (मूत्र निकलने के रूप में) पड़ते हुए प्रत्यक्ष देखा ही जाता है। इसी प्रकार काम-शोक-क्रोध-मोह का प्रभाव भी विभिन्न अंगों पर विभिन्न रूप में परिलक्षित होता ही है। इन भावों की तीव्रता और मृदुता के अनुसार शीघ्रव्यापी और दीर्घव्यापी प्रभाव पड़ते हैं। ये हृदय द्वारा नाड़ी पर भी प्रभाव डालते ही हैं इसलिये नाड़ी से भी इनका पता लगाया जाता है। साथ ही तत्तद् अंगों पर भी ध्यान रखा जाय तो उत्तम है।

परिपाक क्रम से आहार का नाड़ी पर प्रभाव - एक प्रकार अथवा एक दोष प्रधान आहार का सेवन यदि अल्पकालीन या अल्प मात्रा में हुआ तो अल्प या

१- प्राणाः प्राणभृतां यत्र श्रिताः सर्वेन्द्रियाणि च।
यदुत्तमांगमंगानां शिरस्तदभिधीयते।। (चरक सू.अ.११)

२- रसवाहि स्रोतसां मूलं हृदयम् . .. . .।(चरक वि.अ.५)
रक्ताशयं हृदयम्। सुश्रुत

अल्पकालीन प्रभाव पड़ेगा। अधिक मात्रा या दीर्घकालीन प्रयोग के अनुसार अधिक या दीर्घकालीन प्रभाव नाड़ी पर पड़ेगा। आहार का प्रत्यक्ष और स्पष्ट प्रभाव आमाशय; अन्त्र और यकृत् के द्वारा आहार परिपाक क्रम से भी हृदय पर पड़ता है। पर इन प्रभावों को संज्ञावाही तन्तु मस्तिष्क में ले जाते हैं। तत्पश्चात् प्रभावों के अनुसार हृदय में गति होती है। यहाँ भी हृदय की गति का प्रभाव रक्तवाहिनियों के द्वारा नाड़ी पर पड़ता है।

इस क्रम से नाड़ी पर आहारों का प्रभाव देर से धीरे-धीरे (यथा अजीर्ण होने पर आमरस से) परिलक्षित होता है। यहाँ यह स्पष्ट कर देना आवश्यक है कि गम्भीर नाड़ी से यह बात आहार-सेवन के साथ या थोड़ी देर बाद भी परिलक्षित हो सकती है।

अध्याय ३

अभ्यास

आपका शरीर, नाड़ी-ज्ञान का मुख्य साधन – नाड़ीज्ञान का अभ्यास करने के लिये बहुत बड़े अस्पताल की आवश्यकता है जहाँ इसके द्वारा हुए निर्णय का सामञ्जस्य करने के लिये मल-मूत्रादिपरीक्षा के साधनों का भी प्रबन्ध हो। आज की परिस्थिति में यह सम्भव नहीं है। राज्य एवं समर्थों की उपेक्षा भी इसका कारण है, पर साधकों के लिये अपना शरीर ही समस्त ज्ञान, विज्ञान एवं साधनों का मूल है। अत: निराश होने की आवश्यकता नहीं। यदि आप की उत्कट अभिलाषा नाड़ीज्ञान प्राप्त करने की है तो इसके लिये दूसरों का मुँह न देखकर इस सम्बन्ध की पुस्तकों को देखिये। उन्हें अध्ययन करने के बाद अपने शरीर पर ही परीक्षण कीजिये।

आप प्रात: उठते हैं, मल त्यागने की इच्छा होती है। जरा सा धैर्य धारण कर अपनी ही नाड़ी की परीक्षा कर लीजिये। तब मल त्यागिये। उसके बाद हाथ मुँह धोकर स्नान कर लीजिये। फिर अपनी नाड़ी देखिये। मलत्याग के पहले की नाड़ी और इस नाड़ी में अन्तर मालूम होगा। पहले नाड़ी मल से भरी हुई कुछ भारी चल रही थी। अब वह कुछ हल्की चल रही है, जैसे उस पर से किसी प्रकार का भार हट गया हो।[१] लेकिन प्रात: कफ की वृद्धि का स्वाभाविक समय है अत: नाड़ी की गति मन्द और सरल होगी। उसमें वक्रता, चञ्चलता या अधिक उछाल नहीं प्रतीत होगा। इस प्रकार आप नाड़ी में कफ की गति पहचानेंगे।

दिन के ११-१२ बजे हैं, आपको खूब भूख लगी है। जरा सा धैर्य धारण कर अपनी नाड़ी देखिये। वह निर्जीव सी चपल चल रही है। अब भर पेट भोजन कर लीजिये, फिर अपनी नाड़ी देखिये। नाड़ी स्थिर हो गयी, जैसे उसमें कुछ भरा हुआ

१- इस प्रकार आप मल से भरी हुई या कोष्ठबद्धता एवं मल से रिक्त (सर्वथा नहीं) अवस्था की नाड़ी की गति पहचानेंगे।

बह रहा हो[१] साथ ही भोजन करते ही कफ की वृद्धि होने से नाड़ी की गति भी अपेक्षाकृत मन्द ही रहेगी। इस समय आपको आलस्य आदि कफदोष की वृद्धि के लक्षण भी प्रतीत होंगे।

भोजन के १ घण्टा बाद देखिये। मध्याह्न का समय है, भोजन पच रहा है। यह पित्तवृद्धि का समय है। इस समय नाड़ी में उछाल अधिक होगा, जैसे वह कूदती हुई चल रही है। इस प्रकार आप पित्त की नाड़ी की गति पहचानेंगे। इस समय पित्तदोष की वृद्धि के लक्षण प्यास व गरमी आदि भी आपको प्रतीत होंगे।

सायंकाल वायु-प्रकोप का समय है। नाड़ी अपेक्षाकृत कुछ चञ्चल और टेढ़ी चलेगी। उसमें प्रातःकालीन सरलता और मन्दता नहीं रहेगी। इस समय आपको थकावट का भी अनुभव होगा। यह वायु का लक्षण है। इस प्रकार आप नाड़ी में वायु की गति जानेंगे।

उपर्युक्त सभी परिस्थितियों में अध्याय ९ में कथित क्रम से निर्धारित अंगुली पर अपेक्षाकृत अधिक अनुभूति होगी। अब आप दोषों की गति पहचानने का रहस्य जान चुके। इसलिये क्षमा करें-आपको ज्वर, खाँसी, अतिसार, कोष्ठबद्धता, अजीर्ण प्रवाहिका, वमन और चक्कर आदि रोग यदाकदा होते ही रहते हैं। मैथुन की अभिलाषा होती ही है। मैथुन के बाद या स्वप्नदोष आदि से वीर्य क्षीण हो ही जाता है। आपको काम, क्रोध और लोभ हो ही जाता है। इन सब परिस्थितियों में अपनी नाड़ी देखिये। यद्यपि आपकी बुद्धि कुछ विचलित है, फिर भी नाड़ीज्ञान की बात सोचते ही आपकी बुद्धि कुछ ठिकाने आ जायगी। आपको नाड़ीज्ञान भी प्राप्त होगा, साथ ही बुद्धिभ्रम से होने वाले अनर्थों से भी कुछ बच जायेंगे।

समाज से नाड़ी-ज्ञान की शिक्षा-इसके अतिरिक्त आपके कुटुम्बियों, परिजनों, सम्बन्धियों और मित्रों में उक्त परिस्थितियाँ एवं रोग होते रहते हैं। आप उनकी नाड़ी सोत्साह देखिये। पुस्तक या वैद्य से सम्पर्क स्थापित कीजिये। अपने रोगी सुहृदों को देखने या सहानुभूति के लिये उनके पास जाइये। सामाजिक व्यवहार निभाने के साथ ही नाड़ीज्ञान का भी अभ्यास कीजिये। इस प्रकार आप साधारण रोगों से लेकर यक्ष्मा, प्रमेह, श्वास, सन्निपात, ज्वर, हैजा व प्लेग[२] आदि रोगों की नाड़ी पहचानने लग जायेंगे।

---

१ इस प्रकार आप भूख एवं भोजन करने के बाद की नाड़ी पहचानेंगे।

२ हैजा आदि में संक्रमण से बचाव का भी ध्यान रखिये।

दोषों की नाड़ी का साधारण वर्णन हम कर चुके हैं। आगे रोगज्ञान प्रकरण में रोगों एवं अन्यत्र विभिन्न परिस्थितियों की नाड़ी के सम्बन्ध में निवेदन करेंगे। इन पर विचार करते हुए आप नाड़ीज्ञान का अभ्यास कीजिये। ज्ञान की कमी से घबड़ाइये नहीं और न मिथ्याभिमान कीजिये। सतत अभ्यास करते रहिये।[१] आप कुछ समय बाद नाड़ीज्ञान के पण्डित हो जायँगे। तब आपमें निर्णय देने के लिये आत्मबल भी आ जायगा।

✡

१- जिस प्रकार जौहरी अभ्यास करते-करते रत्न परखने में चतुर होता है उसी प्रकार आप सतत अभ्यास से नाड़ी के अच्छे ज्ञाता हो जायेंगे।

अध्याय ४

नाड़ी-शारीर

रक्तवाहिनियाँ - शरीर में नाड़ी का स्फुरण हम जहाँ भी पाते हैं वहाँ रक्तवाहिनियाँ हैं। आज की दृष्टि में उनके मुख्यतः दो भेद किये गये हैं :-

१- हृदय से अंगों में रक्त ले जानेवाली रक्तवाहिनियों को धमनी[१] कहते हैं। इनमें शुद्ध रक्त बहता है। (केवल फुफ्फुसीया धमनी में अशुद्ध रक्त बहता है।)

२- अङ्गों से हृदय में रक्त ले आने वाली रक्तवाहिनियों को सिरा[२] कहते हैं। इनमें अशुद्ध रक्त बहता है। (केवल फुफ्फुसीया सिराओं में शुद्ध रक्त बहता है) ये धमनियों की शाखाओं अथवा कोशिकाओं के सम्मेलन से बनती हैं।

इन दोनों प्रकार की रक्तवाहिनियों के अतिरिक्त कोशिकायें [३] भी होती हैं जो धमनियों की ही सूक्ष्म शाखायें हैं, इन्हीं के सम्मेलन से सिरायें बनती हैं। (देखिये चित्र-रक्तवाहिनियाँ)

आज का साधारण जानकार भी रक्तवाहिनियों के इन भेदों के सम्बन्ध में जानकारी रखता है। इसलिये इस पर अधिक प्रकाश न डालकर हम यहाँ आयुर्वेदीय दृष्टिकोण ही उपस्थित करना चाहते हैं। आयुर्वेद ने सभी प्रकार की रक्तवाहिनियों को 'सिरा' कहा है। सिरा उसे कहते हैं, जिसमें रस-रक्त बहता हो।[४] इसके कई भेद वहाँ इसलिये नहीं किये गये कि इसमें आदि से लेकर एक ही धातु अर्थात् रस-रक्त[५] बहता है। सभी की नालियाँ एक हैं। एक नाली की कई शाखायें होती हैं। उन सभी शाखाओं के नल से पुनः एक नाली बनती है। सबका आदि और अन्त

१- आर्टरी (Artery) २-वेन (Vein) ३-कैपीलरीज (Capillaries) ४-सरणात् सिरा।

५- इसी रस-रक्त में मिले हुए दोष एवं अन्य धातुयें आदि भी बहती हैं जो आगे चलकर अलग हो जाती हैं। रसरक्त का यहाँ समवायि सम्बन्ध है इसलिये रस रक्त को एक कहा गया है। इस पुस्तक में जहाँ भी रक्त शब्द मिले वहाँ उसे रसमिश्रित समझिये।

एक हृदय है। यह सभी जानकार जानते हैं कि धमनी[१] ही अन्ततः जाकर सिरा बनती है।

इन्हीं सिराओं (आज के शब्दों में धमनी) में उत्पन्न स्पन्दन की गतिविधि को हम नाड़ी-परीक्षा में जानना चाहते हैं। यह स्मरणीय है कि ये स्पन्दन हृदय से आने वाली रसरक्तवाहिनियों में अधिक वेग से होते हैं। अतः स्पष्ट परिलक्षित होते हैं। परन्तु जब रक्तवाहिनियों की शाखाओं से अगणित केशिकायें बन जाती हैं तब इनमें रक्त का वेग अत्यन्त मन्द हो जाता है। इनसे बनी हुई सिराओं में वह वेग नहीं के बराबर हो जाता है। परिणामतः इनमें स्पन्दन प्रतीत नहीं होता। शरीर में रक्त-वाहिनियों में जहाँ भी स्पन्दन प्रतीत होता है वहाँ वे हृदय की ओर से अंगों को रक्त ले जाती हैं। ये ही आजकल की भाषा में धमनी (आर्टरीज) हैं। यह स्पन्दन कहाँ और क्यों परिलक्षित होता है ? इसे हम अध्याय ७ में कहेंगे। कहीं-कहीं वातनाड़ियों को भी धमनियाँ कहते हैं पर नाड़ी दर्शन में नहीं।

यह सत्य है कि यह स्पन्दन नाड़ी में रक्त के वेग के कारण उत्पन्न होता है परन्तु यह भी स्मरणीय है कि वेग, हृदय के संकोच और विकास से ही उत्पन्न होता है। हृदय की मांसपेशियों में वात की गति इतनी प्रवाहित होती है कि इसे वातनाड़ियों से अलग कर देने पर भी कुछ देर तक यह गति करता है। इस कारण इसको स्वयं गति करनेवाला भी लिखा हुआ है।[३] इसके संकोच से वायु बाहर आता है और विकास से भीतर प्रवाहित होता है। संकोच और विकास से नाड़ियाँ चलती हैं जिनसे नाड़ी में स्फ़ुरण होता है।[४]

नाड़ी की मूल शक्ति - हृदय से स्वतः गतिशील होने पर भी उसकी मूल

१- आर्टरी Artery

२- व्हेन्स Veins

३- देहिनां हृदयं देहे सुखदुःखप्रकाशकम्।
तत्संकोचं विकासञ्च, स्वतः कुर्यात् पुनः पुनः।। (नाड़ीज्ञान)

४- संकोचने बहिर्याति वायुरन्तोविकासतः।
ततो नाडय्श्चलन्त्यसृग्धरायाः स्फुरणं ततः।। (नाड़ीज्ञान)

रक्तवाहिनियाँ

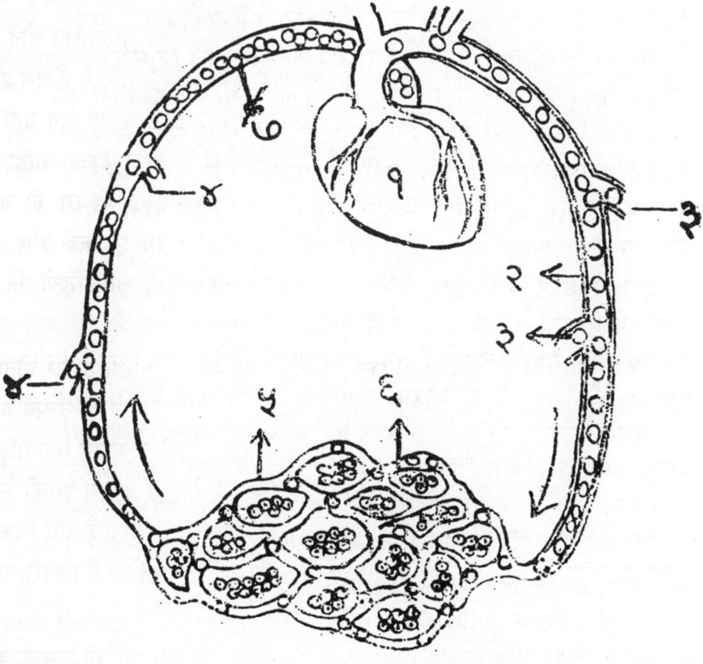

१. हृदय

२. आर्टरी

३. आर्टरी की शाखायें

४. व्हेन की सहायक

५. केशिकायें

६. सेल

७. व्हेन

नम्बर २, ३, ४, ५ और ७ को आयुर्वेद ने सिरा भी कहा है। यहाँ केशिका शब्द भी प्रयुक्त हुआ है।

शक्ति सुषुम्नाशीर्ष[१] के भीतर स्थित[२] है। क्योंकि यहीं सुषुम्नानाड़ी [३] की जड़ है। यही नाड़ी हृदय को सर्वदा गतिशील रहने के लिए वातशक्ति प्रेरित[४] करती है। मस्तिष्क के समस्त भावों का प्रभाव इसी से हृदय पर पड़ता है। इस प्रकार यह स्पष्ट है कि सुषुम्नानाड़ी हृदय को गतिशील बनाती है जिससे उसमें संकोच और विकास होता है। पहले कहा जा चुका है कि नाड़ी में स्फुरण इसी संकोच और विकास से होता है। इस प्रकार यह स्पष्ट है कि इस स्फुरण का मूल स्थान सुषुम्नाशीर्ष अथवा कूर्म (पॉन्स) ही है। यह स्पष्ट सत्य है कि शरीर में तनिक भी हलचल बिना वात-नाड़ियों के नहीं हो सकती। इस सत्य के अनुसार भी नाड़ी के स्फुरण का कारण वात ही है। **यह धारणा गलत है कि नाड़ी में रक्त की गति देखी जाती है। असल बात यह है कि उसमें वात से प्रवाहित रक्त की गति देखी जाती है।** वात का सूक्ष्म अथवा व्यापक अध्ययन चरक संहिता के वातकलाकलीय अध्याय में पढ़िये।

वात के कार्य - उपर्युक्त वात वह है जो शरीररूपी यन्त्र को धारण करने वाला, प्राण, उदान आदि ५ भेदों वाला, सभी चेष्टाओं का प्रवर्त्तक, मन का नियामक और नेता, विषयों में सभी इन्द्रियों का प्रेरक, सभी इन्द्रियों के विषयों को वहन करने वाला, सभी शारीरिक धातुओं को व्यूहन (यथास्थान रखना) करने वाला, शरीर के अंगों को परस्पर सम्बद्ध रखने वाला, वाणी को प्रवृत्त करने वाला, स्पर्श एवं शब्द का कारण, श्रोत्रेन्द्रिय एवं त्वगिन्द्रिय का मूल, हर्ष-उत्साह का जनक, अग्नि को प्रेरित करने वाला दोष (क्लेद) का शोषक, मलों को बाहर फेंकने वाला स्थूल-सूक्ष्म स्रोतों का विदारक, गर्भ की आकृतियों को बनाने वाला तथा आयु का परिपालक है।[५]

१- मेडचूला ओबलंगाटा Medula oblongata

२- फोर्थवेन्ट्रिकल Fourth ventricle ३- Spinal cord

४- प्राणदा नाड़ी या वागस नर्व (Vagus Nerve) की जड़ भी, इसी के आवरण कूर्म या पोन्स में स्थित चतुर्थ गुहा (Fourth Ventricle) में है। प्राणदा हृदय की नियामक नाड़ी कही गयी है। इसमें गतिकारक तत्व के अतिरिक्त संज्ञावाहक तत्व भी हैं। इसीलिये हमारे विचार से हृदय को वातशक्ति प्रेरित करने में इस नाड़ी का सर्वाधिक स्थान है। इससे भी अग्रलिखित कूर्म को नाड़ीमूल मानने में अधिक बल मिलता है।

५- वायुस्तन्त्रयन्त्रधरः, प्राणोदानसमानव्यानापानात्मा, प्रवर्त्तकश्चेष्टानामुच्चावचानां, नियन्ता प्रणेता च मनसः, सर्वेन्द्रियाणामुद्योजकः सर्वेन्द्रियार्थानामभिवोढा, सर्वशरीरधातुव्यूहकरः संधानकरः शरीरस्य, प्रवर्त्तको वाचः, प्रकृतिः स्पर्शशब्दयोः, श्रोत्रस्पर्शनयोर्मूलम्, हर्षोत्साहयोर्योनिः समीरणोऽग्नेः, दोषसंशोषकः, क्षेप्ता बहिर्मलानां, स्थूलाणुस्रोतसां भेत्ता, कर्त्ता गर्भकृतीनां, आयुषोऽनुवृत्ति प्रत्ययभूतो भवत्यकुपितः। (च.सू.अ.१२)

चक्रनाभि और कूर्म (Pons)

चक्र — (१) नेमि, (२) आरक, (३) चक्रनाभि।

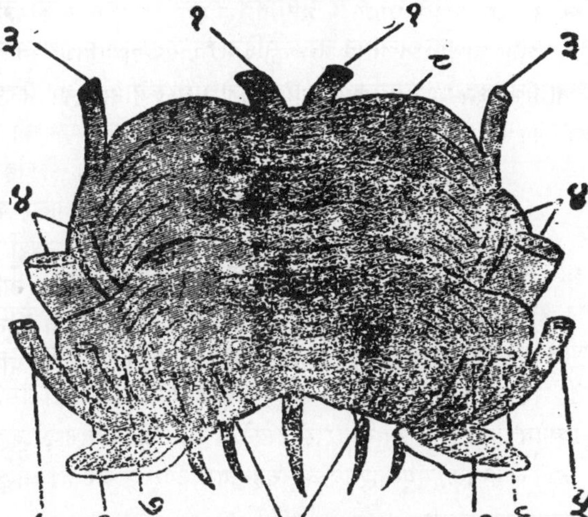

कूर्म — अग्रभाग - (१) नेत्र चेष्टनी (तृतीया नाड़ी)

पुच्छभाग - (२) नेत्र पार्श्विकी (छठी नाड़ी)

वामभाग - (३) कटाक्षिणी (चतुर्थी नाड़ी)। (४ त्रिधारा (पञ्चमी नाड़ी)।

" (५) श्रुतिनाड़ी (अष्टमी नाड़ी)। (६) मौखिकी (सप्तमी

" चेष्टावाहिनी नाड़ी)। (७) (सप्तमी साम्वेदनिक नाड़ी)।

दक्षिणभाग - वामभाग के समान। (८) चक्र-नाभिवत् दृश्य।

दोषों का नेता – दोषों का नेता[१] होते हुए भी वात स्वयं एक दोष है, जिस प्रकार समस्त मन्त्रिमण्डल का नेता होते हुए भी मुख्यमन्त्री एक विभाग का मन्त्री भी होता है। नेता के रूप में समस्त विभागीय मन्त्रियों के विभागों पर उसकी रीति, नीति, गति और मति का प्रभाव देखा जाता है। इसके अतिरिक्त वह केवल जिस विभाग का मन्त्री है उस पर भी उसका प्रभाव दिखायी पड़ेगा। उसी प्रकार दोषों का नेता वात की गति नाड़ी में स्फुरण के रूप में तीनों अंगुलियों द्वारा उपलब्ध होती है। एक दोष या नेता या मुख्य मन्त्री के रूप में उसकी गति केवल तर्जनी द्वारा उपलब्ध होती है। अन्य विभागीय मन्त्रियों से मिली उसकी गति उन मन्त्रियों के विभागों अर्थात् अंगुलियों में प्रतीत होती है।

स्थूल और सूक्ष्म प्राण – यह भी स्मरणीय है कि वात रक्त स्थूल प्राण है। इसी का बोध नाड़ी में होता है। इसको सूक्ष्म प्राणों द्वारा नियन्त्रित और प्रभावित किया जाता है। सूक्ष्म प्राण है वात वीर्य[२]। जो इसे वश में कर लेता है उस पर स्थूल प्राणों का ज्ञान कराने वाली नाड़ी का प्रभाव नहीं पड़ता।[३]

कूर्म[४]

इन सब बातों से यह स्पष्ट है कि नाड़ीस्फुरण का मूल हेतु वात है और हृदय को संचालित करने वाली वातनाड़ी सुषुम्ना[५] का मूल सुषुम्नाशीर्ष है। सुषुम्नाशीर्ष को पॉन्स[६] इस प्रकार चारों ओर से घेरे हैं, जिस प्रकार मानव के सिर को पगड़ी घेरे रहती है। पगड़ी को संस्कृत में उष्णीष कहते हैं। इसलिये विद्वानों ने इसे 'उष्णीष' नाम दिया है। बाहर से देखने में स्पष्टतः यही नाड़ी का मूल विदित होता है क्योंकि तथोक्त सुषुम्नाशीर्ष को यह चारों ओर से घेरे हैं। पश्चिम कपाल[७]

१– पित्तं पंगुः कफः पंगु पंगवो मलधातवः।
वायुना यत्र नीयन्ते तत्र गच्छन्ति मेघवत्।। (शार्ङ्गधर)

२. ज्ञातव्य है कि सूक्ष्म प्राण वीर्य, रक्त (स्थूल प्राणी का सूक्ष्म तत्त्व है)।

३. देखिये विधान प्रकरण, सन् १९४७ की घटना।

४. Pons

५. Spinal cord

६. इसीमें हृदय को नियमित करनेवाली नाड़ी प्राणदा या वागस का मूल है।

७. Occipital bone.

के निचले हिस्से में यह स्थित है। ध्यान से देखने पर यह स्पष्टतः कछुआ की भाँति है। (देखिये चित्र कूर्म) संस्कृत में कछुआ को कूर्म कहते हैं। भारतीय नाड़ी-विज्ञान के अनुसार यह मानवों के नाभि[१] देश में स्थित है। इसका मुख वाम ओर तथा पुच्छ दक्षिण ओर है। ऊपरी भाग में बाँया हाथ-पैर एवं निचले भाग में दाहिना हाथ-पैर है[२] तथोक्त पॉन्स का आकार तो निस्संदेह कूर्म की भाँति है। परन्तु भारतीय दृष्टिकोण से कूर्म के अंगों की उपर्युक्त स्थिति की संगति 'पॉन्स' की स्थिति में कैसे बैठेगी? यह गम्भीर विचार एवं अनुसन्धान का विषय है। आशा है शारीर शास्त्र के पण्डित इस पर प्रकाश डालेंगे।

यही कूर्म शरीर को स्थिर रखता है अर्थात् गिरने नहीं देता। इसी पर मस्तिष्क अथवा समस्त शरीर की अवधारणा निर्भर है। इस प्रकार इससे 'यथा पिण्डे तथा ब्रह्माण्डे' के अनुसार कूर्म पर पृथ्वी की अवधारणा की संगति पर विचार अपेक्षित हैं। जिस प्रकार कूर्म (कछुआ) अंगों का संकोच और प्रसार कर मध्यस्थ वृत्ति का परिचय देता है उसी प्रकार पॉन्स (कूर्म) भी शरीर की मध्यस्थ वृत्ति धारण करता है।

अध्ययन के लिए यह संकेत करना आवश्यक है कि कूर्म (कच्छप शारीरस्थ कूर्म, पुराणवर्णित कूर्म (देखें कूर्म पुराणम्) भौगोलिक कूर्म और कूर्माञ्चल प्रदेश आदि के कूर्मों का समञ्जन किया जाय तो मनोहारी ज्ञान प्राप्त होगा। निःसंकोच कहना उचित है कि किये गये वर्णन से अधिक वर्णन इस पुस्तक का विषय नहीं है।

कूर्म में लगी नाड़ियाँ - भारतीय नाड़ीविज्ञान में इसमें लगी हुई नाड़ियों का वर्णन इस प्रकार है :-

उसके मुख में दो नाड़ी, पुच्छ में दो नाड़ी, बायें भाग के हाथ-पैर में पाँच एवं दक्षिण भाग के हाथ-पैर में पाँच नाड़ी लगी हुई है।[२, ३]

पॉन्स के अग्र (मुख) भाग से

[४]
१-नेत्र चेष्टनी (तृतीय) नाड़ी
२-नेत्र चेष्टनी (तृतीय) नाड़ी

---

१. इसी अध्याय में आगे नाभि प्रकरण पढ़ें।

२- तिर्यककूर्मो देहिनां नाभिदेशे, वामे वक्त्रं तस्य पुच्छं च याम्ये।
ऊर्ध्वे भागे हस्तपादौ च वामौ, तस्याधस्तात् संस्थितौ दक्षिणौ तु।। (कणाद)

३- वक्त्रे नाडीद्वयं तस्य पुच्छे नाड़ी द्वयन्तथा।
पञ्च पञ्च करे पादे वामदक्षिणभागयोः।। (कणाद)

४ Oculomotor Nerve (3rd)

पश्चात् (पुच्छ) भाग से –

[१] १- नेत्र पार्शिवकी (छठी) नाड़ी
२- नेत्र पार्शिवकी (छठी) नाड़ी

यदि ध्यान से देखा जाय तो पॉन्स से उदित हुई नाड़ियों का उपर्युक्त नाड़ियों से सर्वथा सामञ्जस्य है। कूर्म या पॉन्स के चित्र में 'यह' बात यों स्पष्ट है –

बायें (बायें हाथ-पैर) भाग से-

[२] १- कटाक्षिणी (चतुर्थी) नाड़ी
[३] २- त्रिधारा (पञ्चमी) नाड़ी
[४] ३- श्रुति नाड़ी (आठवीं) नाड़ी
[५] ४ ४-मौखिकी (सप्तमी) चेष्टावाहिनी नाड़ी
५-मौखिकी (सप्तमी) साम्वेदनिक नाड़ी

दायें (दक्षिण हाथ-पैर) भाग से-

[२] १- कटाक्षिणी (चतुर्थी) नाड़ी
[३] २- त्रिधारा (पञ्चमी) नाड़ी
[४] ३- श्रुति नाड़ी (आठवीं) नाड़ी
[५] ४ ४-मौखिकी (सप्तमी) चेष्टावाहिनी नाड़ी
५-मौखिकी (सप्तमी) साम्वेदनिक नाड़ी

नारी शरीर में कूर्म – स्त्रियों में कूर्म ऊर्ध्वमुख और पुरुषों में अधोमुख होता है। अतः कूर्म की स्थिति में व्यतिक्रम होने से सब जगह व्यतिक्रम होता है।[६]

---

१ - Abducent Nerve (6th)
२ - Trachlear Nerve (4th)
३ - Trigeminal Nerve (5th)
४ - Auditory Nerve (8th)
५ - Facial Nerve (7th)
६ - स्त्रोणामूर्ध्वमुखः कूर्मः पुंसां पुनरधोमुखः।
अतः कूर्मव्यतिक्रान्तात् सर्वत्रैव व्यतिक्रमः।।

इसी कारण पुरुषों की नाड़ी दाहिने हाथ एवं स्त्रियों की नाड़ी उनके वाम हाथ में देखी जाती है।[१]

रचना और क्रिया शारीर के दृष्टिकोण से हम कूर्म की इस स्थिति की संगति बैठाने में असमर्थ हो रहे हैं। पर नारियों को वामांगी कहा गया है। शुभ शकुनों का सम्बन्ध उनके वामांगों से होता है। सामुद्रिक शास्त्र में नारी का बायाँ हाथ अधिक महत्वपूर्ण कहा गया है। गर्भस्थ शिशु के कन्या होने पर गर्भिणी के वाम नेत्र, वाम स्तन, वाम जंघा में विशिष्ट परिवर्तन-फड़कन आदि होते हैं। कन्याजनन की अभिलाषा वाली स्त्री को सहवासार्थ शय्या पर आरोहण करने में पहले बायां पैर ही उठाना पड़ता है, इत्यादि अगणित बातें ऐसी हैं जो निराधार नहीं कही जा सकती हैं। निस्सन्देह ये बातें गम्भीर क्रिया-शारीर , रचनाशारीर एवं मनोविज्ञान से सम्बन्ध रखती हैं। जिन पर अभी तक इस दृष्टिकोण से सम्यग् विचारणा का उल्लेख नहीं मिल सका है। इन पर मनन करने की आवश्यकता है।

लेकिन यह सत्य है कि नारी के बायें हाथ और पुरुष के दायें हाथ की नाड़ी अधिक स्पष्ट होती है[२] इसलिए नारी और पुरुष की नाड़ी देखते समय इस पर ध्यान रखना चाहिये। पर दोनों के दोनों हाथों की नाड़ी देखनी चाहिये। इससे नाड़ी-परीक्षा पुष्ट होगी।

नपुंसक[३] की नाड़ी - आज यह बात स्पष्ट हो चुकी है कि स्थायी रूप से होने वाली नपुंसकता में नर या नारी के विभिन्न अंगों की विकृति या विभिन्न कारणों की अपेक्षा मस्तिष्क के अंगों का अधिक हाथ है। परिणामतः नपुंसकों की मनोवृत्ति, हाव-भाव, भाषा आदि नर और नारी दोनों से सम्मिलित होती है! इसलिये इनकी नाड़ी देखते समय इस बात पर ध्यान रखें कि नपुंसक में स्त्रीचिह्न अधिक प्रबल

---

१ - लक्ष्यते दक्षिणे पुंसां या च नाड़ी विचक्षणैः।
कूर्मभेदेन वामानां वामे चैवावलोक्यते।। (वसवराज एवं कणाद)

२ - प्रायः स्फुटा भवति वामकरे वधूनां पुंसां च दक्षिणकरे तदियं परीक्षा। (योगरत्नाकर)
वामभागे स्त्रियो योज्या नाड़ी पुंसां तु दक्षिणे। (भूधर)
इन दोनों ने नारी और पुरुष की नाड़ी क्रमशः बायें और दाहिने हाथ में देखने के कारण के विषय में मौनावलम्बन कर लिया है। यद्यपि उनके सम्मुख स्त्रीणामूर्ध्वमुखः कूर्मः. ... वाली बात रही।

३ चरक में इसके लिये 'तृतीया प्रकृति' शब्द आया है जो मननीय है।

हों तो स्त्री के दृष्टिकोण से एवं यदि पुरुषचिह्न अधिक प्रबल हों तो पुरुष के दृष्टिकोण से नाड़ी देखनी चाहिये।[१]

नाभि

ऊपर कहा जा चुका है कि यह कूर्म नाभिदेश में स्थित है अतः यहाँ नाभि का विवेचन अप्रासंगिक न होगा। लोक में नाभि शब्द उदरस्थ नाभि[२] (ढोढ़ी) के लिये प्रचलित है। गर्भावस्था में अर्भक (शिशु) का नाल यहीं लगा होता है। इसी नाल के द्वारा जननी के शरीर से पोषक पदार्थ जाकर शिशु का पोषण करता है।

शास्त्र में नाभि उस स्थान को कहते हैं जहाँ से चारों ओर तीलियाँ (आरक) जैसी वस्तु निकली हों। इसकी उपमा सर्वदा चक्रनाभि से दी गयी है। चक्रनाभि चक्र का वह भाग है जहाँ से चारों ओर तीलियाँ निकली हैं [३]। (देखिये चित्र चक्रनाभि) गर्भावस्था में उदरस्थ नाभि की स्थिति ठीक चक्रनाभि के समान होती है ! एक ओर इसमें जननी के हृदय से नाभिनाल[४] (अम्बिलकल कार्ड) मिलता है, एक ओर इससे यकृत को जाने वाली अम्बिलिकल वेन[५] का तथा एक ओर हृदय से आने वाली आधिवस्तिकी[६] धमनी (हाइपोगैस्ट्रिक आर्टरी) का सम्बन्ध रहता है। इसके अतिरिक्त यहाँ से ऊपर और नीचे जाने वाली सिराओं (वेन्स) और धमनियों (आर्टरीज) का केन्द्र यहीं बनता है। इस प्रकार कुल मिलाकर यह चक्रनाभि के समान हो ही जाती है।

सुश्रुत शारीर अध्याय ७ के अनुसार सभी सिरायें (रक्तवाहिनियाँ यहीं से बँधी हुई शरीर में चारों ओर फैलती हैं। यहीं प्राणियों के प्राण स्थित हैं। इसी पर प्राण

१- स्त्री पुंसश्चिह्नभेदेन नाड़ी पश्येद्विचक्षणः।
स्त्रीचिह्नें स्त्रीक्लीवं पुश्चिह्ने पुन्नपुंसकम्।। (भूधर)

२ Umbilicus अम्बिलिकस।

३- सिराभिरावृता नाभिश्चक्रनाभिरिवारकैः(सु.शा.अ.७)

४- Umbilcal cord.

५- Umbilical vein

६- Hypogastric Artery

गौण रूप से आश्रित हैं। ये चारों ओर से सिराओं से आवृत्त हैं।[१]

एक गर्भविज्ञान या प्रसवविज्ञान का वेत्ता विद्वान् गर्भस्थ शिशु के रचना और क्रिया शरीर से सुश्रुत के उपर्युक्त वचनों से सामञ्जस्य करेगा तो दोनों का अक्षरशः समन्वय मिलेगा।

शार्ङ्गधर के कथनानुसार सिरा और धमनियाँ दोनों ही नाभि में स्थित (केन्द्रीभूत) होकर शरीर में व्याप्त होकर स्थित हैं।[२] यह स्मरणीय है कि सुश्रुत ने भी नाभि में ही सिरा और धमनी दोनों को केन्द्रीभूत होना एक प्रकरण में धमनी को दूसरे प्रकरण में लिखा है। शार्ङ्गधर द्वारा सिरा धमनी दोनों को एक साथ ही नाभिस्थ लिखे जाने का कारण गर्भ प्रकरण है। यद्यपि दोनों को नाभि में केन्द्रीभूत होने की बात उन्होंने सुश्रुत से ही ली होगी (या चाहे जहाँ से हो) परन्तु सुश्रुत द्वारा अलग-अलग प्रकरण में इस बात के उल्लेख से गर्भस्थ और जातशिशु की स्थिति स्पष्ट हो जाती है।

सिरा के नाभि में केन्द्रीभूत् होने की बात पर हम विचार कर चुके हैं अब आइये धमनी के एतत्प्रकरण पर भी विचार कर लें-

महर्षि सुश्रुत ने लिखा है कि चौबीस धमनियाँ नाभि से उत्पन्न हुई कही गयी हैं।[३]

एक जगह और महर्षि सुश्रुत ने लिखा है कि वह हृदय से चौबीस धमनियों में अनुप्रविष्ट होकर सारे शरीर को तृप्त करता है।[४]

१- यावत्यस्तु सिराः काये सम्भवन्ति शरीरिणाम्।
नाभ्यां सर्वा निवद्धास्ताः प्रतन्वन्ति समन्ततः।।
नाभिस्थाः प्राणिनां प्राणाः प्राणान्नाभिव्युपाश्रिताः।
सिराभिरावृता नाभिश्चक्रनाभिरिवारकैः।। (सु.शा.७/४-५)

२- सिराधमन्यो नाभिस्थाः सर्वाः व्याप्य स्थितास्तनुम्। (शार्ङ्गधर)

३- चतुर्विशति धमन्यो नाभिप्रभवा अभिहिताः(सु.शा.९/३)
इसमें डल्हण ने कहा है कि अभिहिताः का तात्पर्य 'शोणितवर्णनीय' अध्याय में कहा गया है।

४- स हृदयात् चतुर्विंशति धमनीरनुप्रविश्य...(र.सू.४-३)
यहाँ संस्कर्त्ता ने स के बाद कोष्ठ में रसः शब्द लिख दिया है। यह रस एवं अनुप्रविश्य शब्द विचारणीय हैं। यहाँ रस के द्वारा शरीर को पोषण करने के सम्बन्ध में सुश्रुत सूत्र १४ की यह उक्ति मननीय है :-
स (रसः) शब्दार्चिजलसन्तानवत् अणुनाविशेषेण अनुधावत्येव केवलं शरीरं।

सुश्रुत के इन दोनों उल्लेखों के अनुसार चौबीस धमनियाँ नाभि या हृदय से निकलती हैं। लेकिन प्रत्यक्ष शवदर्शन में यह बात नहीं देखी जाती है। यह स्पष्ट है कि उदरस्थ नाभि या वक्षस्थ हृदय से २४ की संख्या में सिरा धमनी या नाड़ी कोई भी नहीं निकलती है और न केन्द्रीभूत ही होती है। तत्रस्थ सिरा धमनियों एवं नाड़ियों (लसीका वाहिनियों वातनाड़ियों या अन्य पदार्थवाहिनियों) को मिलाकर भी २४ या उसके लगभग नहीं होती। 'पञ्चत्वमायान्ति विनाशकाले' के दृष्टिकोण से शव में २४ या उससे कम नष्ट हो जाने के कारण नहीं दिखायी पड़तीं यह कहना विडम्बना होगी। यह युक्तिसंगत न होगा। महर्षि ने केवल पञ्च-इन्द्रिय विषयों को वहन करने वाली नाड़ियों को ही शव में नष्ट माना है, अन्य को नहीं। क्योंकि अन्य को शव में नष्ट होने का उल्लेख उन्होंने नहीं किया है। इन पाँचों को मिलाने से भी २४ की पूर्ति वहाँ नहीं होती।

तो फिर महर्षि के वाक्य से प्रत्यक्ष का विरोध क्यों ? हमारी धारणा है कि २४ धमनियों की केन्द्र 'नाभि' के सम्बन्ध में सुश्रुत के वाक्यों का विरोध प्रत्यक्ष शव-दर्शन से नहीं पड़ता। वस्तुतः यह नाभि मस्तिष्क में है और वह कूर्म (पॉन्स) के चारों ओर का प्रदेश ही है।[१] रचनाशरीर का पण्डित इस बात को भली-भाँति जानता है कि चारों ओर से आयी हुई नाड़ियाँ; सूत्र या रक्तवाहिनियाँ इसीमें से होकर गुजरती हैं। वृहन्मस्तिष्क तथा सुषुम्ना के सूत्र एवं मस्तिष्कोष्णीषकीय सूत्र इसमें से होकर चारों ओर जाते हैं। इसीमें से १४ नाड़ियों का उल्लेख पहले हुआ है। शेष वातनाड़ियाँ भी यहीं से निकलती हैं। इस प्रकार यह भी चक्रनाभि के समान है। (देखिये चित्र) निस्सन्देह व्युत्पत्ति, शास्त्र, प्रत्यक्ष और बहुत से प्रमाणों से २४ धमनियों का केन्द्र यही नाभि है।

उदरस्थ नाभि के समान इसमें भी प्राण का आश्रय है । पर यह विशिष्ट आश्रय है! लिंगशरीर के अनुसार यह नाभि उदरस्थ नाभि की मूलतम शक्ति है।

नाभिकन्द या नाड़ीचक्र - नाभिमण्डल में कुक्कुटाण्ड के समान नाड़ीचक्र है। उसी से सभी नाड़ियाँ निकली हैं। प्राणियों (मानवों) में छोटी बड़ी साढ़े तीन करोड़ नाड़ियाँ हैं। वे सब नाभि-कन्द में बँधी हुई उसके ऊपर , नीचे और तिरछे

पिछले पृष्ठ का शेष

इसमें शब्दसन्तानवत्, अणुनाविशेषेण एवं अनुधावत्येव ये शब्द मस्तिष्क से वातनाड़ियों द्वारा प्रेरित रसपरिभ्रमण की बात कह रहे हैं। धावन क्रिया हृदय से होती है।

१- इसमें मध्य मस्तिष्क (Mid brain) कूर्म (Pons) और सुषुम्नाशीर्ष सम्मिलित है।

नाड़ी-चक्र

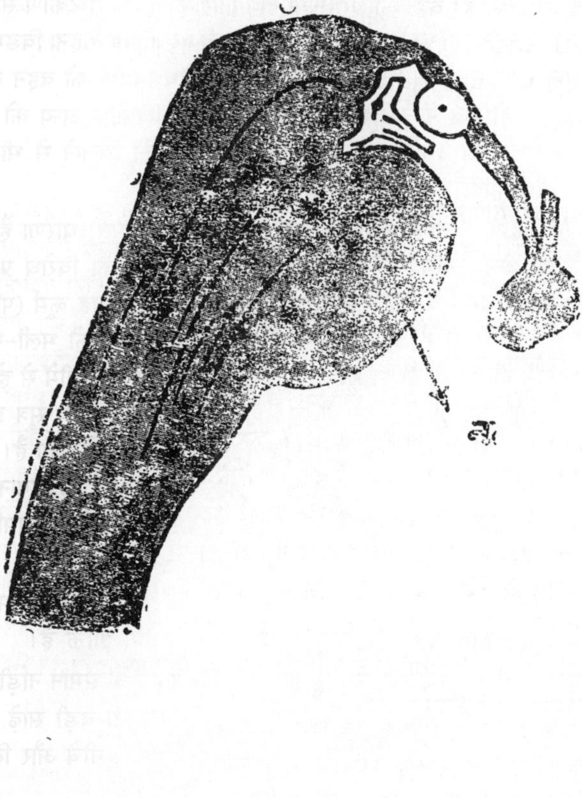

कूर्म (Pons) का एक दृश्य

न - नाड़ी-चक्र का कुक्कुटाण्डवत् दृश्य

(पार्श्व में) स्थित है।[१] इस प्रकार नाड़ीचक्र या नाभिकन्द या नाभि यही कूर्म (Pons) है और इसके चारों ओर का प्रदेश नाभिमण्डल या नाभिदेश है। रचनाशारीर के ज्ञाता इस बात को जानते हैं कि यहाँ से मस्तिष्क के असंख्य सूत्र चारों ओर गुजरते हैं। आजकल ये असंख्य सूत्र किसी प्रकार गणना कर लिये जायँ तो आश्चर्य नहीं कि वे साढ़े तीन करोड़ हों। कूर्म (पॉन्स) को यदि एक ओर से देखा जाय तो ठीक कुण्कुटाण्ड के सदृश है। वहाँ का पूरा चित्र इस भाँति है जैसे कोई पक्षी अण्डे को पाल रहा हो। (देखिये चित्र) इस प्रकार शास्त्रों के वर्णन, आकार एवं स्थिति से यह स्पष्ट हो गया कि तथोक्त कूर्म या नाभि पॉन्स ही है।

हृदय

ऊपर कहा गया है कि २४ धमनियाँ नाभि या हृदय से निकली हैं। वहाँ नाभि एवं हृदय की एकता सिद्ध है। नाड़ीशारीर के नाभि शब्द के सम्बन्ध में वहाँ पर्याप्त प्रकाश भी पड़ चुका है। रह गया हृदय ! सो एक हृदय वक्ष में दोनों फुफ्फुसों के मध्य में है, जिसे आजकल रक्तवाहिनियों एवं रस (लसीका) वाहिनियों का मूल कहा जाता है। रसरक्त की एक-दूसरे से उत्पत्ति, रक्तवाहिनियों में एक साथ मिलकर रहने एवं अन्यान्य बहुत से कारणों से रक्तपरिभ्रमण को आयुर्वेद ने बहुत जगह रसपरिभ्रमण भी कहा है। रसवाही स्रोतों का मूल हृदय[२] तो कहा ही गया है। पर रक्तवाही स्त्रोतों का मूल यकृत[३] कहे जाने पर भी रक्तवाहिनियों के स्थूल रूप से यहीं (हृदय) से निकलने एवं रक्त का आशय होने के कारण वक्षस्थ हृदय को ही रक्तवाही नलिकाओं का मूल माना जाता है। हमें भी इसमें आपत्ति नहीं है। पर जहाँ पर नाड़ीशारीर का प्रश्न उठता है वहाँ एक मुख्य हृदय दूसरा भी है। वह वक्षस्थ हृदय की मूल शक्ति है। यह प्रायः देखा जाता है कि शरीर के अंगों, उपांगों या प्रत्यंगों पर विचार करते समय हम उनके मूल केन्द्र या शक्ति को भूल जाते हैं। परिणामतः निदान चिकित्सा

१- नाभिमण्डलमासाद्य कुक्कुटाण्डमिव स्थितम्।
नाड़ीचक्रमिह प्राहुस्तस्मान्नाड्यः समुद्गताः।।
सार्धत्रिकोट्यो नाड्यो हि स्थूला सूक्ष्माश्च देहिनाम्।
नाभिकन्दनिबद्धास्तास्तिर्यगूर्ध्वमधः स्थिताः।। (भूधर)

२- रसवाहिस्रोतसां पुनर्मूलं हृदयम्। (च.वि.अ.५)

३- रक्तवाहिस्रोतसां पुनर्मूलं यकृत् प्लीहा च (च.वि.अ.५)

या अन्य विषयों में पूरी सफलता नहीं मिलती। शारीरशास्त्री इस बात को भली-भाँति जानते हैं कि शरीर के प्रत्येक अङ्ग, उपांग या प्रत्यंग का नियन्त्रण या संचालन मस्तिष्क स्थित किसी केन्द्र से वातनाड़ी के द्वारा होता है। मस्तिष्क में उदित हुए काम-क्रोध-मोह-लोभ आदि विचारों का प्रभाव वातनाड़ियों द्वारा तत्तत् अङ्गों पर पड़ता ही है। इसलिए मध्यकाय, शाखाओं (हाथ-पैर) एवं जत्रु (अक्षक या हंसली) के ऊपर किसी भी अंग पर विचार करते समय उसकी शक्ति जो मस्तिष्क में है, को अवश्य ध्यान में रखना चाहिए।

सामान्यजनों को समझाने के लिए प्रत्येक मामले में शास्त्रों ने स्थूल रूप से अंगों, उपांगों एवं प्रत्यंगों का विचार किया है। पर सूक्ष्म रूप से प्रत्येक मामले में उनकी मूल शक्तियों पर भी निर्देश किया है।[१] उन पर ध्यान देने से भरपूर सिद्धि मिलती है। उन पर विद्वान् वैद्य को गम्भीर विचार करना चाहिए। हम तो यहाँ केवल हृदय की ही बात कहते हैं। यह सत्य है कि चेतना का, प्राण का एवं अगणित मानसिक भावों का एक विशिष्ट स्थान् वक्षस्थ हृदय है पर इन सबका मूल तो मस्तिष्क ही है। वही वक्षस्थ हृदय की शक्ति है। यद्यपि मस्तिष्क के विभिन्न भावों (काम क्रोधादि) के केन्द्र विभिन्न स्थानों पर हैं तथापि उन सबको वहन करने वाले सूत्रों या नाड़ियों के कूर्म (पॉन्स) से ही गुजरने, विभिन्न प्रकार की चेतना या उसके नाश के कारणों का प्रभाव यहाँ से होकर वक्षस्थ हृदय पर पड़ने, २४ धमनियों के मूल होने एवं सुषुम्ना तथा प्राणदा नाड़ी के मूल होने के कारण कूर्म (पॉन्स) वक्षस्थ हृदय की मूल शक्ति है। शास्त्रों में हृदय शब्द का जहाँ भी वर्णन है वहाँ-पॉन्स अथवा मस्तिष्क एवं रक्ताधार हृदय की परम्परा और सूक्ष्म कार्य यथा चेतना, बुद्धि, ओज, मन, आत्मा एवं सभी इन्द्रियों आदि का इनसे परस्पर कुछ सम्बन्ध होने के कारण क्रियाशारीर की वर्णना में समानता प्रतीत होती है। परन्तु गम्भीर ऊहापोह करने के बाद स्पष्ट हो जाता है कि वक्षस्थ हृदय मुख्यतः रक्ताधार है। अतिन्यून रूप में उपर्युक्त भावों को वहन करता है। लेकिन इन भावों का मूल मस्तिष्क या सिर[२] है। मस्तिष्क का एक अंग पॉन्स है। इसी के बीच होकर तथोक्त अधिकतम (सब नहीं) भाव हृदय में आते हैं। इसलिये यह मस्तिष्क एवं हृदय के बीच मध्यस्थ भी है (कूर्मवृत्ति के

१- प्रसिद्धपदसमभिव्याहारस्यापि शक्तिग्राहकत्वात्। (न्यायसूत्र)

२- प्राणाः प्राणभृतां यत्र श्रृताः सर्वेन्द्रियाणि च।
यदुत्तमांगमंगानां शिरस्तदभिधीयते।।

लोग उत्तम मध्यस्थ होते भी हैं) मध्यस्थता से इसका वक्षस्थ हृदय की मूल शक्ति होना खण्डित नहीं होता। यह भी स्मरणीय है कि पॉन्स की मूल (वक्षस्थ हृदय की मूलतम) शक्ति समस्त वृहन्मस्तिष्क में बिखरी हुई है। वृहन्मस्तिष्क, लघुमस्तिष्क एवं सुषुम्ना नाड़ी (वस्तुतः स्पाइनल कार्ड, जिसे आजकल सुषुम्ना नाड़ी कहते हैं सुषुम्ना नाड़ी नहीं है। क्योंकि शास्त्रानुसार सुषुम्ना नाड़ी तो मस्तिष्क के भीतर ही समाप्त हो जाती है। तथोक्त स्पाइनल कार्ड वास्तव में अलम्बुषा नाड़ीगुच्छ है (परन्तु यहाँ इसका विवेचन अप्रासंगिक है समस्त शरीर की मूल शक्ति है[१]। यही सूक्ष्म शरीर है। इसीका नाम लिंग शरीर (सूक्ष्म शरीर) भी है। "मानव जो कुछ खाता-पीता है उसका रस ३ भागों में बँटता है। इसका सारतम भाग लिंग-शरीर का परिपोषक, मध्यश्रेणीय भाग सप्तधातुमय पिण्ड शरीर को पुष्ट करता है। तीसरा भाग पुरीष और मूत्र के रूप में बाहर निकलता है [२]।" इसके अनुसार भोजन का सारतम भाग लिंगशरीर का पोषक है। इस प्रकार भोजन के मध्य श्रेणीय सारभाग से बनने वाले अंगों की सारतम शक्ति लिंगशरीर में निहित है। यही नहीं अत्यन्त सूक्ष्मता से देखने पर लिंगशरीर में शरीर के सभी अंगों के ही आकार में उनकी सूक्ष्म शक्ति दिखायी पड़ती है। इस सूक्ष्म शक्ति का क्रिया शरीर भी शरीरस्थ (पिण्डस्थ) अंगों के समान ही है। (पर इसका विवेचन यहाँ अप्रासंगिक है अतः हम उससे विरत हो रहे हैं।)

लिंग -शरीर का प्रमुख और अधिकांश भाग महर्षि आत्रेय पुनर्वसु के शब्दों में शिर कहा गया है:-

---

१- इह तावदक्षदशकं मनसा सह बुद्धितत्वमथ वायुगणः।
इति लिंगमेतदमुना पुरुषः सह संगतो भवति जीवः।।
मन के साथ दसों इन्द्रियाँ, बुद्धि तत्व और वायुगण यही लिंग शरीर है। इसी के साथ मिलकर जीव पुरुष (स्थूल या राशि पुरुष) होता है। (शंकराचार्य)

२- चातुर्विधस्य चान्नस्य रसस्त्रेधा विभज्यते।
तस्य सारतमो लिंगदेहस्य परिपोषकः।।
सप्तधातुमयं पिण्डं इति पुष्णाति मध्यगः।
याति विण्मूत्ररूपेण तृतीयः सप्ततो बहिः।।
(शिवसंहिता और गोरखसंहिता)

अन्नमशितं त्रेधा विधीयते तस्य यः स्थविष्ठो धातुः तत् पुरीषं भवति यो मध्यमः तन्मांसम्, योऽणिष्ठस्तन्मनः।

(छान्दोग्य उपनिषद् ५-७)

हृदय एवं नाड़ी का नियन्त्रण

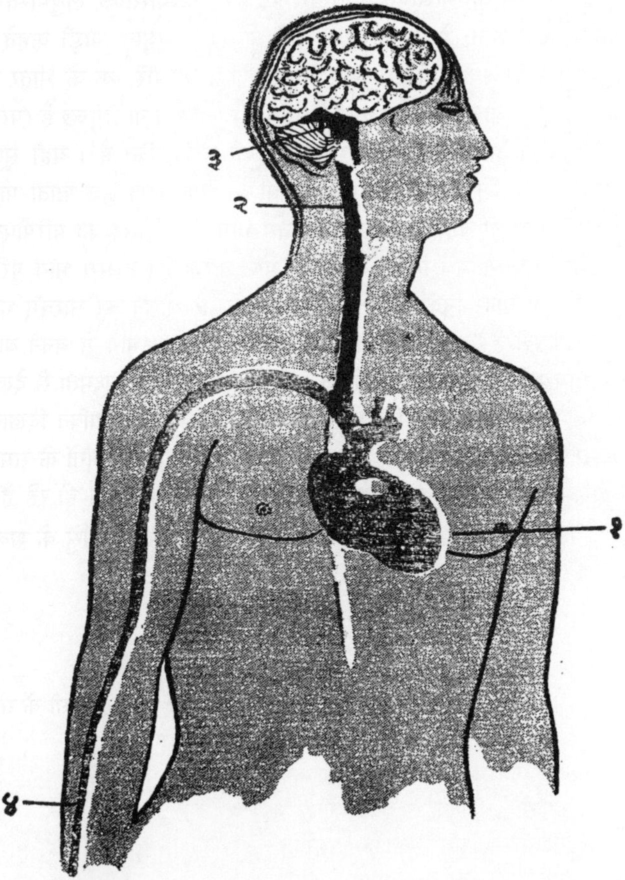

१- हृदय।

२- कूर्म (Pons) की चतुर्थ गुहा से निकली प्राणदा नाड़ी।

३- चतुर्थ गुहा का एक दृश्य।

४- हाथ में देखी जाने वाली नाड़ी।

"जहाँ पर प्राणियों के प्राण आश्रित हैं, जहाँ सभी इन्द्रियाँ आश्रित हैं और जो सभी अंगों में उत्तमांग हैं उसे शिर कहा जाता है।[१] इसमें आज विवाद नहीं है।

"उस अल्प सत्व वाले पुरुष के दूषित मल, बुद्धि के निवास हृदय को दूषित कर मनोवाही स्त्रोतों में स्थित होकर शीघ्र ही मानव के चित्त को मुग्ध कर देते हैं।"[२] के अनुसार भी हृदय लिंगशरीर या शिर ही हो सकता है।

हृदय में चित्त संवित् है।[३] वह हृदय विशेषतः चेतना स्थान है।[४] वह परम ओज का स्थान है, वहीं चेतनाओं का समूह है।[५]

कमल के समान हृदय अधोमुख है, वह जागते समय विकसित होता है और सोते समय संकुचित हो जाता है।[६] के अनुसार वक्षस्थ हृदय का जाग्रत् अवस्था में विकास और सुषुप्तावस्था में संकोच समीचीन नहीं ही है। हाँ, सभी इन्द्रियाँ अपने विषयों से जब विनिवर्त्तित हो जाती हैं तब मनुष्य सोता है[७] और प्रत्यक्ष को दृष्टिकोण में रखने से स्पष्ट हो जाता है कि जागते समय विकास एवं सोते समय संकोच मस्तिष्क का ही कार्य है।

अब हम हृदय के प्रकरण को अधिक नहीं बढ़ाना चाहते क्योंकि वक्षस्य हृदय की मूलशक्ति पॉन्स या कूर्म को हम स्पष्ट कर चुके। मस्तिष्क को भी स्पष्ट कर चुके। लेकिन उपर्युक्त वचनों के अतिरिक्त वचनों का संग्रह विद्वानों के विचारार्थ हम उपस्थित कर रहे हैं। इनकी हिन्दी का विवेचन करना प्रकरण का कलेवर अनावश्यक बढ़ाना होगा।

१- प्राणाः प्राणभृतां यत्रः श्रिताः सर्वेन्द्रियाणि च।
यदुत्तमांगमाङ्गानां शिरस्तदभिधीयते।।
(चरक सूत्र. अ. १७)

२- तैरल्पसत्वस्य मलाः प्रदुष्टाः बुद्धेर्निवासं हृदयम्प्रदूष्य।
स्त्रोतांस्यधिष्ठाय मनोवहानि प्रमोहयन्त्याशु नरस्य चेतः।।

३- हृदये चित्तसंवित् (योगसूत्र)

४- तद् (हृदयं) विशेषेण चेतनास्थानम् (सु.शा.४/३१)

५- तत्परस्यौजसः स्थानं तत्र चैतन्यसंग्रहः (च.सू.३०/७)

६- पुण्डरीकेण सदृशं हृदयं स्यादधोमुखम्।
जाग्रतस्तद्विकसति स्वपतश्च निमीलति।। (सु.शा.४)

७- यदा तु मनसि क्लान्ते, कर्मात्मानः क्लमान्विताः।
विषयेभ्यो निवर्त्तन्ते तदा स्वापति मानवः।। (च०सू०२१)

अरुणदत्त द्वारा उद्धृत[१] वचन में स्वच्छ रस का तात्पर्य पूर्वोक्त भोजन के सारतम भाग के 'रस' से है। इसी प्रकार से अन्य वचनों के रस[२] शब्द का भी तात्पर्य है, पर इस तात्पर्य से वक्षस्थ हृदय द्वारा आहार के मध्यम श्रेणी सारस्थ रस के उत्क्षेपण का खण्डन नहीं होता।

योग वाशिष्ठ[३] एवं नाड़ीज्ञान के[४] वचनों में वक्षस्थ हृदय के क्रियाकलाप का अद्भुत साम्य है। ये वचन उसके स्वयं संकोच और विकास वाले आधुनिक शारीर के दृष्टिकोण को बहुत पहले ही उपस्थित कर चुके हैं, पर गम्भीरतापूर्वक मनन करने से वक्षस्थ हृदय की मूल शक्ति वाले हृदय कूर्म (पॉन्स) अथवा मस्तिष्क के क्रियाकलापों से विपरीत नहीं प्रतीत होंगे।

आत्मा का श्रेष्ठ आयतन हृदय है।[५] "शोणित और कफ के प्रसाद से हृदय बना है, जिसमें प्राणवाहिनी धमनियाँ आश्रित हैं।[६] इस वाक्य में लिंग शरीर निर्मापक अन्न के सारतम भाग से उत्पन्न शोणित कफ का भी निर्देश होता है।

१- हृदयं मनसः स्थानमाजसश्चिन्तितस्य च।
मांसपेशीचयो (मयो) रक्तपद्माकारमधोमुखम्।।
योगिनो यत्र पश्यन्ति सम्यग् ज्योतिः समाहिताः।
रसो यः स्वच्छतां याति स तत्रैवावतिष्ठते।
तत्र व्यानेन विक्षिप्तः कृत्स्नं देहं प्रपद्यते।।
(अरुणदत्त द्वारा उद्धृत अष्टांग हृदय सू. १२-१५)

२- हृदो रसो निस्सरति तस्मादेव च सर्वशः।
सिराभिर्हृदयं चैति तस्मात्तत्प्रभवाः सिराः।। (भेड़संहिता सूत्र.अ.२१)

३- बाह्योपस्करभस्त्रायां यथाऽऽकाशास्पदात्मकः।
वायुर्यात्यपि चायाति तथाऽत्र स्पन्दनं हृदि।।
(योगवाशिष्ठ निर्वाण प्रकरण उत्तरार्ध सर्ग १७८)

४- देहिनां हृदयं देहे सुखदुःखप्रकाशकम्।
तत्संकोचं विकासञ्च स्वतः कुर्यात् पुनः पुनः।
संकोचने बहिर्याति वायुरन्तर्विकासतः।
ततो नाड्यश्चलन्त्यसृग्धरायाः स्फुरणं ततः।।
(नाड़ीज्ञानम्)

५- आत्मनः श्रेष्ठमायतनम् हृदयम् (च. नि. अ.८/३)

६- शेणितकफप्रसादजं हृदयं यदाश्रया हि धमन्यः प्राणवहाः। (सु. शा. ४/३१)

"उर प्रदेश में स्तनों के मध्य में आमाशय के द्वार पर सत्व-रज-तम का अधिष्ठान हृदय नामक मर्म है।"[१] यह उक्ति स्थूल शरीर के लिए कही गयी है। इसका तात्पर्य यह नहीं कि सूक्ष्म (लिंग) शारीर के लिये नहीं कही गयी है इसका तात्पर्य यह भी नहीं कि सूक्ष्म (लिंग) शरीर पर यह नहीं घटती। लिंग शारीर के रचनाशारीर पर गम्भीर ध्यान देने से वहाँ भी यही स्थिति है।

अर्थ (हृदय) में महाफल देने वाली महामूल वाली दस धमनियाँ लगी हुई हैं।[२]

ईश्वर ने पुरुष के शिर तथा हृदय को परस्पर अनुस्यूत (सीया हुआ) किया है। इसी सम्बन्ध से वायु शिर में स्थित मस्तिष्क के ऊपर रहता हुआ प्रेरणा लेता है।[३]

छः अंगों (बाहु २ पाद २ धड़ १ शिर १ से युक्त शरीर, लिंग शारीर, विज्ञान, इन्द्रियाँ, पाँचों विषय, सगुण आत्मा, मन और चिन्त्य (मन का विषय) ये सब हृदय में आश्रित हैं।[४] इस प्रकार हृदय का स्पष्टतः सामञ्जस्य पूर्वोक्त शिर से ही बैठता है।

चरक सूत्र स्थान अध्याय ३० (अर्थे दश महामूलीय) में जो कुछ हृदय का वर्णन है, वह स्पष्टतः उसे शिर में ही प्रतिष्ठित करता है। वहाँ ओज एवं उसके परिरक्षण में विशेष हेतु मानसिक सुख अथवा ज्ञान पर विचार करें। साथ ही आहार रस के सारतम भाग से पूर्वोक्त लिंग-शरीर का सामञ्जस्य स्थापित करें तो और भी रहस्य भेदन होगा जो हमारी मान्यताओं के अनुकूल होगा। इस प्रकार जहाँ भी हृदय शब्द आया है वहाँ वक्षस्थ हृदय की मूलशक्ति कूर्म अथवा मस्तिष्क को भुलाया नहीं गया है। केवल वक्षस्थ हृदय को ही हृदय माननेवाले सहृदय महानुभावों से निवेदन है कि चौबीस धमनियाँ और दश महामूल वाली धमनियाँ आदि प्रकार की रचना

१- स्तनयोर्मध्यमधिष्ठायोरस्यामाशयद्वारम्।
सत्वरजस्तमसामधिष्ठानं हृदयं नाम।। (सु.शा. ६/२५)

२- अर्थे दश महामूला समासक्ता महाफला। (च.सू.३०)

३- मूर्धानमस्य संसीव्याथर्वा हृदयं च यत्।
मस्तिष्कादूर्ध्व प्रैरयत् पवमानोऽधिशीर्षतः।। (अथर्व. १०/२/२६)
कियन्तः शिरसि प्रोक्तारोगा हृदिच देहिनाम्। (च.सू. १७)
में वक्षस्थ और शिर का उल्लेख अलग-अलग किया है इससे हृदय की मूल शक्ति का सिर या मस्तिष्क में होना खण्डित नहीं होता।

४- षडंगमंगविज्ञानमिन्द्रियाण्यर्थपञ्चकम्।
आत्मा च सगुणश्चेतश्चिन्त्यं च हृदि संश्रितम्।। (च.सू.३०)

को इसमें दिखायें। सिर और मस्तिष्क के स्थान में आज किसी मनीषी को सन्देह नहीं है। उसमें सभी इन्द्रियों का आश्रय महर्षि चरक ने बताया है और जगह-जगह हृदय को भी बताया गया है। वक्षस्थ हृदय को ही हृदय कहने पर सिर (मस्तिष्क) के साथ उसकी संगति इन्द्रियों के आश्रय के रूप में बैठाने की कृपा करें।

जहाँ तक पॉन्स के क्रियाशरीर (फीजियोलोजी) का प्रश्न है वहाँ तक पाश्चात्य शरीरवेत्ता कहते हैं कि यह मुख्यतः शरीर की विभिन्न गतियों का सन्तुलन करता है पर वे इस बात को स्वीकार करेंगे ही कि वातनाड़ी संस्थान (नर्वस सिस्टम) के अंगों का क्रियाशारीर ठीक-ठीक समझ लेना अत्यन्त कठिन ही नहीं असम्भव है, जितना ही अनुसन्धान किया जायगा उतना ही अधिक तथ्य प्रकाश में आयेगा, तब आयुर्वेदोक्त हृदय के कार्यों पर अधिक प्रकाश पड़ेगा। हाँ, पश्चिम में व्यक्त हुए हृदय के समस्त क्रियाशारीर को अपने में समेट लेने वाले एक भारतीय दर्शन की झाँकी वाचकों को हम अवश्य करा देना चाहते हैं :-

"यह हृदय तीन अक्षरों वाला है। इसमें 'हृ' एक अक्षर है, इसे जो जानता है वह अपना और दूसरों का लेता है। 'द' एक अक्षर है इसे जो जानता है वह अपने को एवं दूसरों को देता है। 'य' एक अक्षर है, इसे जो जानता है वह स्वर्ग को जाता है (गति भी करता है) !"[१]

१- तदेतत् त्र्यक्षरं हृदयमिति, हृ इत्येकमक्षरम् अभिहरन्त्यस्मै
स्वाश्चान्ये च य एवं वेद,
द इत्येकमक्षरम् ददत्यस्मै स्वाश्चान्ये च य एवं वेद,
यमित्येकमक्षरम् एति स्वर्गं य एवं वेद।

(श. ब्रा. १४/८/४/१)

वृहदारण्यक उपनिषद् में भी यह वचन है।

एवं हरतेर्ददातेः एतेहृदयशब्दः, (निरुक्त के व्याख्याकार दुर्गाचार्य)

इस सबको यों समझिये :-

हृञ् आहरणे	दा दाने	इण् गतौ
?	?	?
हरण	दान	अयन (गति)

अध्याय ५

दिव्य दृष्टि (पीनियल ग्रन्थि)

दृष्टि या आंख सभी प्राणियों में स्पष्ट रहती है जो प्रत्यक्ष है परन्तु इसका मूल मस्तिष्क (शिर/गुहा) में रहता है। इतना ही नहीं सभी प्रत्यक्ष अंगों के मूल (सूक्ष्म अंग) मस्तिष्क में ही हैं। शरीरशास्त्री उन्हें जानते हैं, देखते हैं। सामान्यजन उन्हें न जानते हैं और न देख ही सकते हैं। असाधारण ज्ञान-विज्ञान वेत्ता को उन्हें न जानना ही चाहिये अन्यथा वह असामान्य नहीं है।

द्वापर युग के सुप्रसिद्ध महाभारत के भयंकर रण क्षेत्र में मोहग्रस्त अर्जुन को भगवान कृष्ण ने दिव्य चक्षु देकर अपना विराट शरीर दिखाया था, क्योंकि अर्जुन स्थूल दृष्टि से वास्तविक तथ्य को न देखने के कारण भगवान की आज्ञा को नहीं मान रहा था। अन्ततः भगवान को स्पष्ट कहना पड़ाः-

दिव्यं ददामि ते चक्षुः पश्य मे रूपमैश्वरम्।

अर्थात् मैं तुम्हें दिव्य दृष्टि दे रहा हूँ मेरा ईश्वरीय रूप देखो। (गीता अ. ११/८)

आयुर्वेद अथवा अन्यान्य स्थानों में विभिन्न नामों से इसका उल्लेख इस प्रकार है:-

१- ध्यान चक्षु (चरक सूत्रस्थान १/१७ अथवा)

२- समाधि चक्षु (वही चक्रपाणि)

३- ज्ञान चक्षु

४- दिव्य दृष्टि (चक्रपाणि च. १८-२३ और गीता)

५- दिव्य चक्षु (गीता अ.११/८)

६- सूक्ष्म दृष्टि

७- तृतीय दृष्टि

तब सिव तीसर नयन उघारा।
चितवत काम भयउ जरि छारा।। (रामचरितमानस)

एक शब्द का एक ही अर्थ होता है परन्तु उसका प्रयोग कुछ भिन्न होता है। इसलिये प्रत्येक अवसर पर-स्थान पर शब्द शक्ति या उसकी उच्चारण शक्ति पर गम्भीर ध्यान देकर विचार करना चाहिये।

नाड़ी परीक्षा के लिये परीक्षक शुद्ध-बुद्ध-प्रबुद्ध रहेंगे तभी वाञ्छित सफलता मिलेगी। इसके लिये उनका देह और मन जितना ही स्वस्थ रहेगा सावधान रहेगा उतनी अधिक सफलता उन्हें मिलेगी। अर्ध रात्रि के बाद ब्राह्म मुहूर्त सर्वश्रेष्ठ है। विशेषतः रात्रि ३ बजे से सूर्योदय तक। इस काल में देह और मन (मस्तिष्क) अधिकतम पवित्र और सावधान रहता है। गीता (अनासक्ति योग) आदि के अनुसार यह संयम का जागरण काल है। सबसे आगे बढ़कर इस काल में दिव्यदृष्टि या पीनियल ग्रन्थि खुली रहती है। उपर्युक्त इसके पर्यायवाची नामों से पता चलेगा कि इस काल से बढ़कर अध्ययन काल अन्य नहीं। इसलिये प्रत्येक वैद्य, प्रत्येक व्यक्ति को इस समय चिन्तन मनन करना चाहिये और प्रातः स्नान ध्यान के पश्चात् रोगी सेवा आदि करनी चाहिये। इस तथ्य के पालन से बुद्धि प्रखर होती है।

ब्राह्मे मुहुर्त्ते उत्तिष्ठेज्ञीर्णाजीर्णं निरूपयन्।
रक्षार्थमायुषः स्वस्थो.......................।।

(अष्टांग संग्रह सू. अ. ३)

समाचार-पत्र "दर्पण" लखनऊ से

युग-युग से पुराणों में शिवजी के तीसरे नेत्र का अद्भुत चमत्कारिक वर्णन संक्षेप में मिलता है। इसी नेत्र को दिव्य दृष्टि, सूक्ष्म दृष्टि, ज्ञान चक्षु एवं ध्यान चक्षु इत्यादि कहा गया है। इसका सर्वाधिक प्रचार रामायण की अर्द्धाली -

"तब सिव तीसर नयन उघारा। चितवत काम भयउ जरि छारा।।"

से हुआ और लोगों ने इसे तमाम कोणों और नुक्त-ए-नजर से देखा। श्रीमद्-भागवत् गीता में भी भगवान कृष्ण ने अर्जुन को दिव्य दृष्टि देकर अपना समग्र दर्शन या विश्वदर्शन कराया। इसका वैज्ञानिक और सफल प्रयोग आयुर्वेद के तथाकथित आदिकाल में तब हुआ जब इन्द्र के यहाँ से भारद्वाज ऋषि आयुर्वेद के मुख्य तीन

सूत्र हेतु, लिंग और औषधि को भली भाँति पढ़कर आये, किन्तु इस लोक में अधिक क्रियाशील और लोकोपयोगी बनाने के लिए इस दृष्टि का प्रयोग कर शब्द गुण, द्रव्य कर्म और समवाय नामक षट्पदार्थों का ज्ञान किया। इसके पूर्व वेदों के तथाकथित कर्ता ब्रह्मा ने भी आकाश से वेदों के शब्दों को इसी प्रकार देखकर जाना था। आज के शारीर शास्त्र में इसको पीनियल ग्रन्थि कहा जाता है।

तीन दशक पूर्व वैज्ञानिक इसके अद्‍भुत कार्य से प्रायः अनभिज्ञ थे और इस ग्रन्थि को बेकार समझकर इसको उपेक्षित किया गया पर धीरे-धीरे जब इस पर शोध हुए तो इस पर पड़ी रहस्य की परतें हटने लगीं और वैज्ञानिकों द्वारा इस ग्रन्थि को सारे शरीर का संचालक एवं अद्‍भुत शक्ति का स्रोत माना गया। वैज्ञानिकों ने इस ग्रन्थि से उत्पन्न रस मेलाटोनिन को रोग एवं वृद्धावस्था का प्रतिरोधक माना है। सबसे आगे बढ़कर पाश्चात्य दर्शन के जनक मनीषी मूर्द्धन्य फ्रेन्च दार्शनिक डेकार्टे ने सत्रहवीं शताब्दी में इसे आत्मा का प्रश्रय माना है। २१/१०/९३ के काशी हिन्दू विश्वविद्यालय के प्राणिकी प्रत्यानुशीलन केन्द्र द्वारा आयोजित "पीनियल ग्रन्थि और उसके मॉलिक्यूलर सिग्नल" विषयक कार्यशाला में भी विश्व के मूर्धन्य वैज्ञानिकों ने इस सन्दर्भ में निम्नलिखित विचार व्यक्त किये:-

जर्मनी के वैज्ञानिक डॉ. डी. गुप्ता ने मेलाटोनिन की कार्यप्रणाली की तुलना रेडियो तरंगों से की जो संदेश भेजने एवं संदेश प्राप्त करने की दोहरी क्षमता रखती है। मेलाटोनिन की सूचनायें मुख्य नियन्त्रण कक्ष पीनियल में एकत्र होती हैं तथा वहां से नयी परिस्थिति के अनुरूप समझने और समायोजित होने के निर्देश जारी होते हैं। डॉ. गुप्ता ने कहा, मेलाटोनिन वह हारमोन भाषा है जिसके माध्यम से पीनियल ग्रन्थि शरीर के विभिन्न अंगों से संवाद करती है। जहाँ इटली के वैज्ञानिक डॉ. पीलिसोनी ने इसे कैन्सर के उपचार के लिए उपयोगी बताया है वहीं डा. पीयर दौली ने इसे वृद्धावस्था को अवरुद्ध करने में सक्षम माना है।

युगों पूर्व भारतीय ऋषियों ने इसकी आकाश से शब्द ग्रहण करने की शक्ति से ऊपर इसे विश्व दर्शन आदि अगणित चमत्कारिक एवं अलौकिक शक्तियों का स्रोत माना था, जैसा गीता, रामायण आदि में स्पष्ट लिखा है। पर इसे योगियों एवं ऋषियों की अलौकिक शक्ति का ही परिणाम माना जाता है। युग सन्दर्भ में इसका चमत्कारिक उपयोग कैसे करें, यह स्पष्ट नहीं है।

जहाँ तक अनुमान है कि सर्वप्रथम भगवान कृष्ण ने श्रीमद्‍भागवत् गीता के

अध्याय ११वें के श्लोक आठ में अर्जुन से स्पष्ट कहा है कि:-

न तु मां शक्यसे द्रष्टुमनेनैव स्वचक्षुषा।
दिव्यं ददामि ते चक्षुः पश्य मे योगमैश्वरम्।।

अर्थात् तुम मुझे अपनी इस आँख से नहीं देख सकते। तुम्हें दिव्य दृष्टि दे रहा हूँ, मेरे ऐश्वर्य योग को देखो। भगवान कृष्ण ने अर्जुन को कैसे दिव्य चक्षु दिया इसका ज्ञान अभी तक नहीं हो सका है परन्तु गीता के अध्याय छः के १३, १४ श्लोक में दिव्य चक्षु के प्रयोग की यह विधि बतायी है:-

समं कायशिरोग्रीवं धारयनचलं स्थिरः।
सम्प्रेक्ष्य नासिकाग्रं स्वं दिशश्चवानवलोकयन्।।
प्रशान्तात्मा विगतभीर्ब्रह्मचारिव्रते स्थितः।
मनः संयम्य मच्चित्तो युक्तासीत्मत्परः।।

अर्थात् काय (शरीर नहीं) सिर एवं गर्दन को अचल कर दिशाओं की ओर न देखते हुए अपनी नासिका के अग्रभाग को अच्छी प्रकार देखते हुए-अच्छी तरह शान्त आत्मा भयरहित, ब्रह्मचारीव्रत में स्थित योगी, मन को भली भांति नियमित कर हमारे में (भगवान में) चित्त लगाकर हमें (भगवान कृष्ण में) ध्यान लगाकर बैठे। मुझमें स्थित निर्वाण अर्थात् परमशान्ति (अशेष प्राप्तव्य शान्ति) को प्राप्त कर लेता है।

सूर्योदय के समय काशी में लेखक का अनुभव है कि चैलाजिनकुशोत्तर आसन (स्वच्छ पवित्र भूमि पर कुशासन, मृगचर्म या रेशमी आसन) पर बैठे दक्षिण दिशा की ओर मुखकर बैठने के पश्चात् नासिकाग्र पर दोनों दृष्टियों को स्थिर कर देखें। नासिकाग्र से शंकु के आकार का एक मनोरम प्रकाश निकलेगा जिसकी एक धारा नासावंश से सटी एवं दूसरी धारा उसके विपरीत ऊपरी दिशा पर होगी और तीसरी धारा भ्रूमध्य में खड़ी छड़ी के समान होगी जिसका निचला सिरा नासावंश से सटी धारा से और ऊपरी सिरा विपरीत सटा होगा। प्रकाश में मयूर चन्द्रिका के समान नीले चमकते हुए मनोरम अगणित कण दिखायी देंगे तत्क्षण आंख बन्द कर लें अन्यथा आंख निकल जाने के समान पीड़ा होगी। यह प्रकाश द्रष्टा को भाव विभोर कर देगा।

दिव्य दृष्टि से देखने पर काम और कामना जलकर क्षार हो जाती है फिर कोई इच्छा शेष नहीं रहती है। भगवान कृष्ण के उपर्युक्त वाक्य के सन्दर्भ में आधुनिक विज्ञान के निम्नलिखित शोध को विशेष महत्व देना चाहिये-

१- चर्मचक्षु के स्वाभाविक रूप से काम न करने पर नासिकामूल (ग्लैबिला)

से पीनियल ग्रन्थि के बीच में अन्धकार छा जाता है और चर्मचक्षु से अदृश्य किसी भी वांछित वस्तु को देखने की क्षमता उसमें आ जाती है।

जैसा कि स्पष्ट अर्जुन को चर्मचक्षु से अदृश्य भगवान का योग ऐश्वर्य अथवा विराट दर्शन हुआ था।

आधुनिक वैज्ञानिकों के मत से यह भी स्पष्ट है कि अर्द्धरात्रि के बाद उपवृक्क के रस का विसर्जन स्थिर रहता है जो पीनियल द्वारा नियन्त्रित होता है। यह रस स्टेटोइड के नाम से जाना जाता है। इस स्थिरता से मनुष्य शान्त और चिन्तनशील हो जाता है।

यह भी ज्ञातव्य है कि गीता के शब्दों में अर्द्धरात्रि के बाद संयमी जागता है और वह चिन्तन, मनन या ब्रह्मदर्शन करता है। ठीक २ बजे के बाद ब्राह्ममुहूर्त की गणना की जाती है, जिसमें श्रेष्ठतम अध्ययन एवं चिंतन-मनन होता है। प्राणियों के सोने के पश्चात् अर्द्धरात्रि में लोकशब्द आकाश में नहीं जाते हैं। परिणामतः आकाश में स्थित गन्दे शब्द नीचे बैठ जाते हैं। अतः अच्छे शब्द आसानी से जागृत संयमियों की दिव्य दृष्टि द्वारा ग्रहण किये जाते हैं। इसी कारण ब्राह्म मुहूर्त में जागना श्रेष्ठतम माना गया है।

२- पौराणिक गाथाओं में शिव जी द्वारा अपने तीसरे नेत्र का प्रयोग कर काम को भस्म करने का प्रसंग हमको मिलता है। आधुनिक विज्ञान को भी पीनियल ग्रन्थि में अन्तःफल एवं वृषणों को नियन्त्रित करने की अद्भुत क्षमता मिली है। पीनियल ग्रन्थि अन्तःफल और वृषण से उत्पन्न रस (ऐस्टरोजिन एवं टेस्टोटिरीन) को निकलने से रोकता है। परिणामतः कामवासना की उत्तेजना शान्त होती है, जो तुलसीदास के उपर्युक्त वाक्य को युग सन्दर्भ में मुखर करता है।

३- यह भी स्पष्ट है कि विभिन्न कालों या ऋतुओं का प्रभाव मानसिकताओं, भावनाओं, चेतनाओं, उत्तेजनाओं एवं जीवन-मरण के भावों पर पड़ता है। ये भाव हमारी पीनियल ग्रन्थि एवं उसके समीपवर्ती क्षेत्रों से प्रभावित होते हैं।

४- आधुनिक विज्ञान में यह भी स्पष्ट है कि पीनियल और उसके आसपास का क्षेत्र जो नाड़ियों द्वारा आपस में गुथा हुआ है उत्तेजना, चिंतन, जीवन-मरण को नियन्त्रित करता है पर इस पर आगे शोध होना अति

आवश्यक है ताकि हमारे प्राचीन ग्रन्थों से प्राप्त संदेश युगसंदर्भ में भी प्रेरणा देता रहे।

अन्ततः कुल मिलाकर हमारी यह धारणा है कि पौराणिक ग्रन्थों में दिव्य दृष्टि या सूक्ष्म दृष्टि का वर्णन मात्र कपोलकल्पित नहीं है। आज के आधुनिक विज्ञान ने भी अपने अनुसन्धान द्वारा इसको चरितार्थ किया है पर इस पर अभी और शोध की आवश्यकता है जिससे पीनियल ग्रन्थि की अद्‌भुत कार्य क्षमता से विश्व लाभ उठाये।

ओह ! वेदों, आयुर्वेद, शास्त्रों, पुराणों और स्मृतियों में ऐसे अगणित तथ्य हैं जिनसे युगसन्दर्भ में मानवीय चेतना, प्रेरणा और ऊर्जा में मंगलमय वृद्धि होगी।

अध्याय-६

नाड़ी पर्याय

नाड़ी के पर्यायवाची ये शब्द शास्त्रों में मिलते हैं :- स्नायु , नाड़ी, हंसी, धमनी, धरा, तन्तुकी और जीवनज्ञाना, वसा, हिस्रा, धामनी; जीवितज्ञा और सिरा शब्द भी नाड़ी के पर्यायवाचक रूप में मिलते हैं।

इन पर्यायवाचकों का तात्पर्य इस प्रकार है :-

स्नायु - यह शब्द शौचार्थक ष्णा धातु (अदादि) से उण् प्रत्यय लगकर बनता है। इसका अर्थ है अंगों को शुद्ध करने वाली। आजकल इसको बन्धनकारिणी मानते हैं।[३] अधिकांश इसे वातनाड़ी कहते हैं। मोटी स्नायुयें (गतिकारक वात नाड़ियाँ) अंगों के प्रसारण और आकुञ्चन में कारण होती हैं।[४] इस प्रकार गतिकारक होने में सन्देह का स्थल नहीं है। मलाधानों के संकोचन से उनका मल बाहर आता है, इसे सभी जानते हैं। संकोचन स्नायु से होता है, यह स्पष्ट है। इस प्रकार यह अंगों का शोधन करती है, यह भी स्पष्ट है।

महर्षि चरक ने लिखा भी है कि वात मलों को बााहर फेंकता है।[५]

---

१. स्नायुर्नाडी ततो हंसी, धमनी धरणी धरा।
तन्तुकी जीवनज्ञाना, शब्दाः, पर्यायवाचकाः।। (यो. र.)

२. वसा, हिंस्रा, धमनी, जीवितज्ञा, शिरा, (कणाद में पाठान्तर)

३. लिगमेण्ट्स (Ligments)

४. प्रसारणाकुञ्चनयोरंगानां कारणं कण्डरा मता (शार्ङ्गधर)
कण्डरा तु स्थूलस्नायवः (चरक के टीकाकार गंगाधर)
कण्डराभा स्थूल स्नाय्वाकारा (चक्रपाणि च.सू. अ. १७)

५. क्षेप्ता बहिर्मलानां (च. सू. अ. १२)
कण्डरा को महास्नायु या Tendons टेन्डान्स भी जयदेव ने कहा है।
(च. सू. २८/२० की टीका)

नाड़ी – णल् धातु बन्धन अर्थ में है। उसमें घञ् प्रत्यय लगकर नाल तत्पश्चात् ङीष् प्रत्यय होकर नाली बनता है। रलयोः डलयोः सावर्ण्यम् के अनुसार नाली से नाड़ी बन गया। इस प्रकार नाड़ी बन्धनकारक पदार्थ का नाम है जो वातनाड़ियों अथवा धमनियों के लिये सार्थक ही है।

एक और चुरादि धातु है 'नट' जो अवस्पन्दन[१] अर्थ में प्रयुक्त होती है। इससे पूर्वोक्त 'णल्' धातु के समान घञ् और ङीष् प्रत्यय लगकर 'नाटी' शब्द बनता है। सम्भव है कि यही नाटी शब्द बाद में नाड़ी बन गया हो इसलिये कि धमनी में अवस्पन्दन होता ही है। उसे लोगों ने नाटी, बाद में नाड़ी कहा हो। अस्तु, यह पर्याय भी सार्थक है।

एक और नट धातु आप्यायन अर्थ में है जिसका तात्पर्य किसी के द्वारा पोषण करना है। सीधी सी बात है कि सिरा रस का वहन कर शरीर का पोषण करती है। सिराओं में धमनी द्वारा रस प्रवाहित होता है। अतः धमनी भी पोषण करने वाली है। इस अर्थ में भी सिरा और धमनी दोनों को नाड़ी कहना सार्थक है।

नट धातु अवस्पन्दनार्थक भी है। जो स्पन्दन अर्थ में सार्थक ही है।

हन्सी – 'हन्' धातु गति करने के अर्थ में है। गति करने वाली को हन्सी कहते हैं। यह स्पष्ट ही है कि नाड़ी गति करती ही है।

धमनी – जिसमें ध्मान (स्फुरण) हो[२] या जिसके द्वारा ध्मान हो या जो रसादि को प्राप्त कराये (एक स्थान से दूसरे स्थान में पहुँचाये)[३] उसे धमनी कहते हैं। इस सम्बन्ध में इसी अध्याय में आगे सिंहावलोकन में बहुत कुछ दिया गया है।

"धमन्यो रसवाहिन्यो धमन्ति पवनं तनो" के अनुसार धमनियाँ रस को वहन करने वाली हैं, वे शरीर में वायु को धमाती हैं। यह बात वातनाड़ियों पर घटती है। ये शरीर में वायु को धमाती (प्राप्त कराती) ही हैं साथ ही हृदय को प्रेरणा देकर सिराओं में रस वहन कराती हैं।

---

१. भट्टोजी दीक्षित अवस्पन्दन का अर्थ नाटच करते हैं। नाटच दृश्य और श्रव्य दो प्रकार का होता है दृश्य को ध्यान में रखकर 'नाड़ी देखना' शब्द प्रचलित हुआ।

२. ध्मानात् 'धमन्यः (च.सू. ३०/११)

३. धमति प्रापयति रसादिकम् इति धमनिः।
औणादिक सौत्र धामि धातु है जिसका अर्थ है प्राप्त करना (एक स्थान से दूसरे स्थान में पहुँचाना)।

अन्यत्र के वचनों को मिलाकर पढ़ने से विदित होगा कि आयुर्वेद में धमनी शब्द वातनाड़ियों के लिए आया है।

धरणी - धृञ् धातु धारण - पोषण करने के अर्थ में है। धारण-पोषण करने वाली नाड़ी को 'धारणी' नाम देना युक्तिसंगत ही है।

धरा - धृञ् धातु धारण और पोषण करने के अर्थ में प्रयुक्त होती है। उसमें अच् और टाप् प्रत्यय लगाने से धरा शब्द सिद्ध होता है। यह अन्यत्र सिद्ध ही है कि नाड़ी (धमनी) रस द्वारा सारे शरीर का धारण और पोषण करती है। तुदादिगणीय धृञ् धातु अनवस्थान (चञ्चलता) अर्थ में भी प्रयुक्त होती है। इसमें अच् और टाप् प्रत्यय लगने से धरा शब्द निष्पन्न होता है। इस धातु के अनुसार नाड़ी चंचल होती है, जो स्पष्ट ही है।

तन्तुकी- तनादि गण की धातु 'तनु' विस्तार अर्थ में है। उणादि प्रत्यय लगकर 'तुन' बनती है, पुनः उसमें कन् एवं स्त्रीलिंग में ङीष् प्रत्यय लगकर तन्तुकी शब्द सिद्ध होता है। इसके अनुसार नाड़ी या धमनी सारे शरीर में विस्तृत है। यह भी स्पष्ट ही है।

जीवनज्ञाना - जीवन का ज्ञान कराने वाले अर्थ में नाड़ी को सभी लोग जानते ही हैं।

वसा -'वस्' निवासे अर्थ या 'वस' आच्छादने अर्थ में प्रयुक्त होने वाली धातु से वसा शब्द बनता है जिसका तात्पर्य है- शुभाशुभ भाव या रक्त को आच्छादित करने वाली। यह भी ठीक ही है। "माधवीय धातुवृत्ति के अनुसार :- अदादिगणीय वस् धातु भी आच्छादन अर्थ में प्रयुक्त होती है जिसमें अच् और टाप् प्रत्यय लगकर वसा शब्द बनता है। यह शरीरान्तर्गत प्रसिद्ध स्नेह द्रव्य है। यह भी शरीर को आच्छादित करता रहता है, इसलिये इसे वसा कहते हैं।"

हिंस्रा - तुदादिगणीय 'हिसि' धातु हिंसा अर्थ में प्रयुक्त होती है। इसमें र प्रत्यय एवं स्त्रीलिंग में टाप् प्रत्यय लगकर हिंस्रा शब्द सिद्ध होता है जिसका अर्थ होता है मारने वाली। विकृति प्राप्त होने पर नाड़ी मारक होती ही है।

धामनी - इसके लिये 'धमनी' देखिये।

जीवितज्ञा - जीवित उपपद है, जिसका अर्थ है जीवन। ज्ञा ज्ञानार्थक ज्ञा धातु से 'क' प्रत्यय तथा स्त्रीलिंग में 'टाप्' प्रत्यय लगने से ज्ञा बनता है। इस प्रकार जीवितज्ञा शब्द का तात्पर्य जीवन का ज्ञान कराने वाली से है।

सिरा - क्रयादिगणीय धातु 'षिञ्' बन्धन अर्थ में प्रयुक्त होती है। अर्थात् जो मांस रुधिरादि को बाँधती है उसे सिरा कहते हैं।[१]

'सृ' धातु गति अर्थ में भी है। इसके अनुसार वेग से रक्त के साथ तीनों दोषों आदि को जो वहन करती है। उसे सिरा कहते हैं।[२]

शिरा - शिञ् निशान अर्थ में प्रयुक्त होती है। निशान तनूकरण (तेज या तीक्ष्ण करना) को कहते हैं। पर इस तालव्य शकारादि शिरा शब्द का सम्बन्ध नाड़ी-शारीर या सम्पूर्ण शारीर शास्त्र से है ही नहीं। इस प्रकरण में इसका प्रयोग उचित नहीं।

सिंहावलोकन - यहाँ पर नाड़ी-शारीर के दृष्टिकोण से सिरा, स्नायु , धमनी और नाड़ी शब्दों का परस्पर विचार आवश्यक है। इनमें सिरा, धमनी एवं नाड़ी ये तीनों दृश्य- अदृश्य शरीर-धात्ववकाशों के नाम हैं।[३] ये परस्पर सन्निकट होने, समान कर्म, समान प्रसार होने एवं सूक्ष्म होने के कारण अलग-अलग काम करने पर भी अविभक्त (एक) के समान प्रतीत होते हैं पर सिरा से धमनी और स्रोत सर्वथा भिन्न हैं क्योंकि इनका विशिष्ट लक्षण, मूल और कर्म विभिन्न है। शास्त्र ने भी इन्हें विभिन्न ही कहा है।[४] "कुछ लोग सिराए धनी एवं स्रोत को अभिन्न मानते हुए धमनी एवं स्नायु को सिरा का ही विकार कहते हैं, पर यह गलत है।" इस प्रकार धमनी को

---

१. सिनोति बध्नाति मांसरुधिरादिकमिति सिरा नाड़ी वा

२. सरणात् सिरा (चरक सू. ३०/१७)। सरणाद्वेगेन शोणितसहितानां त्रयाणां वातादीनां। वहनात् सिरा (हाराणचन्द्र सु. शा.अ. ९ सू. ३ की टीका)।
अथर्ववेद में सिरा को 'हिरा' भी कहा है। देखिये अथर्ववेद काण्ड ७ सूक्त ३६ मन्त्र २।

३. स्रोतांसि सिरा धमन्यो रसवाहिन्यो नाड्यः पन्थानो मार्गाः शरीरच्छिद्राणि संवृतासंवृतानि स्थानान्याशयाः निकेताश्चेति शरीरधात्ववकाशानां लक्ष्यालक्ष्याणां नामानि।
(च. वि. अ. ५ सू. १३)

४. तत्र केचिदाहुः- सिरा धमनी स्रोतसामविभागः, सिराविकार एव हि धमन्यःस्रोतांसि चेति। तत्तु न सम्यक्। अन्या एव हि धमन्यः स्रोतांसि च सिराभ्यः। कस्मात् ? व्यञ्जनान्यत्वात्मूलसन्नियमात् कर्मवैशेष्यादागमाच्चेति। केवलं तु परस्परसन्निकर्षात् सदृशागमकर्मत्वात् सौक्ष्म्यत्वाच्च विभक्त कर्मणामप्य विभाग इव कर्मसु भवतीति।
(सु. शा. अ. ९)

सिरा का विकार मानना गलत है।[१] आज के शब्दों में तो स्पष्टतः धमनी (Artery) सिरा (Veins) का विकार है। (धमनी का विकार सिरा है- यह भी पेड़ से बीज और बीज से पेड़ के समान कहा जा सकता है)। इस पूरे कथन का तात्पर्य यह हैं कि नाड़ीशारीर या आयुर्वेद में धमनी, रक्तवाहिनी आर्टरी (Artery) नहीं है। वह कुछ और ही है।

वेद ने भी सिरा और धमनी को अलग-अलग ही माना है।[२]

धमनी रक्त को वहन कराती है। उसके कारण वह रसवाहिनियों में बहता है। जहाँ भी रस का प्रकरण है[३] उस सबको मिलाकर विचारा जाय तो यह सिद्ध होता है कि धमनियों (आर्टरीज) में वातनाड़ियों के कारण गति प्राप्त करता हुआ रस बहता है। शोणितवर्णनाध्याय (सु.सू. अ. १४) में जिन धमनियों द्वारा रस को बहाया जाना लिखा है उन्हीं धमनियों का उल्लेख धमनी व्याकरण (स.सू.अ.८) में भी किया गया है। वहाँ उनका कार्य इस प्रकार बताया गया है :-

ऊर्ध्वगा धमनियों के कार्य - शब्द , रूप, रस, गन्ध, प्रश्वास, उच्छ्वास, जृम्भित, क्षुधा, हसित, रुदित आदि भावों का वहन करना। इन्हीं के भेदों में से दो-दो धमनियों द्वारा-रूप, रस और गन्ध का ग्रहण होता है। वात, पित्त, कफ, रक्त तथा रस बहता है, दो से घोष करती है, दो से शयन और दो से जागरण होता है, दो अश्रुवाहिनी है, दो स्त्रियों के दूध को बहाती हैं, ये ही दो पुरुषों में शुक्र बहाती हैं।

अधोगा के कार्य - वात, मूत्र, पुरीष, शुक्र आर्त्तव आदि को नीचे बहाना,

---

१. सिरा, धमनी और नाड़ी एक ही पदार्थ है, यह आयुर्वेद में कहीं लिखा हुआ भी नहीं मिलता। केवल अमर कोष में नाड़ी के पर्याय 'नाड़ी तु धमनी सिरा" लिखकर अमर सिंह ने एक ही पदार्थ स्वीकार किया है। आयुर्वेद में यह स्वीकृति विशेष महत्व नहीं रखती।

२. इमा यास्ते शतं हिराः (सिराः) सहस्रधमनीरुत (अथर्व ७/३६/२)

३. सुश्रुत सूत्रस्थान अध्याय १४

विण्मूत्रमाहारमलः: सारः प्रागीरितो रसः।
सतु व्यानेन विक्षिप्तः सर्वान् धातून् प्रतर्पयेत्।।
(सु.सू. ४६/५२८)

व्यानेन रसधातुर्हि विक्षेपोचितकर्मणा।
युगपत् सर्वतोजस्त्र देहे विक्षिप्यते सदा।। (च. चि. १५/१६)

पित्ताशय में जाकर वहाँ के अन्नपान जनित रस को विरेचित कराना और बहाते हुए शरीर को तृप्त करना, ऊर्ध्वगत, तिर्यग्गत धमनियों एवं रसस्थान को रस देना (प्रेरित करना), मूत्र-पुरीष-स्वेद को विरेचित करना, दो-दो के द्वारा वात, पित्त-कफ, रक्त को बहाना, दो के द्वारा अन्न को बहाना, दो के द्वारा जल को बहाना, दो-दो के द्वारा मूत्र, शुक्र (इसी का दो के द्वारा प्रादुर्भाव, दो के द्वारा विसर्जन), आर्तव का वहन और दो के द्वारा पुरीष का निकालना।

तिर्यग्गत के कार्य - स्वेद एवं रस का वहन और अभ्यंगादि के वीर्य का ग्रहण। यद्यपि इनके कतिपय कार्य रस-रक्त वहन का संकेत करते हैं, पर गम्भीरता से देखा जाय तो पता चलेगा कि ये कार्य वातनाड़ियों के ही हैं।[१] रक्तवाहिनियों के नहीं।

इनके अतिरिक्त ५ धमनियाँ और हैं जो इन्द्रियों के विषयों को जीवित शरीर में वहन करती हैं। (ये मृत शरीर में नहीं देखी जा सकती है) यह कार्य रक्तवाहिनियों का तो नहीं ही है, स्पष्टतः वातनाड़ियों का है।

इस प्रकार यह सिद्ध हो रहा है कि सिरा रक्त[२] (शुद्ध और अशुद्ध , की नलिका हैं इसमें रक्त धमनियों (वात नाड़ियों) द्वारा गति होने के कारण बहता है। रक्तवाहिनियों एवं रस (लसीका) वाहिनियों [३] में भी रस[४] धमनियों (वात नाड़ियों) द्वारा गति प्राप्त होने पर ही बहता है।

धमनियों के जितने भी कार्य हैं वे सभी वात के हैं। अर्थात् धमनियाँ (वात नाड़ियाँ) वात की माध्यम हैं। इन्हीं के द्वारा वात व यत्र तत्र जाकर कार्य करता है ठीक उसी प्रकार जिस प्रकार विद्युत् तार के माध्यम से विद्युत्शक्ति काम करती है।

स्नायु - इनके द्वारा शरीर की सभी सन्धियाँ बंधी हुई हैं जिससे मनुष्य भार को सह लेता है।[५] स्थूल स्नायुओं को कण्डरा कहा गया है [६]। कण्डरा अंगों का

---

१. धमन्यो रसवाहिन्यो धमन्ति पवनं तनो।

२. रक्त में मिरित रस, वात, पित्त और कफ भी।

३. इनके लिए शास्त्र में रसप्रपा, रसकुल्पा, रसवहा एवं रसवाही शब्द का प्रयोग यथा स्थान हुआ है।

४. यह अकेला रस है। इसमें रक्तादि का मिश्रण नहीं है।

५. एवमेव शरीरेऽस्मिन् यावत्यः सन्धयः स्मृताः।
स्नायुभिर्बहुभिर्बद्धास्तेन भारसहानराः।।

६. देखिये इस अध्याय में सर्वप्रथम लिखित पर्याय-स्नायु।

प्रसारण और आकुञ्चन करती है। शास्त्र ने सभी जगह गति में मूल हेतु वात को ही माना है। आज के विज्ञान ने भी वातनाड़ियों को (मांसपेशी नहीं) गति का मूल हेतु घोषित किया है। अब स्नायु को यों समझा जाय तो ठीक होगा - सभी गतिशील सन्धियों पर जो बन्धन[१] लगे हैं उनमें भी वात प्रवाहित होता ही है। इनके और सन्धियों के बाहर-भीतर से गुजरने वाली वातनाड़ियों द्वारा भी सन्धिबन्धन होता ही है। इस प्रकार सन्धियों का बन्धन करने वाली सभी वातनाड़ियाँ (लिगमेण्ट सहित) स्नायु के नाम से घोषित हैं। हाथ-पैर आदि गुरु, अंगों का प्रसारण आकुंचन करने के लिए पतली स्नायुओं से काम नहीं चलता अतः वहाँ स्थूल[२] स्नायुयें हैं ही। इन्हीं को कण्डरा कहा गया है। अन्य जितनी गति एवं संज्ञावाहिनी वातनाड़ियाँ हैं उन्हें धमनियाँ कहा गया है। अन्ततः आयुर्वेदीय स्नायु , कण्डरा एवं धमनी सभी वातनाड़ियाँ ही हैं।[३]

नाड़ीशारीर का प्रकरण समाप्त करते समय यह निवेदन कर देना आवश्यक है कि पूरे नाड़ीशारीर के मर्म को जानने के लिए आयुर्वेदीय एवं आधुनिक शारीरशास्त्र का गम्भीर अध्ययन किया जाय। हम यह भी स्पष्ट कर देना चाहते हैं कि जहाँ गम्भीर ज्ञान का प्रश्न है वहाँ पर प्राच्य और पाश्चात्य शारीरशास्त्र अक्षरशः एक है। कई विषयों में मतभिन्नता पाश्चात्य ग्रन्थों में भी मिलती या प्रतीत होती है और प्राच्य में भी। इस दृष्टि से दोनों सदोष हैं। किसी विषय में पहले पाश्चात्य मत का परस्पर सामञ्जस्य स्थापित कीजिए तब प्राच्य और पाश्चात्य दोनों के समञ्जन का प्रयास ठीक दिशा दे सकेगा। दोनों में तत्तद् विषय के श्रेष्ठ आप्त ग्रन्थों को अधिक प्रमाणिक मानिये।

---

१. लिगमेण्ट्स (Ligments)

२. यहाँ एक प्रश्न उठता है।
कितनी स्थूल स्नायु को कण्डरा कहा जायगा। इसका उत्तर शास्त्रीय अक्षर में नहीं मिला है परन्तु सन्धियों में संज्ञावाहिनी वातनाड़ियाँ तो स्पष्टतः अलग ही हैं। वहाँ के अंगों में (त्वचा रक्तादि में नहीं) प्रसारणाकुञ्चन करने वाली शेष वातनाड़ियाँ कण्डरा के नाम से कही गयी हैं।

३. चरकोक्त स्नायुज विकार भी इसी तथ्य की ओर संकेत करते हैं। (च. सू. अ. २८)

४. इस सम्बन्ध में योगशारीर पर भी गम्भीर ध्यान देना ही होगा। रचना शारीर, क्रिया शारीर, रसादि सम्वहन आदि प्रत्येक मामले में योगशारीर के लिंगशारीर पर विचार करना ही होगा।

अध्याय ७

विधान[१]

प्रत्येक अवस्था में नाड़ीदर्शन के लिये निर्धारित विधानों का पालन होना चाहिए अन्यथा विडम्बना ही हाथ लगेगी। इसी दृष्टिकोण से शास्त्र एवं परम्परा द्वारा सुनिर्णीत विधानों का उल्लेख यहाँ किया जा रहा है :-

योग्य नाड़ीद्रष्टा - इस विधान का विधाता वैद्य ही है। सफलता का श्रेय एवं असफलता का उत्तरदायित्व सभी कुछ उसी का है। उसे धीरचित्त, प्रशान्तमन होने के साथ ही बहुत निपुण होना चाहिए।[२] नाड़ी देखते समय उसे तन्मय हो जाना चाहिये। कुल मिलाकर उसे यह अनुभव करना चाहिये कि वह अत्यन्त गुरुतर कार्य में प्रवृत्त हो रहा है। सबसे बड़ी एषणा प्राणैषणा[३] को नष्ट करने वाले रोगों का पता नाड़ी द्वारा ही लगाने जा रहा है।

अयोग्य नाड़ीद्रष्टा- तन्मयतारहित चंचलमन वाला वैद्य ठीक नाड़ी नहीं देख सकता। प्रायः ऐसा देखने में आता है कि वैद्य जी का मन कहीं और है, परिणामतः उनकी अंगुलियाँ नाड़ी के ठीक परीक्ष्यस्थल पर भी न पड़ीं फिर भी वे रोग का निर्णय बोलने लगे और रोगी मन में उपहास करता हुआ या अनजान में चुप है। पर वैद्य में उसका विश्वास समाप्त हो गया। इस प्रकार अपना और अपने विज्ञान का उपहास नहीं कराना चाहिये। वैद्य स्वतः मल, मूत्र, निद्रा, क्षुधा, तृष्णा आदि के वेग से युक्त हो और लोभ, मोह, मत्सर, क्रोध आदि मनोविकारों से युक्त हो तो नाड़ी-ज्ञान में असमर्थ होता है। एक तरुणी वैद्य के पास अपनी पीड़ा लेकर आती

---

१. विधान के सम्बन्ध में आगे वर्णित नाड़ीपरीक्षा प्रकार का भी मनन कर लें।

२. स्थिरचित्तः प्रशान्तात्मा मनसा च विशारदः।
स्पृशेदंगुलिभिर्नाडी..................योगरत्नाकर।

३. नीरोग रहकर दीर्घ जीवन की कामना (च. सू. अ. ११)

है। वह उसे अपना विश्वासपात्र समझती है। पिता से बढ़कर पूज्य मानती है। उसे अपने अंङ्ग-प्रत्यङ्ग दिखा देती है, पीड़ानाशन के लिये! लेकिन यदि वैद्य उसे रमणी मानकर कुचेष्टायें करने लगे तो.....! क्या होगा? इसके उत्तर की कल्पना भी रोमाञ्चकारिणी है। निस्सन्देह कामुक वैद्यकी बुद्धि विचलित होती है। वह नाड़ी का ज्ञान नहीं कर सकता। अपने विज्ञान और व्यवसाय के साथ विश्वासघात कर जीवन को भी दारिद्रय एवं अपयश का भाजन बना लेता है। बहुत से चिकित्सक मद्य का सेवन करते है। व्यसन के लिये ! सुरा, सिगरेट, गाँजा, भाँग, सुर्ती, तमाखू और पान आदि का सेवन करते हैं। यह कटु सत्य है कि ये सभी द्रव्य मादक हैं। बुद्धि को विचलित करते हैं। एक चिकित्सक को कभी भी इनका सेवन नहीं करना चाहिए! इनका प्रभाव जीवन के क्षण-क्षण पर पड़ता है। पर बहुत कुछ व्यसन या व्यवहार के लिये भी करना पड़ता है। इसलिए इनके सेवन का समय और मात्रा आदि ऐसी हो कि व्यवसाय के समय बुद्धि पर कुप्रभाव न पड़े। कहने का तात्पर्य, उस समय प्रमत्त न हो जायँ। काशी के चिकित्सक 'पान' का व्यवहार चिकित्सा व्यवसाय में करते हैं। काशी की परम्परा भी इसमें एक कारण है। इसी प्रकार अन्यत्र के चिकित्सक सिगरेट , सुरती तथा तमाखू आदि का भी सेवन परम्परावश अथवा अन्यान्य कारणों से व्यवसाय के समय करते हैं। कारण चाहे जो कुछ हो ये सब भी व्यवसाय की मर्यादा एवं गम्भीरता के विरुद्ध हैं। इनसे व्यवसाय को धक्का पहुँचता है।[१]

निम्नलिखित श्लोक सर्वदा ध्यान में रखें :-

कुचैलः कर्कशः स्तब्धः कुग्रामीस्वयमागताः।
पञ्चवैद्याः न पूज्यन्ते धन्वतरिसमा अपि।।

अर्थात् तन और वेशभूषा अत्यन्त गन्दी हो, कटुभाषी, कार्य के प्रति सजग और सतर्क न हो, बुरे ग्राम का निवासी (क्रूरकर्मा या असामाजिक तत्वों के ग्राम का अथवा श्मशान आदि के ग्राम का या जिस ग्राम का नाम प्रातः लेना अशुभ समझा जाता हो उसका निवासी हो। इससे वैद्य की मानसिकता दूषित होती है या रोगी को अवांछनीय झमेले में फँसना पड़ जाता है) एवं स्वयं आये हुए वैद्य का आदर नहीं होता चाहे वह भले ही धन्वन्तरि के समान हो। बड़ी विषम स्थिति उस समय होती

---

१. पीतमद्यश्चञ्चलात्मा मलमूत्रादिवेगयुक्।
नाड़ीज्ञानेसमर्थः स्याल्लोभाक्रान्तश्च कामुकः।। (नाड़ीदर्पण)

है जब किसी के यहाँ वैद्य अपने काम से गया हो और वह व्यक्ति वैद्य से नाड़ी देखने को कहे, चाहे जो परिस्थिति या समय हो। ऐसी अवस्था में नाड़ी परीक्षा का वह व्यक्ति कोई उपयोग नहीं करता और न वैद्य को आदर ही देता है। बल्कि वैद्य की उपेक्षा या अनादर करता है। इसलिये चाहे जो हो, जब तक वैद्य नाड़ी देखने के लिये बुलाया न जाय या रोगी स्वयं श्रद्धापूर्वक वैद्य के यहाँ नाड़ी परीक्षा कराने न आया हो तब तक किसी भी परिस्थिति में नाड़ी परीक्षा नहीं करनी चाहिये। कुशलता से समयाभाव या ठीक समय न होने की बात कहकर नाड़ी नहीं देखनी चाहिए। यह ध्यान में रखें कि आपातकाल में यह बात नहीं लागू होती।

नाड़ी देखने योग्य रोगी - नाड़ी देखते समय रोगी को ऐसा रहना चाहिये जिससे उसके रोग का ठीक ठीक पता वैद्य को चल सके। मन में काम, क्रोध, मद, मत्सर आदि भाव न हों। अन्यथा इसका प्रभाव नाड़ी में आ जाने पर रोगज्ञान में गड़बड़ी होगी। क्षुधा-प्यास आदि से भी वह रहित हो, मूत्र और पुरीष का त्याग करने के बाद सुखपूर्वक बैठा हो।[१] भोजन न किये हो। कहने का तात्पर्य यह है कि उस समय रोग और स्वाभाविक परिस्थिति के अतिरिक्त शरीर में दूसरा कोई भाव या पदार्थ न हो, नहीं तो नाड़ी में वह भी विदित होकर मुख्य व्याधि का ज्ञान करने में गड़बड़ी उत्पन्न करेगा।

नाड़ी देखने के लिये अयोग्य रोगी - विभिन्न मानसिक विकारों एवं क्षुधा-प्यास आदि से युक्त हो, भोजन किये हो, तुरन्त चलकर आया हो, निद्रा-तन्द्रा मल-मूत्र के वेग से युक्त हो , मार्ग में हो, धूर्त और विश्वास रहित हो, रोग की नहीं वैद्य की परीक्षा करने आया हो, कहने का तात्पर्य यह है कि नाड़ी द्वारा रोगज्ञान कराने की लसा उसमें न हो, कार्य और कर्ता की गुरुता का अनुभव उसे न हो रहा हो, अज्ञात कुलशील हो। (कुलशील की जानकारी से वैद्य को रोग का अनुभव करने में सरलता होती हैं)[२] ऐसा रोगी नाड़ी देखने के लिए अयोग्य है। ऐसे रोगी की तथा रोगी या उसके संरक्षक द्वारा बिना कहे नाड़ी देखने वाला वैद्य पापी होता है।

---

१. त्यक्तमूत्रपुरीषस्य, सुखासीनस्य रोगिणः।
अन्तर्जानुकरस्यापि नाड़ी सम्यक् प्रबुध्यते।। (नाड़ी दर्पण)
इस पर आगे प्रकाश डाला जाएगा।

२. धूर्त्तमार्गस्थविश्वासरहिताज्ञातगोत्रिणाम् ।
विनाभिशंसनं वैद्यो नाड़ीद्रष्टा च किल्विषी।। (नाड़ी दर्पण)

सम्बन्ध, मित्रता, आदर और प्यार में कहीं जाने पर समय, साधन एवं सुविधा के अनुसार उपहार ले जाने से मनोरम और उत्साहवर्धक वातावरण बनता है। इसलिए वैद्य के पास रोगी या उसके परिचारक आदि को खाली हाथ नहीं जाना चाहिये। व्यावसायिक दृष्टि वाले चिकित्सकों के पास जाने के लिये उनकी फीस बँधी है। पर आयुर्वेदीय चिकित्सा पण्यविक्रय (बाजारू) या लोभार्थ नहीं है। यह परम्परा शास्त्रलिखित और कम आवश्यकता के युग की है। उस समय वैद्य - ब्राह्मण-सेवक को भूमि-भवन-वस्त्राभरण और मानदेय या पुरस्कार आदि देने की सामान्य परम्परा या विधि थी। फीस और लेन-देन के इस युग में यह बात नहीं चल सकती। यह मानकर चलना होगा कि वैद्य भी इस युग का एक प्राणी है। उसकी भी आवश्यकतायें हैं। उसे भी सम्मान-साधन चाहिये। इसलिये शास्त्रों में लिखा है :-

"रिक्तपाणि न पश्येत्, दैवज्ञं भिषजं गुरुम्" अर्थात् ज्योतिषी, वैद्य और गुरु को खाली हाथ नहीं देखना चाहिए। समय-साधन-सुविधा के अनुसार उसके पास उपहार, पुरस्कार, और मानदेय लेकर ही जाना चाहिये। कुछ न हो तो फल-फूल ही जो कृपणता (कञ्जूसी) का द्योतक न हो लेकर ही वैद्य के पास जाना चाहिये। वैद्य भी इसके विपरीत रोगी को आपातकाल या अनिवार्यता को छोड़कर शेष परिस्थिति में नहीं देखें।

उपयुक्त समय - नाड़ी परीक्षा का सर्वश्रेष्ठ समय प्रातःकाल सूर्योदय से लेकर एक प्रहर तक है।[१] इसलिये कि रात भर विश्राम करने के कारण शरीर अपेक्षाकृत स्वाभाविक स्थिति में हो जाता है। मल-मूत्र विसर्जन के कारण पेट खाली रहता है। साथ ही भूख प्यास भी नहीं लगी रहती। मानसिक भावनायें भी उद्दाम नहीं रहतीं। चित्त एक प्रकार से धीर और शान्त रहता है। उस समय नाड़ी से रोग की अभिव्यक्ति भली-भाँति हो सकती है। प्रातःकाल शरीर के बाहर एवं भीतर की प्रकृति भी शान्त रहती है। वैद्य भी अपेक्षाकृत अधिक शान्त और सचेष्ट रहता है। उसकी बुद्धि विकसित रहती है अतः इस समय के किये हुए निर्णय में अधिक सत्यता होगी। नाड़ी द्वारा रोग विनिर्णय के लिये इस समय को नहीं चूकना चाहिये। हाँ ! अत्यन्त आपत्ति के लिये तो किसी भी क्षण नाड़ी देखी जा सकती है और देखनी चाहिये

---

१. प्रातः कृतसमाचारः कृताचारपरिग्रहः।
सुखासीनः सुखासीनं परीक्षार्थमुपाचरेत्।। (कणाद)
नाड़ीं प्रभात समये (प्रथमे जोड़कर अर्थ लगायें) में (योग रत्नाकर)

पर नाड़ी देखने के ठीक समय का समञ्जन करना चाहिये।

पूर्णिमा को ही समुद्र में ज्वार-भाटा आता है। कमल प्रातः खिलता है और सायंकाल मुर्झा जाता है। कहने का तात्पर्य यह है कि जड़ों एवं वनस्पतियों पर जब ग्रह-नक्षत्रों का प्रभाव पड़ता है तो जीवों पर क्यों नहीं पड़ेगा ? जन्म के समय के ग्रहों - राशियों - नक्षत्रों आदि का प्रभाव प्राणी पर पड़ता ही है। इसे प्रायः सभी सामान्य जन भी जानते ही हैं। इस विषय के सम्बन्ध में प्रत्येक समय में ज्योतिष-विज्ञान का आधार लिया जाता है।

आयुर्वेद में भी प्रायः काल, दिन, ग्रह-नक्षत्रों की मान्यता रोगी-औषधि वैद्य के लिये है। इसलिये यदि आपातकाल या अनिवार्यता न हो तो सोमवार (चन्द्रमा-अमृत का दिन) नाड़ी परीक्षा के लिये सर्वश्रेष्ठ है। उसके बाद सोमसुत बुध का दिन श्रेष्ठ है।

वृंहण के लिये सोम, बुध, कर्षण के लिये शनि रवि, बुद्धि के लिये वृहस्पति का दिन श्रेष्ठ है। औषधि निर्माण या वनौषधि लाने के लिये पुष्य नक्षत्र सर्वश्रेष्ठ है। इसलिये यथासम्भव नाड़ी परीक्षा सामान्य अवस्था में शुभ दिन में करानी चाहिए।

वैद्य को श्रद्धा-स्नेह-नम्रता, व्याज (बहाना) पूर्वक उपर्युक्त के विरोधी आग्रह का शमन करना चाहिये।

विभिन्न समयों की नाड़ी - निरोगावस्था की नाड़ी में प्रातःकाल स्निग्धता, मध्याह्न में उष्णता एवं सायंकाल द्रुतगति होती है। रात में विश्राम के कारण नाड़ी वेग (फोर्स Force) रहित होती है।[१]

नाड़ी की इन गतियों को अन्यान्य काल की नाड़ियों की गति से अपेक्षाकृत ही समझना चाहिये। अर्थात् अन्य समय की अपेक्षा प्रातः अधिक स्निग्धता, मध्याह्न में अधिक उष्णता एवं सायंकाल अधिक द्रुतगति होगी। रात में अपेक्षाकृत अधिक वेगरहित होगी।

रुग्णावस्था में चाहे कोई दोष प्रबल हो अथवा कोई परिस्थिति हो, तथोक्त कालों में उसकी गति भी सम्मिलित हो जाती है। इसलिये नाड़ीद्रष्टा को रुग्णावस्था

---

१. प्रातः स्निग्धमयी नाड़ी मध्याह्ने चोष्णता भवेत्।
सायाह्ने धावमाना च रात्रौ वेगविवर्जिता।। (कणाद)
यह गति दोषों पर आधृत है जिसका विवेचन त्रिदोषसिद्धान्त के ग्रन्थों एवं प्रकरण में भली भाँति मिलता है।

में नाड़ी देखते समय निरोगावस्था की सामायिक नाड़ी को समझकर रोग निर्णय करना चाहिए।

इसे यों समझिये - कफ प्रधान रोगी की नाड़ी मध्याह्न में कुछ उष्ण (पित्त का गुण) एवं सायंकाल को कुछ द्रुतगामी (वात का गुण) अवश्य रहेगी। यह वात भी अवश्य होगी कि नाड़ी में कफ की गति सभी समयों में अपपेक्षाकृत अधिक मिलेगी। कफ की नाड़ी स्निग्धतायुक्त होती है और भारी चलती है।

निषिद्ध समय और परिस्थितियाँ - किसी प्रकार का कार्य करने का प्रभाव नाड़ी पर पड़ता ही है। अतः रोग पहचानने के लिये कार्यों के प्रभाव से नाड़ी का मुक्त रहना आवश्यक है नहीं तो निर्णय भ्रामक होगा। स्नान, भोजन एवं मैथुन करने के बाद निद्रितावस्था में, उपवास के समय, तृषा लगने पर और रोते समय नाड़ी देखने से रोग का सम्यक् ज्ञान नहीं होता। इसी प्रकार भूतावेश में, मद्यपानजन्य, मतिभ्रम एवं अपस्मार से थकी देह में भी नाड़ीज्ञान ठीक नहीं होता। अभ्यंग (मालिश) से भी नाड़ी में रोग का ठीक पता नहीं चलता।[१] ज्वरादि के कारण उपवास चल रहा हो या मद्यपायी को कोई रोग हो तो इस प्रकार की परिस्थितियों में स्वाभाविक उपवास आदि के अतिरिक्त उस रोग की नाड़ी की गति भी मिलेगी। ऐसी स्थितियों में विशेष सावधानी अपेक्षित है।

योगियों में साधारण जगत् की सारी बातें अपवाद हो ही जाती हैं। इसलिये स्वरसाधकों, प्राणायामपरायणों और पवनाभ्यास-साधकों[२] में साधारण रोग या स्वाभाविक अवस्थाओं की नाड़ियों का पता नहीं चलता। अधिक क्या कहा जाय ? वे हृदय-फुफ्फुस सहित शरीर की समस्त नाड़ियों की गति को यथेच्छ काल तक रोक लेते हैं। इस समय उनकी सारी गतियाँ लिंग शरीर (सूक्ष्मशरीर) में होती है। इसलिये भौतिक साधनों एवं इस नाड़ी-दर्शन से इनकी नाड़ी, हृदय और फुफ्फुस की गति का पता नहीं चलता।

---

१. भुक्तस्य सद्यः स्नातस्य निद्रितस्योपवासिनः।
व्यवायश्रान्तदेहस्य भूतावेशिनि रोदने।।
सुन्दरीणां च संयोगे मद्यपाने मतिभ्रमे।
अपस्मारे श्रान्तदेहे नाड़ी सम्यङ् न बुध्यते।। (वसवराजीयम्)
इसी प्रकार के वाक्य योगरत्नाकर में भी हैं। कणाद आदि भी इनका समर्थन करते हैं।

२. पवनाभ्याससाधके (वसवराजीयम्)

सन् १९४७ के अप्रैल या मई की घटना है। स्वामी करपात्री जी द्वारा सञ्चालित दिल्ली-सत्याग्रह के सम्बन्ध में वहीं के एक थाना की हवालात में गिरफ्तार शाहजहाँपुर के तीर्थ उपाधिधारी एक साधु ने समाधि ले ली। सरकारी डाक्टरों का समूह अपने समस्त साधनों द्वारा परीक्षा करने के बाद भी उस महामानव की नाड़ी में गति न प्राप्त कर सका। बाद में समाधि का समाचार समझकर वे स्तब्ध रह गये। स्वामीजी भी अपनी १२ घण्टे की समाधि के पश्चात् साधारण अवस्था में आ गये और तब उनकी नाड़ी में पूर्ववत् गति स्पष्ट हो गयी।[1]

इसलिए नाड़ीद्रष्टा को उपर्युक्त परिस्थितियों से सतर्क रहना चाहिये। रोग से उन्हें अलग कर निर्णय देना व्यवहारकुशलता, निपुणता, व्युत्पन्नमति एवं अभ्यास से सम्भव है। विभिन्न परिस्थितियों का ज्ञान आकृतिज्ञान (मुखाकृति आदि की जानकारी) से भली-भाँति होता है। इसके विषय में यहाँ अधिक कहना उपयोगी नहीं है। अगले अध्यायों में हम इस पर विचार करेंगे।

मृत प्राणी का गात्र ठण्ढा, चेहरा निस्तेज या विकृत, नासिका कुछ टेढ़ी और सफेद , कान झुके हुए होते हैं। **पवनाभ्यास साधक** में ये लक्षण नहीं होते। **अपितु उसके शरीर से अद्भुत सौन्दर्य एवं तेज प्रस्फुटित होता है** जो सूक्ष्म दृष्टि से ही देखा जा सकता है।

स्वस्थ की नाड़ी - रोगी की नाड़ी का ज्ञान करने के लिये रोगरहित (स्वस्थ) मानव की नाड़ी की जानकारी आवश्यक है। इसलिये वैद्य को अभ्यास के दृष्टिकोण से स्वस्थ मानवों की नाड़ी देखनी चाहिए। विभिन्न समयों एवं विभिन्न परिस्थितियों में देखी गयी स्वस्थ की नाड़ी के अध्ययन से वैद्य नाड़ी का ज्ञाता बन जाता है।[2]

स्वस्थ की नाड़ी स्थिर (एक गति से) चलती है। इस गति की एक अच्छी उपमा केंचुआ (गण्डूपद क्रिमि) की गति है। इसकी गति बराबर एक सी रहती है न तीव्रता होती है और न मन्दता ही। चाल में भी कोई हेरफेर या परिवर्तन नहीं होता।

---

१. उस महात्मा की समाधि ग्रहण के कुछ देर बाद वृन्दावन के श्री स्वामी मस्तराम जी भी उसी हवालात में आ गये। उन्होंने भी महात्माजी की समाधि एवं सब कृत्य देखा। इस वृतान्त की पुष्टि 'सन्मार्ग ' सम्पादक स्व. पं. गंगाशंकर मिश्र, नगवा-काशी ने की है।

२. स्पर्शनादिभिरभ्यासात् नाड़ीज्ञोजायते भिषक्।
तस्मात्परामृशेन्नाडीं सुस्थानामपि देहिनाम्।। (भूघर)

स्वस्थ की नाड़ी बलवान् (क्षीण नहीं) और स्वच्छ होती है। उसमें रक्त के अतिरिक्त अन्य विजातीय वस्तु यथा आम और मल इत्यादि का वहन नहीं होता।

दोषरहित नाड़ी - स्वस्थ की नाड़ी के सम्बन्ध में दोषरहित नाड़ी की जानकारी आवश्यक है। इसलिये कि सभी रोगों का सम्बन्ध दोषों से है। विभिन्न प्रकार के रोगों की नाड़ियों में दोषों की विभिन्न अवस्थायें प्राप्त होती हैं। साधारण स्वस्थावस्था की नाड़ी में दोषों की वृद्धि, ह्रास, कोप और प्रसर आदि विशेष रूप से नहीं प्राप्त होते। हाँ, समयानुसार दोष की अपेक्षाकृत वृद्धि अवश्य प्राप्त होती है,[२] जो दोष की वृद्धि के समय से भिन्न समय में नहीं प्राप्त होगी। रुग्णावस्था में रोगकारक या उपद्रवकारक दोष की वृद्धि नाड़ी में तब तक प्राप्त होगी, जब तक दोष की क्षीणता के कारण दोषवृद्धिजनित रोग या उपद्रव नष्ट न हो जायगा। इस पर दोषवृद्धि के स्वाभाविक समय का कुछ प्रभाव अवश्य पड़ेगा पर साथ में रोग या उपद्रव के जनक दोष की वृद्धि की नाड़ी उस समय भी अवश्य सम्मिलित रहेगी जैसे कफ के रोग की नाड़ी में प्रातः दोपहर और सायं तीनों काल कफ की वृद्धि अवश्य प्रतीत होगी। पर दोपहर में पित्त की स्वाभाविक वृद्धि के कारण नाड़ी की गति में कुछ पित्त की वृद्धि भी साथ ही प्रतीत होगी।[३]

रोग के कारण दोष से रहित नाड़ी को शास्त्रों ने निर्दोषा नाड़ी के नाम से कहा है। यह नाड़ी पूर्वोक्त स्वस्थ की ही नाड़ी है। यदि अंगुष्ठ के ऊपर (मणिबन्ध में अंगुष्ठमूलीय धमनी में) प्रतीत होती हुई नाड़ी एक गति से बहती हो तो उसे निर्दोषा नाड़ी कहते हैं।[४]

---

१. भूलता गमनप्राया स्वच्छा स्वास्थ्यमयी सिरा।
सुस्थितस्य स्थिरा ज्ञेया तथा बलवती भवेत्।। (रावण)
इसी प्रकार के वचन शार्ङ्गधर संहिता पूर्वखण्ड अध्याय ३ में भी हैं।

२. यह स्मरणीय है कि स्वाभाविक स्थिति में रक्त में स्वस्थ रस एवं दोष मिश्रित रहते हैं। इसका एक स्वाभाविक परिणाम होता है। परिमाण से अधिक या न्यून भी नाड़ी में समयानुसार बहते हुए परिलक्षित होते ही हैं।

३. दोषों की अच्छी जानकारी अध्याय २ एवं अध्याय ९ में होगी।

४. अंगुष्ठादूर्ध्वसंलग्ना समा च बहते यदि।
निर्दोषा सा च विज्ञेया नाड़ीलक्षणकोविदैः।। (रावण)
यूनानी में इसे वाकियुल्वर्स' कहते हैं।

शुभनाड़ी - उपर्युक्त को ही और विस्तृत रूप में अन्यत्र शुभ नाड़ी के नाम से यों कहा गया है- सभी नाड़ियों का शुभ लक्षण यह है — उनका भली भाँति स्पष्ट होना, निर्मलता (आम या मल से रहित), अपने स्थान पर स्थिति (अंगुष्ठमूल, गुल्फ नासोपान्त, कर्णमूल, ग्रीवा, वंक्षण आदि की नाड़ियों की अपने स्थान पर ही अभिव्यक्ति), अचाञ्चल्य और अमन्दता।[१]

स्वस्थ नाड़ी का ध्मान- हृदय के बायें आक्षेपक कोष्ठ (Left auricle) के संकोच से जितना रक्त, रक्तवाहिनियों (धमनियों[२]) में आता है उस रक्त की लहर से उनमें उभार उत्पन्न होता है। लहर के आगे बढ़ने से उभार समाप्त होता है और धमनी अपनी स्थिति में आ जाती है। पुनः आक्षेपक कोष्ठ के संकोच से रक्त में दूसरी लहर उत्पन्न होती है जिससे पुनः उभार उत्पन्न होता है। दो उभारों के बीच में सर्वदा धमनी अपनी स्थिति में आ जाती है। ये उभार ही नाड़ी परीक्षा में स्पर्श कर प्रतीत होते हैं। इनको आयुर्वेद में 'ध्मान', 'स्पन्दन' और 'स्फुरण' कहा गया है। कुल मिलाकर ये ही नाड़ी-परीक्षा के सर्वस्व हैं। इन्हीं को स्पर्श कर परीक्षक निर्णय करता है। इन्हीं की विचित्रताओं से मानव के अगणित भावों, रोगों, जन्म एवं मृत्यु का पता चलता है। विश्व की समस्त चिकित्सा-पद्धतियों या विद्याओं में सर्वाधिक आयुर्वेद ने ही इनका अनुसन्धान किया है। इनको समझाना अति कठिन है। कहकर, लिखकर इन्हें व्यक्त[३] करना तो असम्भव है। यह कार्य अध्ययन, अभ्यास एवं अनुभव से ही सम्भव है।

यन्त्रों या साधारण मानव की त्वग्-इंद्रिय के द्वारा इनकी जानकारी नहीं हो सकती। इनकी जानकारी के लिये प्रपञ्चरहित ज्ञान और सतत अभ्यास की आवश्यकता है। आयुर्वेद ने इन्ही ध्मानों को शब्दों द्वारा व्यक्त करने की चेष्टा की है। यद्यपि उन शब्दों को पूर्ण कहने का दावा नहीं किया जा सकता है पर वे आज किसी भी विज्ञान में नाड़ीपरीक्षा के लिये सबसे बड़े आधार हैं। इसका अभ्यास करने वालों के लिये वे ही सूत्र हैं। इस समस्त ग्रन्थ या आगामी अन्यान्य ग्रन्थों के लिये भी वे ही मुख्याधार हैं। इन शब्दों के बिना नाड़ी परीक्षा में कोई गति नहीं।

---

१. सुव्यक्तता निर्मलत्वं स्वस्थानस्थितिरेव च।
अञ्चाल्यममन्दत्वं सर्वासां शुभलक्षणम्।। (वसवराजीयम्)

२. Arteries.

३. बहुत स्पष्ट

आज के विज्ञान में इन ध्मानों की संख्या को गिनना, रक्तभार नापना एवं रक्त की लहरों को स्फिग्मोंग्राफ (Sphygmograph) या पालीग्राफ (Polygraph) द्वारा चित्रांकित करना नाड़ी परीक्षा का प्रमुख कार्य है। आयुर्वेद में इनकी गतिविधि पर अधिक महत्व दिया गया है। इसी के द्वारा वहाँ सारी जानकारी प्राप्त की जाती है जिसका विवेचन हम आगे करेंगे। यहाँ स्वस्थ नाड़ी के ध्मानों की संख्या Rate पर विशेष विचार किया जायगा।

यहाँ यह ज्ञातव्य है कि ध्मानों की संख्या हृदय के बल और आकार पर निर्भर है। वह जितना ही अधिक बलवान् और विशाल होगा नाड़ी उतनी ही कमजोर ध्मान वाली होगी।[२] ठीक इसके विपरीत हृदय जितना ही अधिक दुर्बल एवं लघु परिमाण का होगा नाड़ी उतनी ही अधिक बलवान ध्मान वाली होगी।[३]

साइकिल के ट्यूब में पम्प द्वारा हवा भरने की स्थिति के उदाहरण से यह बात समझ में आ जायेगी। पम्प जितना बलवान् और विशाल होगा उतने ही कम बार में कम बल से हवा के प्रेषण से ट्यूब भर जायगा। जितना दुर्बल और छोटा होगा उतने ही अधिक संख्यक बार में अधिक बल से ट्यूब भरेगा। जितनी बार पम्प का प्रेशर पड़ेगा उतनी ही बार ट्यूब में फुलाव होगा। इसी फुलाव को नाड़ी में ध्मान कहा जायगा। इस उदाहरण को समझने के पश्चात् पम्प से ट्यूब में पानी भरने के सटीक उदाहरण को ध्यान में रखने से बात अधिक समझ में आ जायगी।

इसमें इतना ही रहस्य है कि बलवान् और विशाल हृदय पोषण एवं जीवन धारण के लिये अपने (बायें आक्षेपक कोष्ठ के) अधिक बलवान् संकोच से एक

---

१. इस शब्द के लिये सामान्यतः फ्रीक्वेन्सी शब्द का व्यवहार होता है। इसे आप 'दर' भी कह सकते हैं।

२. हमने जालौन के एक रोगी की नाड़ी देखी है जो अत्यन्त कमजोर थी। उसका ध्मान हमारी अँगुलियों पर बहुत कम दबाव दे रहा था पर रोगी का हृदय सामान्य था।

३. यहाँ हृदय की दुर्बलता ही प्रधान कारण है। वात की प्रेरणाशक्ति की हीनता से सारा शरीर, सारे दोष और शरीर के साथ मन का भी सब कुछ हीन हो जाता है। सभी गतिशील पदार्थ विशेष क्षीण हो जाते हैं। नाड़ी भी तब अधिक ध्मान वाली न होकर कम ध्मान वाली हो जाती है। अन्ततः तत्क्षण वातशक्ति को न सम्भाला जाय तो नाड़ी का ध्मान सर्वथा समाप्त हो जाता है और प्राण भी शरीर को त्याग देते हैं।
हृदय की दुर्बलता में कई कारण होते हैं उनमें एक प्राणदा (वागस) नाड़ी की नियामक शक्ति की हीनता भी है।

बार से पर्याप्त रक्त शरीर में भेज देता है। धमनियों (आर्टरीज Arteries) में वह रक्त कुछ देर तक रहता है। उनके खाली होने में कुछ समय लगता है। पुनः उनके खाली होने पर दुबारा ध्मान करने के लिये हृदय को कुछ समय तक स्वभावतः रुकना पड़ता है इसलिये एक मिनट में उसके द्वारा किये गये ध्मानों की संख्या कम होती है। ठीक इसके विपरीत दुर्बल एवं लघु आकार का हृदय पोषण एवं जीवनधारण के लिये अपने (बायें क्षेपक कोष्ठ के) दुर्बल संकोच से एक ध्मान में अपेक्षाकृत कम ही रक्त धमनियाँ (आर्टरीज़ Arteries) में भेज पाता है। उस कम रक्त से धमनियाँ भी शीघ्र ही रिक्त हो जाती हैं। हृदय को शीघ्र ही दूसरा ध्मान करना पड़ता है। इसलिये उसके ध्मानों की संख्या प्रति मिनट अधिक हो जाती है। यही कारण है कि सद्यः प्रसूत बालक की नाड़ी का ध्मान सर्वाधिक होता है, क्योंकि उसका हृदय दुर्बल और लघु परिमाण का होता है। पुरुष की अपेक्षा नारी की नाड़ी का ध्मान भी अधिक ही होता है, क्योंकि उसका हृदय अपेक्षाकृत अधिक दुर्बल और कम विशाल होता है।

रोगी की नाड़ी के ध्मानों की संख्या का रहस्य समझने के लिये स्वस्थ की नाड़ी के ध्मानों की संख्या समझना आवश्यक है।

आधुनिकों के अनुसार स्वस्थ मानव की नाड़ी में प्रति मिनट के ध्मानों की संख्या इस प्रकार है :-

स्वस्थ नाड़ी में प्रति मिनट ध्मानों की संख्या –

सद्यः प्रसूत बालक	१४०
क्षीर-पायी बालक	१२०-१३०
क्षीरान्नभोजी बालक (आयु ५-६ वर्ष)	१००
१५ वर्ष का नवयुवक	९०
३५ वर्ष का युवक	७०-७५
३५वर्ष से ५० वर्ष तक का प्रौढ़[१]	७०
अति वृद्धावस्था	७५-८०

१. कतिपय लोगों में यह संख्या आश्चर्यजनक रूप से कम रहती है। हृदय की विशालता और शक्ति भी वहाँ एक कारण है। नैपोलियन वोनापार्ट की नाड़ी-गति साधारणतः प्रति मिनट ४० के लगभग थी। एक ८५ वर्ष के स्वस्थ पुरुष की नाड़ी गति प्रति मिनट ५० थी।

नारी या कन्या की नाड़ी के ध्मान इस हिसाब से प्रति मिनट १० अधिक होते हैं।

श्री लालबहादुर लाल श्रीवास्तव, आर्ट प्रेस-बांसफाटक-बनारस की नाड़ी गति प्रति मिनट ३०-३५ थी और वे स्वस्थ थे।

गर्भस्थ शिशु की नाड़ी - गर्भस्थ शिशु की नाड़ी (यहाँ पर हृदय से तात्पर्य है, क्योंकि हृदय का ही ध्मान नाड़ी में आता है तथा गर्भस्थ शिशु की नाड़ी नहीं देखी जा सकती। हृदय परीक्षण यन्त्र 'स्टेथिस्कोप Stethiscope' से हृदय के ध्मान गिने जाते हैं) से ज्ञात ध्मान प्रति मिनट १२० होने पर उसे नर एवं प्रति मिनट १४० होने पर उसे कन्या समझना चाहिये। लाखों में किसी एक नारी या गर्भस्थ कन्या की नाड़ी के ध्मान पुरुषवत् होते हैं इसलिये कि उसके हृदय का बल और परिमाण पुरुषवत् होता है।

यह ज्ञातव्य है कि स्वस्थ की साधारण अवस्था में ही ध्मानों की उपर्युक्त संख्या होती है। रंच मात्र के हेर-फेर से भी इसमें अन्तर पड़ जाता है। चलने, घूमने, टहलने एवं व्यायाम आदि से ध्मानों की संख्या बढ़ जाती है, यहाँ तक कि लेटने की अपेक्षा खड़े होने में वह प्रति मिनट ८ बढ़ जाती है। रोगावस्था में भी ऐसा होता है। इस विषय में हम आगे भी निवेदन करेंगे।

श्वास-प्रश्वास एवं नाड़ी का अनुपात - यह भी ज्ञातव्य है कि युवावस्था में फुफ्फुस साधारणतः १ मिनट में १८ बार संकोच और विकास (श्वास-प्रश्वास) करते हैं। इतने ही समय में हृदय सामान्यतः ७२ बार संकोच-विकास या ध्मान कर लेता है। इस प्रकार फुफ्फुस से संकोच-विकास और हृदय या नाड़ी के ध्मानों में १:४ का अनुपात होता है। यह अनुपात बालक, वृद्ध और नारी में भी रहेगा। यद्यपि अवस्था और लिंगभेद से ध्मानों की संख्या में अन्तर रहेगा।

ध्मान गिनने की पुरानी प्रथा - ध्मानों की संख्या गिनने की यह प्रणाली बहुत पुरानी है। वृद्ध हारीत ने लिखा है कि लगातार एक मान (एक समान) से नाड़ी में न्यूनतम ३० बार स्फुरण (स्पन्दन या ध्मान) हो तभी रोगी बचता है अन्यथा नहीं।[1]

---

१. स्पन्दते चैकमानेन त्रिंशद्वारं यदा धरा।
स्वस्थानेन तदा नूनं रोगी जीवति नान्यथा।। (वृद्धहारीत)

प्राचीन काल में यह भी जानते थे कि बालक, वृद्ध और नारियों के नाड़ी स्पन्दन की संख्या में अन्तर होता है। भूघर के ये वाक्य मननीय हैं :-

स्पष्टाः[१] स्पन्दास्तु मात्रायां षट्पञ्चाशद्भवन्ति हि।
शिशोः सद्यः प्रसूतस्य पञ्चाशत्तदनन्तरम्।।
चत्वारिंशत्ततः स्पन्दाः षट्त्रिंशत् यौवने ततः।
प्रोढ़स्यैकोनत्रिंशत्स्युर्वार्धक्येऽष्टौ च विंशतिः।।
पुंसोतिस्थितिरस्य स्युरेकत्रिंशदतः परम्।
योषितां पुरुषाणां च स्पन्दास्तुल्याः प्रकीर्त्तिताः।।
प्रौढ़ानां रमणीनां तु द्व्यधिका सम्मता बुधैः।

२^{१/२} मात्रा = १ मिनट की होती है।[२] इस प्रकार भूधर के तथोक्त वचनों के आधार पर नाड़ी के ध्मानों की संख्या प्रति मिनट इस प्रकार है :-

सद्यः प्रसूत बालक	१४०
क्षीरपायी बालक (लगभग ३ वर्ष तक)	१२५
क्षीरान्नभोजी बालक (लगभग ६ वर्ष तक)	१००
१६-१८ वर्ष का युवा	९०
३२-३६ वर्ष का प्रौढ़	७२ १/२ (७२ या ७३)
४८-५४ वर्ष का वृद्ध	७०
७२-८० वर्ष के ऊपर अति वृद्ध	७७ १/२ (७७या ७८)

यह संख्या पुरुष-स्त्रियों में बराबर होती है। केवल प्रौढ़ पुरुष की अपेक्षा प्रौढ़ स्त्रियों में प्रति मिनट ५ ध्मान अधिक होते हैं।

---

१. मूल पुस्तक में स्पष्टाः के स्थान पर षष्ठाः मात्रायां के स्थान पर मात्राभिः एवं तुल्याः के स्थान पर अंगुल्या पाठ रहा, पर उसका अर्थ ठीक नहीं लग पा रहा है। यहाँ जो पाठ दिया गया है उससे अर्थ ठीक लगता है। उसकी संगति आधुनिक मत, जो स्पष्ट है, से सटीक बैठती है। यदि पाठ देने में त्रुटि हो और मूलपाठ या अन्य किसी पाठान्तर से अधिक लाभ हो तो ठीक कर लेखक को सूचित करने की कृपा करें।

२. शार्ङ्गधर के अनुसार — जानुमण्डल पर हाथ घुमाते हुये चुटकी बजाने में जितना समय लगता है, उसके ३० गुने समय की एक मात्रा होती है जिसमें २४ सेकेण्ड लगते हैं।

उपर्युक्त दोनों मतों को देखने से विदित होता है कि नाड़ी के ध्मानों की गणना के सम्बन्ध में प्राचीन और अर्वाचीन मत में कोई विशेष असामञ्जस्य नहीं है।

ये ध्मान स्वस्थ की नाड़ी के हैं। इनको समझ लेने के बाद रोगी की नाड़ी के ध्मानों की संख्या से विकार का पता चल जाएगा। स्पष्ट बात है कि इसके विपरीत ध्मानों की संख्या में न्यूनाधिक्य रहने पर रोग समझना चाहिये।

◆

अध्याय ८

नाड़ी-परीक्षा के स्थान

समस्त शरीर में नाड़ी-परीक्षा- यह निश्चित है कि शरीर में अगणित प्राण अगणित स्थान पर हैं। इसलिये समस्त शरीर के कण-कण में सुख-दुःख की अनुभूति होती है। किसी भी कण में पीड़ा या रोग होने से सभी कण प्रभावित होते हैं इसलिये कि उनका परस्पर घनिष्ट सम्बन्ध है और इसीलिये परम-कुशल वैद्य शरीर के किसी भी कण को देखकर केवल उसी की नहीं अपितु किसी भी अन्य कण अथवा समस्त शरीर की पीड़ा, व्याधि या विकृति जान सकता है। नख-दाँत-ओष्ठ की नीलिमा, चक्षुओं की लालिमा (अत्यन्त कम लालिमा, रक्त रेखायें और मोटी पलकें आदि भी) केशों की रूक्षता अथवा उनका खड़ा होना, रोमों का खड़ा होना, त्वचा के अगणित रंग आदि शरीर के किस-किस अंग की अथवा समस्त शरीर की किस प्रकार की विकृति बताते हैं ? यह एक कुशल वैद्य जानता है अथवा जान सकता है। ठीक इसी प्रकार किसी कण पर किया हुआ उपचार अन्यान्य कणों या समस्त शरीर की पीड़ा या व्याधि को ठीक कर देता है। नख पर लहसुन या हींग का लेप, पैर के अंगूठे पर निम्बपत्र का लेप, नाभि पर मुख की श्लेष्मा या घी का लेप, पार्ष्णिदाह (एड़ी का ज़लना) और शंख प्रदेश (कनपटी) का दाह या उस पर चूने का लेप आदि शरीर के किस अंग अथवा समस्त शरीर की किस व्याधि को दूर करते हैं ? यह एक निपुण वैद्य जानता है अथवा जान सकता है। इन सबका विवेचन नाड़ी दर्शन का विषय न होकर निदान और चिकित्सा का विषय है। इसलिये हम इनके सम्बन्ध में अधिक नहीं कहना चाहते। हम तो केवल यही कहना चाहते हैं कि समस्त शरीर में कहीं भी नाड़ी देखी जा सकती है। स्थूल रूप में जहाँ भी नाड़ी में स्फुरण या स्पन्दन अथवा ध्मान स्पष्ट प्रतीत हो वहाँ नाड़ी देखने में जरा सरलता होती है। बाहर से शरीर को स्पर्श करने में जहाँ भी नाड़ी के ऊपर कम मांस या वसा या त्वचा का कोई पतला आवरण होगा वहीं नाड़ी परीक्षा करने में अपेक्षाकृत अधिक सुविधा होगी।

नाड़ी परीक्षा के ८ स्थान[१] - तथोक्त सुविधा के दृष्टिकोण से नाड़ी परीक्षा के लिये समस्त शरीर में ये ८ स्थान निर्धारित किये गये हैं:-

१-जीवनाड़ी का स्थान हाथ (मणिबन्ध) - यहाँ अंगुष्ठमूलीया या बहिः प्रकोष्ठीया धमनी (धमनी आज के शब्दों में, प्राचीन काल में इसका नाम सिरा था) Redial artery की गति से रोगों की जानकारी की जाती है। यह नाड़ी परीक्षा के लिए उपयोग में आने वाली सभी नाड़ियों में प्रमुख[२] है। इसी को नन्दी आदि आचार्यों ने 'जीव नाड़ी'[३] कहा है। शार्ङ्गधर आचार्य ने इसे 'जीवसाक्षिणी' कहा है।[४] इस नाड़ी के प्रमुख होने में निम्नलिखित कारण हैं:-

क- इस नाड़ी की स्पष्टता अन्यान्य नाड़ियों की अपेक्षा अधिक है, क्योंकि इसके ऊपर मांस, वसा और त्वचा का अत्यन्त पतला आवरण है।

ख- नारी, बालक, वृद्ध और युवा आदि सभी वर्ग के लोग सभी परिस्थितियों में मणिबन्ध को बिना किसी संकोच या झंझट के वैद्य के सामने रख देते हैं।

ग वैद्य को भी इस स्थान को देखने में किसी प्रकार के संकोच या झंझट का अनुभव न होगा। यहाँ अपेक्षाकृत अधिक स्वच्छता भी रहती है।

घ- यहाँ वस्त्र आदि का विशेष आवरण भी प्रायः नहीं रहता। कुछ लोग घड़ी या कंगन या चूड़ी यहाँ पहनते हैं जिसे सरलता से हटाया जा सकता है।

ङ यहाँ तीनों अंगुलियाँ बड़ी सरलता से नाड़ी को ठीक-ठीक स्पर्श कर

१- पाणिपात्कण्ठनासक्षिकर्णजिह्वा च मेढ्रगा। (वसवराजीयम्)
और यही
वामदक्षिणतो लक्ष्याः षोडश प्राणप्रबोधकाः।। (वसवराजीयम्)
के अनुसार १६ हो जाते हैं।

२- अंगुष्ठमूलसंस्था तु विशेषेण परीक्ष्यते। (रावण)

३- अस्तिप्रकोष्ठगा नाड़ी मध्ये काऽपि समाश्रिता।
जीवनाडी सा प्रोक्ता नन्दिना तत्वेदिना।। (रावण)

४- करस्यांगुष्ठमूले या धमनी जीवसाक्षिणी।
तच्चेष्टया सुखं दुखं ज्ञेयं कायस्य पण्डितैः।।
(शा. पूर्वखण्डअ. ३)

लेती हैं[१] जब कि अन्य स्थानों की नाड़ियों पर दो या एक ही अंगुली के द्वारा स्पर्श किया जा सकता है।

च- नाड़ी दर्शन का मुख्य सिद्धान्त त्रिदोष है जो तीनों अंगुलियों में एक-एक से देखा जाता है।[२] बिना तीनों अंगुलियों के तीनों दोषों का पूर्णतया ज्ञान नहीं हो सकता। तीनों अंगुलियों के योग्य यही परीक्षा-स्थान है।

छ- सभी रोगों के प्रमुख कारण साम या दुष्ट वात-पित्त-कफ दोष हैं। अजीर्ण भी रोगों का एक विशिष्ट कारण है। इन सबकी परीक्षा इस स्थान से अपेक्षाकृत अधिक की जा सकती है[३] अर्थात् यहाँ से सभी रोगों की परीक्षा हो सकती है जबकि अन्य स्थानों की नाड़ियों से इने-गिने रोगों की परीक्षा होती है।

ज- यह एक सीधी सी बात है कि सामुद्रिक शास्त्र (हस्तरेखा विज्ञान) में मस्तक, चरण आदि की रेखाओं या चिह्नों से भी मानव के भूत-वर्तमान और भविष्य जानने की प्रणाली कही गयी है परन्तु वहाँ भी हस्त की रेखाओं को सर्वाधिक महत्व दिया गया है। उनसे जीवन के समस्त सुख, दुःख, विद्या, बुद्धि एवं स्वभाव विज्ञानवेत्ता बताते हैं। इससे विदित होता है कि हाथ का सम्बन्ध सूक्ष्म रूप में समस्त शरीर एवं मन से है। यह गम्भीर अध्ययन की बात है कि वह सम्बन्ध किस प्रकार का है ? हम तो अपने अध्ययन के नहीं, शास्त्र के आधार पर कह सकते हैं कि यहाँ की नाड़ी समस्त शरीर से सम्बन्ध रखती है।[४]

२- पैर में अन्तर्गुल्फ की नाड़ी - दूसरा स्थान है पैर में अन्तर्गुल्फ के नीचे जरा एड़ी की ओर।[५] यहाँ पोस्टीरियर टीबियल Posterior Tibial है। यहाँ कुछ आचार्यो के मत से तीनों अंगुलियों और कुछ आचार्यों के मत से दो ही अंगुलियों

१- हस्तयोस्तत् प्रकोष्ठान्ते मणिबन्धेऽङ्गुलित्रयम् (वैद्यभूषण)

२- देखिये अध्याय ९

३- अजीर्णमामदोषं च ज्वरस्यागमनं क्षुधाम्।
वातपित्तकफान्दुष्टान् हस्तनाड़ी निदर्शयेत्।। (वसवराजीयम्)

४. अंगुष्ठमूलसंस्या तु विशेषण परीक्ष्यते।
सा हि सर्वाङ्गगा नाडी पूर्वाचार्यैः सुभाषिता।। (रावण)

५. गुल्फस्याधोऽङ्गुष्ठभागे। (कणाद)

नाड़ी देखने के स्थान

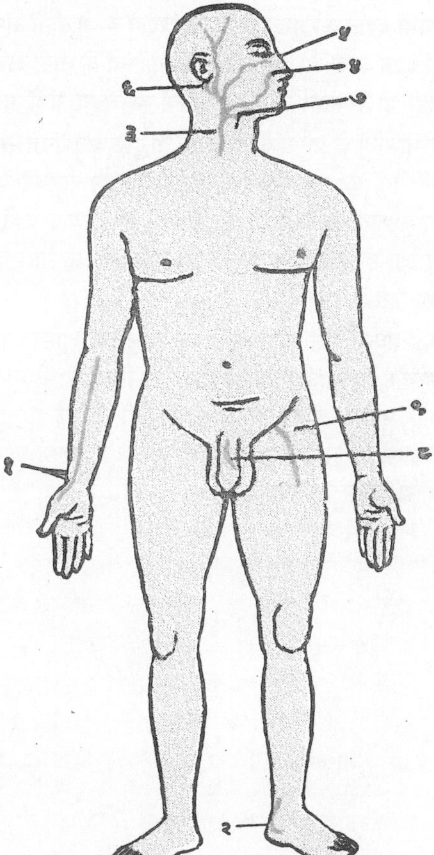

६—वहिर्मातृकाधमनी की पश्चिम मूलगा शाखा

७—वहिर्मातृकाधमनी की ग्रासनी शाखा

८—अन्तः शिश्निकाधमनी

९—वहिःश्रोणिगा, नम्बर ८ के बदले में देखी जा सकने वाली नाड़ी

१—वहिप्रकोष्ठीयाधमनी या जीव नाड़ी

२—पश्चिम जंघिका धमनी

३—महामातृकाधमनी

४—वहिर्मातृकाधमनी की नासामूलगामौखिकी शाखा

५—उत्तान शंखिका की गण्डीया शाखा

से स्पर्श योग्य स्थान है।[१] दोनों सत्य हो सकते हैं पर हमारे विचार से दो अंगुलियों वाला मत अधिक कर्मसंगत है, क्योंकि अधिक रोगियों में दो ही अंगुलियों के रखने का स्थान यहाँ सरलता से उपलब्ध होता है। यहाँ से सम्यक् रोगज्ञान नहीं हो सकता। पर मणिबन्ध न रहने पर अथवा विभिन्न कारणों से वहाँ नाड़ी के स्पष्ट न होने पर यहाँ की नाड़ी से परीक्षा की जा सकती है। सभी नाड़ियों की भाँति इस नाड़ी से भी मानव का प्राण-सञ्चरण ज्ञात होता है।

३-कण्ठमूल की नाड़ी - नाड़ी परीक्षा का तीसरा स्थान कण्ठमूल है। यहाँ उर:कर्णमूलिका पेशी के नीचे की धमनी कामन कैरोटिड Common Carotid[२] दो अंगुलियों[३] से देखी जाती है। यहाँ से आगन्तुक ज्वर , तृष्णा[४], श्रम (थकावट), मैथुन, सुस्ती, भय, शोक एवं क्रोध का पता भली-भाँति लगता है।[५] यहाँ से इन जानकारियों के प्राप्त होने के कारणों को ढूँढ़ने के लिए रचनाशारीर एवं क्रियाशारीर का गम्भीर ज्ञान अपेक्षित है। साधारणजनों के लिये इतना जान लेना पर्याप्त है कि आगन्तुक ज्वरों का हृदय एवं फुफ्फुसों पर सर्वाधिक प्रभाव पड़ता है। क्योंकि ये ज्वर विभिन्न प्रकार के विषों, मद्यों या मानसिक कारणों से उत्पन्न होते हैं जो स्थूल शरीर में[६] सर्वप्रथम और सर्वाधिक प्रभाव हृदय और फुफ्फुसों पर ही डालते हैं। भय, शोक, क्रोध से परिस्रुत होने वाले स्रावों की प्रमुख ग्रन्थियाँ कण्ठ के ही आस-पास हैं। पिपासा उत्पन्न होने का प्रमुख स्थान यहीं है।[७] विभिन्न प्रकार के श्रमों एवं सुस्ती का प्रभाव प्राण (शक्ति) के प्रमुख स्रोत हृदय और फुफ्फुस पर सर्वाधिक पड़ता

---

१. पादयोर्नाडिकास्थानं गुल्फस्यांगुलिकात्रयम्। (वसवराजीयम्)
पादयोर्नाडिकास्थाने गुल्फस्याधोंगुलिद्वयम्। (वैद्यभूषण)

२. महामातृका धमनी।

३. कण्ठमूलेङ्गुलिद्वन्द्वं। (नाड़ी प्रकाश टीका)
यहाँ नाड़ी के स्पर्श का स्थान दो ही अुगुलियों के रखने योग्य है।

४. (कण्ठकूपे क्षुत्पिपासानिरोधः) से प्रमाणित होता है कि क्षुधा और प्यास का विशिष्ट सम्बन्ध कण्ठकूप या तत्समीपस्थ नाड़ी से है।

५. आगन्तुकं ज्वरं तृष्णामायासं मैथुनं क्लमम्।
भयं शोकं च कोपं च कण्ठनाड़ी विनिर्दिशेत्।। (वसवराजीयम्)

६. सूक्ष्म शरीर या लिंग शरीर (मस्तिष्क आदि) में इनके विभिन्न केन्द्र हैं।

७. तालुप्रपन्नं जनयेत् पिपासाम्।

है। क्यों, कैसे और कब ? का उत्तर देना प्रस्तुत विषय के बाहर जाना है इसलिये अधिक न कहकर इतना ही कह देना पर्याप्त होगा कि हृदय फुफ्फुस पर सर्वाधिक पड़ता है क्यों, कैसे और कब का उत्तर देना प्रस्तुत विषय के बाहर जाना है। इसलिये अधिक न कहकर इतना ही कह देना पर्याप्त होगा कि हृदय, फुफ्फुस तथोक्त ग्रन्थियों एवं पिपासा स्थान के निकट इसके अतिरिक्त अन्य कोई नाड़ी नहीं जो इन रोगों की परीक्षा के लिए इससे अधिक सरलता से देखी जा सके या जिससे उपर्युक्त बातें इससे अधिक स्पष्ट हो सकें क्योंकि यह कूर्म और वक्षस्थ हृदय के ठीक मध्य में है।

४. नासामूल की नाड़ी - नाड़ी देखने का चौथा स्थान है- नासामूल या नासोपान्त। यहाँ[१] Facial Branch of the External carotid बहिर्मातृका धमनी की मौखिकी शाखा (नासा मूलगा) देखी जाती है। इस पर भी स्पर्शस्थल दो ही अंगुलि[२] का है। यहाँ से जीवन-मरण, कामना, कण्ठरोग, शिर की पीड़ायें और कान में होने वाले वातरोग प्रकाशित होते हैं।[३] इन बातों की जानकारी यहाँ से क्यों होती है इसका समुचित उत्तर पाने के लिए रचनाशारीर एवं क्रियाशारीर की गम्भीरता में उतरना पड़ेगा। इसके लिए हमें अप्रासंगिक और लम्बा वक्तव्य देना पड़ेगा जो अभीष्ट नहीं है। इसलिए अधिक न कहकर इतना ही कहना पर्याप्त होगा कि विद्वान् चिकित्सक और साधारणजनों में बहुत से लोग यह जानते हैं कि नासावंश के टेढ़ेपन, उसकी विकृत छाया- वर्ण एवं प्रभा से मृत्यु (इसके विपरीत जीवन) का बड़ा सटीक ज्ञान[४] होता है। इस नाड़ी के द्वारा प्राप्त ज्ञान से नासावंश पर उदित होने वाले मृत्युचिन्हों (अरिष्ट लक्षणों) का घनिष्ठ सम्बन्ध है। विभिन्न कामनाओं का नासिका पर अद्भुत मननीय प्रभाव आकृतिविज्ञानवेत्ता स्वीकार करते हैं। कान-कण्ठ-शिर में आने जाने वाली नाड़ियों का यहाँ एक छोटा सा संगम है। इन्हीं सब कारणों से नासानाड़ी तथोक्त बातों को सर्वाधिक प्रकाशित करने की क्षमता रखती है।

५. आँख की नाड़ी - नाड़ी देखने का पाँचवाँ स्थान आँख के निचले हिस्से के बाह्यकोण में कपोलास्थि के ऊपर है। यहाँ उत्तान शंखिका की गण्डीय शाखा

१. नासोपान्तेषु याः स्थिताः। (वसवराजीयम्)

२. नासामूलेडगुलिद्वन्द्वं । (नाड़ी प्रकाश टीका)

३. मरणं जीवनं कामं कण्ठरोगं शिरोरुजाम्।
श्रवणानिलजान् रोगान् नासानाड़ी प्रकाशयेत्।। (वसवराजीयम्)

४. देखिये चरक इन्द्रिय स्थान।

नामक धमनी (Zygomatic Artery) A Branch of (Superfacial Temporal artery) देखी जाती है। यहाँ से रोगज्ञान हो सकता है पर स्पन्दन इतना अस्पष्ट है कि कठिन अभ्यास के बाद भी दुरूह है। अतः यहाँ से केवल प्राणसञ्चरण जानने के अतिरिक्त और किसी बात की जानकारी का उल्लेख नहीं है। यहाँ कठिनाई से एक अंगुली से स्पर्श-योग्य स्थान है।

६. **कर्णमूल की नाड़ी** – नाड़ी देखने का छठवाँ स्थान कर्णमूल है। यह स्थान कान के नीचे की ओर पीछे की दिशा में स्थित गड्ढे में है। यहाँ बहिर्मातृका धमनी पश्चिम कर्णमूलगा शाखा (Posterior articular Branch of External carotid artery) देखी जाती है। यहाँ [१] एक अंगुलि से स्पर्श योग्य स्थान है। शेष बातें नं. ५ वाले स्थान की भाँति समझिये।

७. **जिह्वा की नाड़ी** – नाड़ी देखने का सातवाँ स्थान जिह्वा है। यहाँ कौन नाड़ी क्यों देखी जाती है इसका पता हमें नहीं चला।[२] आशा है विद्वान् इस पर प्रकाश डालेंगे।

८. **मेढ्रगा नाड़ी**– नाड़ी देखने का आठवाँ स्थान मेढ्र (नर में लिंग और नारी में भग) के पार्श्व में है। यहाँ अन्तर्शिश्निका धमनी (Internal pudendal artery) देखी जा सकती है।[३] यहाँ पर दो अङ्गुलियों से स्पर्श योग्य स्थान है। शेष बातें नं. ५ के समान समझिये।

सूचना – उपर्युक्त ८ स्थानों के विषय में यथा सम्भव विशद विवेचन किया गया है। इसके अतिरिक्त कूर्पर (केहुँनी) के मध्य रेखा की ओर प्रगण्डीया धमनी (Brachial artery) और कपाल पार्श्व[४] (शंख प्रदेश या कनपटी) में उत्तान शंखिका नाड़ी (Super Facial Temporal artery) भी देखी जाने का उल्लेख है। इन दशों स्थानों में जहाँ जैसी आवश्यकता पड़े, नाड़ी देखनी चाहिये। यह स्मरणीय है

---

१. कर्णमूलेंऽगुलिर्भवेत् (नाड़ी प्रकाश टीका)

२. यहाँ Lingual Branch of the External Carotid artery (बहिर्मातृका की रसनाभिगा शाखा) पर जरा ध्यान दें, स्यात् कुछ पता चले।

३. वंक्षण की External Iliac बहिः श्रोणिगा धमनी भी देखी जाती है। यह अधिक स्पष्ट है। यही देखनी चाहिये। अन्तः शिश्निका धमनी लिंगोत्थान में अधिक स्पष्ट देखी जा सकती है।

४. कपालपार्श्वयोः...... व्याधि निर्णयः (वसवराजीयम्)

कि बहुधा प्राण शाखाओं की ओर से विनष्ट होने प्रारम्भ होते हैं। अतः हाथ और पैर की नाड़ियाँ प्रारम्भ में स्पन्दनरहित हो जाती हैं परन्तु उसके समीपस्थ नाड़ियों यथा कण्ठ आदि में क्रमशः प्राण का सञ्चार रहता है परिणामतः वहाँ स्पन्दन भी रहता है। अतः हाथ-पैर की नाड़ियों के ही स्पन्दनरहित हो जाने से प्राणी को मृत नहीं जानना चाहिये। जब तक कि कण्ठ की नाड़ी[१] अथवा उसके बाद हृदय सर्वथा स्पदनरहित न हो जाय।

चरक इन्द्रिय अ. ३ नाड़ी दर्शन पृ. ७६

मृत की नाड़ी - पुरुष और नारी की दोनों ओर की मन्यानाड़ियाँ अच्छी तरह स्पर्श करने पर न फड़कती हों तो उसे मृत जाने। करोड़ों में एक भाग्यशाली अथवा विष-मद्य से मृत या जल में डूबे जन के हृदय के स्पन्दनरहित हो जाने पर भी प्राण के आदि स्रोत मस्तिष्क में प्राण रहता है[२] पर उसे जीवित पहचानना और रोगमुक्त करना आज अति कठिन है। विषय भी अधिक गम्भीर हो जायगा इसलिये इस सम्बन्ध में इतने को ही बस समझिये। इसके लिये आयु की निर्दिष्ट परिभाषा ज्ञातव्य है।

अतः सभी नाड़ियों में मणिबन्ध (हाथ में अङ्गुष्ठमूल के नीचे) की नाड़ी परीक्षोपयोगी बतायी गयी है। अतः हम आगे उसी के दृष्टिकोण से नाड़ी परीक्षा विधि लिख रहे हैं।

◆

---

१. तस्य चेन्मन्ये परिमृश्यमाने न स्पन्देयात्त तदातं परासुरिति विद्यात् (च. इ.)

२. इसी अवस्था के लिये आयुर्वेदोक्त ब्रह्मरन्ध्र रस आदि दिव्य रस लिखे गये है। रसयोगसागर द्वितीय भाग रस संख्या ३९०

अध्याय ९

'नाड़ी परीक्षा- प्रकार'[१]

रोगी की परिस्थिति - नाड़ी परीक्षा करते समय यह आवश्यक है कि नाड़ी दिखाने वाले की शारीरिक और मानसिक स्थिति ऐसी हो, जिसमें उसके शरीर और मन में होने वाली गतियों में कोई बाधा या परिवर्तन न हो। उसका कोई अंग-प्रत्यंग किसी भी बाह्य कारण से दब न रहा हो। विशेषतः उसका वह हाथ जिसकी नाड़ी देखी जा रही है, कहीं से दबा या निराधार न लटक रहा हो। वह चञ्चल न हो। उसके अंग-प्रत्यंग या हाथ हिलें नहीं। यथा सम्भव उसके मन में तत्काल किसी कारण से अन्य भाव, क्रोध आदि न उत्पन्न हों। वह यदि सचेत हो तो स्वयं नाड़ी परीक्षा की गंभीरता का अनुभव करे। उसके समीपस्थ जन भी कार्य की गुरुता का अनुभव करें।

वैद्य की परिस्थिति - नाड़ी देखने वाले वैद्य की भी परिस्थिति ऐसी होनी चाहिये जिसमें उसके अंग प्रत्यंग कहीं से दब न रहे हों। कहीं से किसी अङ्ग पर रुकावट न पड़ रही हो। उसके मन में तल्लीनता होनी चाहिये। चञ्चलता घातक है। नाड़ी दिखाने वाला नर या नारी कोई भी हो, उसकी ही सन्तान है। केवल उसके रोग को पहचानने की ही लालसा सतत मन में उठती रहे। इसके अतिरिक्त उसके तन से, धन से वैद्य को कोई सरोकार नहीं। अपने गौरवपूर्ण कार्य की गुरुता का अनुभव उसे होना चाहिये। उसके समीप तल्लीनता को भंग करने वाली कोई बात न हो। यह स्मरणीय है कि ताड़ या बिजली के पंखे की आवाज भी एकाग्रता में बाधा डालती है पर इसका तात्पर्य यह नहीं कि वैद्य को गरमी से परेशान होने दिया जाय। तात्पर्य यह है कि निःशब्द पंखे का प्रयोग किया जाय, अन्य किसी प्रकार का शब्द भी वहाँ नहीं होना चाहिये। कुल मिलाकर पूरा वातावरण शान्त और सुन्दर होना चाहिए।

---

१. इस सम्बन्ध में पूर्व वर्णित विधान का भी मनन कर लें।

स्थान भी स्वच्छ और सुगन्धित रहना चाहिये। (यदि रोगी की गन्ध की परीक्षा करनी हो तो किसी प्रकार की सुगन्ध या दुर्गन्ध अभीष्ट नहीं) स्वयं आगत वैद्य को विषम परिस्थिति के अतिरिक्त नाड़ी नहीं देखनी चाहिये। यहाँ वैद्य की गरज या मर्यादा के दुरुपयोग का परिणाम सुखद नहीं।

नाड़ी परीक्षार्थ आसन – नाड़ी परीक्षार्थ वैद्य के लिये बड़ी चौकी पर गद्दी और मसनद का ढंग सर्वोत्तम है। इसलिये कि इस आसन पर बैठने से वैद्य के किसी अङ्ग प्रत्यंग पर दबाव नहीं पड़ता और न उसे किसी प्रकार स्थान- संकोच ही होता है। वैद्य के सामने बैठे हुए नाड़ी दिखाने वाले प्राणी को भी किसी प्रकार की असुविधा नहीं होती। हाँ, चौकी ऐसी होनी चाहिये कि रोगी आवश्यकता पड़ने पर उस पर भली भाँति लेट भी सके। उसके लिये भी मुलायम बिछावन एवं तकिया होनी चाहिये। आजकल बैठने के लिए कुर्सी का बड़ा प्रचार हो रहा है। कुछ लोग इस पर बैठने में एक शान का भी अनुभव करते हैं पर नाड़ी–परीक्षा के दृष्टिकोण से यह आसन सर्वाधिक अनुपयुक्त है। क्योंकि इस पर बैठने से वैद्य और रोगी दोनों की ऊरुओं (रानों Thighs) पर दबाव पड़ता है, पैरों को कष्ट होता है, स्थान संकोच भी होता है। आवश्यकता पड़ने पर रोगी इस पर लेट नहीं सकता। वस्तुतः यह आसन आफिसों के बाबुओं के लिये और अन्य कामों के लिये है। अस्पतालों अथवा अन्यत्र नाड़ी–परीक्षार्थ उपयुक्त आसन के लिए विवशता हो और वहाँ यदि कुर्सी रखना चाहते हों तो नाड़ी देखने एवं दिखाने वाले दोनों के लिए उत्तम घूमने वाली कुर्सी Rotating Chair हो, उस पर जहाँ भी अंग से स्पर्श हो वहाँ स्प्रिंगदार गद्दी होनी चाहिये या इस निमित्त बनी हुई डनलप रबर की गद्दी होनी चाहिये। पैर टिकाने के लिए नीचे भी मुलायम आधार होना चाहिए।

आसन की यह व्यवस्था तो वैद्य के पास रोगी के आने पर के लिये है। अगणित अवस्थायें ऐसी होती हैं जिनमें नाड़ी परीक्षा करने के लिए रोगी के घर वैद्य को स्वतः जाना पड़ता है। वहाँ ऐसे आसन न मिलने पर रोगी को चारपाई पर लेटकर अपना हाथ फैला देना चाहिये। वैद्य के लिये चारपाई के समान उँचाई वाला आसन चाहिये। आसनों की मृदुता का ध्यान सर्वदा रखना चाहिये। थाईलैण्ड में नाड़ी परीक्षार्थ रोगी के लिये विशेष प्रकार की कुर्सी का प्रचलन है जिसमें ऐसी व्यवस्था है जिससे रोगी के फैले हुए (प्रसारित) हाथ को पूरा और सुकोमल आधार मिल सके।

प्रारूप या वैद्य और रोगी के हाथ की स्थिति – उचित आसन पर सुखपूर्वक

वैद्य—श्रद्धेय श्री पं० सत्यनारायण जी शास्त्री (राष्ट्रपति के निजी चिकित्सक)

बैठा हुआ वैद्य नाड़ी परीक्षार्थ सुखपूर्वक बैठे हुए रोगी के हाथ का कूपर (केहुनी), अपने बायें हाथ पर रखकर दाहिने हाथ की अंगुलियों (तर्जनी, मध्यमा और अनामिका) से उसी हाथ (जिसका कूर्पर वैद्य के बायें हाथ पर है) के मणिबन्ध में अंगुष्ठ की ओर अंगुष्ठ मूल से एक अंगुल नीचे स्थित नाड़ी का स्पर्श करे।[१] यह नाड़ी-स्पर्शन का सर्वश्रेष्ठ प्रारूप (प्रारम्भिक रूप) है। पर कई परिस्थितियों में ऐसा होना असम्भव हो जाता है। रोगी यदि बैठने में असमर्थ है तो उसे लिटाकर उसी ढंग से (कूर्पर को बाँयें हाथ पर रख दाहिने हाथ से) नाड़ी स्पर्श करे अथवा रोगी का हाथ सम्यक् फैलाकर उसके कूर्पर के नीचे बिना हाथ रक्खे ही अपने दाहिने हाथ की अंगुलियों से नाड़ी स्पर्शन करे।[२]

बालक की नाड़ी परीक्षा- नासमझ चञ्चल बालक अपने हाथ को स्थिर नहीं रख सकता। उसकी नाड़ी को उसके निद्राकाल में देखना चाहिये पर नाड़ी में प्राप्त निद्रा के लक्षणों से रोग के लक्षण को अलग कर निर्णय करना पड़ेगा जो कुछ कठिन है। चैतन्य बालक माँ का दूध पीते समय बहुधा अपने हाथ को स्थिर रखता है उस समय उसकी नाड़ी देख सकें तो उत्तम है। कतिपय बालक इस समय भी माँ के स्तनों पर अपना हाथ रखे रहते हैं। माँ के द्वारा उसके हाथ को वहाँ से अलग कराकर नाड़ी देखनी चाहिये।

कभी-कभी ऐसा होता है कि बालक वैद्य को देखकर उसे अपना हाथ नहीं

---

१. हाथ की कलाई में अंगूठे की जड़ के नीचे एक हड्डी (बहिर्मणक) कुछ उभरी हुई प्रतीत होती है जो पतले लोगों में स्पष्ट दिखाई पड़ती है, मोटे लोगों या सूजे हुए हाथ वालों में जरा दबाकर स्पर्श करने से मालूम पड़ती है। उसके नीचे या सीध में ही वैद्य की तीनों अंगुलियाँ नाड़ी परीक्षार्थ स्पर्श करने के लिये पड़नी चाहिये। तीनों के नीचे स्फुरण का अनुभव करना चाहिये। जब तक तीनों के नीचे स्फुरण का अनुभव न हो तब तक नाड़ी से निर्णय न करे। तीनों के नीचे स्फुरण प्रतीत होने के बाद ही अन्य गतियों पर विचार करना चाहिये।

२.- सव्येन रोगिधृतकूर्परभागभाजा,
पीड्याथ दक्षिणकरांगुलिकात्रयेण।
अंगुष्ठमूलमधिपश्चिमभागमध्ये,
नाडीप्रभञ्जनगतिं सततं परीक्षेत्।। (वसवराजीयम्)

यह सर्वसम्मत मत है। रावणकृत नाड़ी दर्पण एवं योगरत्नाकर आदि में भी यही प्रतिपादित है।

छूने देता। ऐसी अवस्था में माँ या परिचारक को उसका मुख वैद्य से विपरीत दिशा में फेर देना चाहिये जिससे वह वैद्य को देख न सके। माँ या परिचारक बालक को गोद में लेकर उसका सिर कन्धे पर रख ले तो यह समस्या सरलता से सुलझ जाती है। कभी-कभी माँ या परिचारक के खड़ा होकर हिलाने से बालक शान्त रहता है। इस परिस्थिति में दोनों के शान्त होने पर वैद्य को भी खड़े होकर नाड़ी देखनी पड़ेगी। यदि बालक शान्त नहीं हो तो नाड़ी परीक्षा के अनिवार्य होने पर यथासम्भव विधि से नाड़ी परीक्षा करें। बहुत विवशता न हो तो अन्य समय के लिये स्थगित कर दें या अन्य उपाय से निदान करें।

यह स्मरणीय है कि बालक की नाड़ी की गति-संख्या तरुणों की अपेक्षा अधिक होती है। वह अधिक स्फुरण वाली और पतली होने के कारण सरलता से निर्णय नहीं करने देती। यह समझ लीजिये कि क्षीरपायी बालक की स्वाभाविक नाड़ी -गति प्रति मिनट १२०-१३० है। यह गति युवा पुरुषों में (स्वाभाविक गति ७०-७५)[१] से अधिक या तीव्र ज्वर या अन्य कुछ की सूचक है (विभिन्न आयु में नाड़ी के ध्मानों की संख्या जानने के लिये विधान के अन्तर्गत स्वस्थ नाड़ी प्रकरण देखें) इसलिए बालक का रोगनिर्णय करने के लिये उसकी स्वाभाविक नाड़ी-गति का अनुपात मिलाकर निर्णय करना चाहिये। बालक की नाड़ी से रोग निर्णय करते समय अत्यन्त सतर्कता से काम लेना चाहिये। बहुत उत्तम हो यदि अन्य उपायों द्वारा भी यहाँ रोग निर्णय में सहायता लें। पेट के कड़ेपन से कोष्ठबद्धता , पेट दबाने से बालक के चिहुँकने पर उसमें दर्द, आँख बन्द किये रहने से सिरदर्द का ज्ञान करें। आवश्यकतानुसार उसके दाँतों, जीभ, आँख, कान इत्यादि की भी परीक्षा करें। घर की बड़ी बूढ़ियों से बालक का रोग निर्णय करने में सहायता मिल सकती है पर इस सहायता पर एकदम निर्भर मत रहें, अपनी बुद्धि का भी उपयोग करें।

उन्मत्त की नाड़ी - उन्मत्त या वातिक सन्निपात (इसमें रोगी प्रलाप करता है, भागता है, दाँत काटता है, कुल मिलाकर अपने होश में नहीं रहता पर मूर्छित भी नहीं रहता) की नाड़ी देखते समय वैद्य को अपनी सुरक्षा के लिये भी सतर्क रहना चाहिये। कहीं ऐसा न हो कि रोगी वैद्य पर आक्रमण कर बैठे या अन्यान्य उपद्रव खड़ा करे।

कहने का तात्पर्य है कि अगणित परिस्थितियों में विधान का पालन नहीं हो

---

१. बालकों में यह गति मन्द मानी जायेगी।

पाने पर भी वैद्य को रोगनिर्णय करना पड़ता है। वैद्य को वहाँ घबड़ाना नहीं चाहिये। किसी भी उपाय से उसे नाड़ी देखनी चाहिये। नाड़ी देखने में कठिनाइयाँ हों या नाड़ी द्वारा रोग निर्णय में सन्देह हो तो रोग और रोगी का दोषनिर्णय अन्यान्य परीक्षा-विधियों (इसके लिये निदान ग्रन्थों को देखें) यथा अन्य अंगों को देखना, स्पर्श करना और प्रश्न आदि के द्वारा करना चाहिये। अपने नाड़ी ज्ञान का मिथ्याभिमान न कर किसी विधि से रोग निर्णय करना चाहिए।

नारी की नाड़ी - के सम्बन्ध में नाड़ी-शारीर में वर्णित नारी-शरीर में कूर्म प्रकरण देखिये। ध्मानों की संख्या का भी ध्यान रखें।

नपुंसक की नाड़ी - के सम्बन्ध में नाड़ी-शारीर में नपुंसक की नाड़ी प्रकरण देखें।

नाड़ी स्पर्शन विधि- यह स्मरणीय है कि नाड़ी स्पर्श कर उसके स्फुरण या स्पन्दन अथवा ध्मान की विभिन्न स्थितियों या गतियों और संख्या का ज्ञान ही नाड़ी परीक्षा का अभीष्ट विषय है। इस स्फुरण की विचित्रताओं को जानकर रोग का निर्णय करने में अगणित बातें सहायक होती हैं। आजकल स्फुरणों को परिलक्षित करने के लिये भी कई प्रकार के यंत्र बन चुके हैं जिससे हमारा विशेष सम्बन्ध नहीं। यहाँ तो केवल हाथ की अंगुलियों द्वारा स्पर्शन की विधि बतायी जायगी। अङ्गुलियों के स्पर्शन से स्फुरणों की जानकारी के लिये शास्त्र अथच सम्प्रदाय के आधार पर आधृत एवं अपने अभ्यास से प्राप्त अनुभव ही काम देता है।[१] शास्त्रों से तात्पर्य नाड़ी के ग्रन्थों से है जिसमें वसवराजकृत वसवराजीयम्, कणादकृत नाड़ी विज्ञान, रावणकृत नाड़ी-परीक्षा, भूधरकृत नाड़ी-ज्ञानदर्पण प्रमुख है। इसके अतिरिक्त भावप्रकाश, शार्ङ्गधर संहिता एवं योगरत्नाकर में भी नाड़ी ज्ञान वर्णित है। ये सभी प्रचलित ग्रन्थ हैं।[२] इनमें एवं अन्य अप्रचलित आयुर्वेदीय ग्रन्थों में भी यत्र-तत्र इस विषय में प्रचुर

---

१. स्फुरणं नाडिकायास्तु शास्त्रेणानुभवैर्निजैः।
सम्प्रदायेन वा यत्नात् परीक्षेत् भिषक्तमः।। (रावण)

२. इनके अतिरिक्त अप्रकाशित ये ग्रन्थ हैं :-
आत्रेयकृत नाड़ी परीक्षा- (रॉयल एशियाटिक सोसाइटी, कलकत्ता)
मार्कण्डेयकृत नाड़ी परीक्षा -(जर्मनी में है)
नाड़ी ज्ञान तरंगिणी भी एक ग्रन्थ है।
और भी सैकड़ों अप्रकाशित एवं अप्रचलित ग्रन्थ हैं।

सामग्री प्राप्त होती है। योग, दर्शन, पुराण, उपनिषद एवं ब्राह्मण ग्रन्थों में कहीं-कहीं महत्वपूर्ण सामग्री प्राप्त हो जाती है परन्तु प्रचलित आयुर्वेदीय ग्रन्थों से सरलता से काम चल जाता है। इनमें कथित स्फुरण की गतियों का गम्भीरतापूर्वक मनन करना चाहिये। ये नाड़ी-स्पर्शन की जो विधि बतायें उनका पालन करना श्रेयस्कर है। इसके बाद सम्प्रदाय का कम महत्व नहीं है। सम्प्रदाय का तात्पर्य उन लोगों के समूह से है जिनसे नाड़ी ज्ञान का उपदेश मिलता है। यद्यपि सभी सम्प्रदायों में शास्त्र में उल्लिखित विधियाँ ही प्रचलित हैं और इनके अतिरिक्त अद्यावधि कोई नई बात नहीं मिली तथापि कोई सम्प्रदाय या गुरु स्पर्शविधि में कोई विशिष्टता बताता है तो उस पर ध्यान देना चाहिये। कभी-कभी अपने ही अनुभव में ऐसी विशिष्टता प्रतिभासित होती है जिससे नाड़ी स्पर्शन अधिक सरल हो जाता है। किसी विशिष्ट परिस्थिति में विशेष ढंग से नाड़ी स्पर्शन की विधि मालूम हो जाती है। किसी विशेष रोग का निर्णय किस विशेष विधि से सरल हो जाता है यह भी विदित हो जाता है। कुल मिलाकर सबसे उपलब्ध नाड़ीस्पर्शन की विधियों की अपेक्षा करते हुए अपने अनुभव को प्रमुख स्थान देना चाहिये।

पहले कहे हुए विधान पर ध्यान रखते हुए परीक्ष्य नाड़ी की परीक्षा वैद्य अपने दाहिने हाथ की तर्जनी, मध्यमा और अनामिका[१] नामक अंगुलियों से स्वयं करें। अंगुलियों पर नाड़ी का स्फुरण प्रतीत होगा। तीनों पर स्फुरण की अनुभूति के बिना आगे विचार न करें। कभी-कभी ऐसा होता है कि निर्दिष्ट स्थल पर नाड़ी नहीं होती। गर्भ की विकृति या आघात आदि के कारण नाड़ी विपरीत दिशा (मणिबन्ध के पिछले भाग) में चली जाती है।[३] श्लीपद या शोथयुक्त हाथ की नाड़ी का स्फुरण रोगनिर्णायक नहीं होता। जिस हाथ में लकवा मार चुका है उसकी नाड़ी में भी या तो स्फुरण नहीं होता या वह स्फुरण रोग[२] निर्णायक नहीं होता। ऐसी परिस्थतियों में अन्य हाथ या अन्य स्थान की नाड़ी-परीक्षा और अन्यान्य परीक्षा विधियों का उपयोग करें। स्फुरण

---

१. तर्जनी Index, मध्यमा Middle Finger. अनामिका Ring Finger.

२. हरिश्चन्द्र कॉलेज, बनारस के अध्यापक श्री भानुप्रताप सिंह के दाहिने हाथ की नाड़ी मणिबन्ध के पिछली ओर है। अब वे स्यात् जिला-सुलतानपुर , उ. प्र. के किसी ग्राम में रहते हैं।

३. श्री पं. काशीनाथ शास्त्री, ग्रा. मुरारपट्ठी, पो. रघुनाथपुर, जि. छपरा के दाहिने हाथ की नाड़ी भी ऐसी ही थी। अब ये दिवङ्गत हैं।

की अनुभूति होने पर उसकी गतिविधि का मनन तल्लीनतापूर्वक करें। उससे दोषप्रकोप, शारीरिक या मानसिक रोग और निद्रा-क्षुधा-शोक-क्रोध आदि के निर्णय की सुनिश्चितता के लिए अपने दोनों हाथों से रोगी के दोनों हाथों की नाड़ी देखें। सम्यक् स्पर्श होने के बाद निर्णय हो जाने पर नाड़ी पर से अंगुलियां हटा लें। सुनिश्चितता के दृष्टिकोण से पुनः स्पर्श करें। इस प्रकार नाड़ी को तीन बार स्पर्श करें और छोड़ें।[१]

यदि स्फुरण न प्रतीत होता हो तो रोगी में प्राणसञ्चार हो रहा है कि नहीं यह जानने के लिये नाड़ी को जरा जोर से दबाकर, ठोंककर मर्दन कर (रगड़कर) या जरा पीड़ित कर छोड़ दें। पुनः स्पर्श करें।[२] कभी-कभी ऐसा होता है कि नाड़ी का स्फुरण बन्द हो गया (यह मृत का चिह्न है) उपर्युक्त उपाय करने से पुनः स्फुरण प्रतीत होने लगा। इसका तात्पर्य यह है कि रोगी में प्राण रहने पर भी किसी कारणवश स्फुरण बन्द हो गया था। इस प्रकार सतर्कतापूर्वक प्राणसञ्चार का अनुभव करना चाहिये। साधारण (योगी या पवनाभ्यास साधक नहीं) जन के मृत हो जाने पर शरीर के किसी भाग की नाड़ी में स्फुरण नहीं होगा। यदि रोग संकीर्ण है अथवा नाड़ी के निर्णय के विपरीत रोग परिस्थितियाँ निर्णय को गलत प्रमाणित कर रही हैं तो प्रकरण (विसूचिका-वातालिका-विषम ज्वर आदि और रोग की परम्परा अर्थात् एक के बाद दूसरे रोग का प्रादुर्भाव आदि), औचित्य (यथा परिस्थिति से मटर खाने का अनुमान हो तो वात प्रकोप होना उचित है), देश (रोगों का आयतन अर्थात् कुष्ठ का उड़ीसा, विषम ज्वर का बंगाल आदि) एवं काल (ऋतु-ऋतुसन्धि-उष्ण-शीत आदि) से उसका निश्चय करें।[३]

कहने का तात्पर्य यह है कि नाड़ीज्ञान की विडम्बना नहीं करनी चाहिये। नाड़ी-ज्ञान के साथ ही रोग निर्णायक अन्यान्य परिस्थितियों और परीक्षाओं से भी

---

१. वारत्रयं परीक्षेत् धृत्वा धृत्वा विमोक्षयेत्।
विमृश्य बहुधा बुध्या रोगव्यक्तिं विनिर्दिशेत्।। (योगरत्नाकर)

२. स्पर्शनात्पीड्नाद् घाताद्वेदनान्मर्दनादपि।
तासु जीवस्य सञ्चारं प्रयत्नेन निरूपयेत्।। (वसवराजीयम्)
पीड्नोद्भूतात् पाठान्तरम्। प्राणस्य पाठान्तरम्।

३. क्वचित्प्रकरणोल्लेखात् क्वचिदौचित्यमात्रतः।
क्वचिद्देशात्क्वचित् कालात् संकीर्णगदनिश्चयः।। (भूधर)

सहायता लेनी चाहिये। बहुधा इन परिस्थितियों और परीक्षाओं से नाड़ी द्वारा हुए निर्णय की सम्पुष्टि (Confirmation) होती है। इन पूरी परिस्थितियों और परीक्षाओं की विशेष जानकारी के लिए अन्यान्य ग्रंथों का अध्ययन अपेक्षित है। फिर भी विशेषत: दोष-प्रकोप के सम्बन्ध में सिद्धान्त प्रकरण एवं रोगों आदि के विषय में तत्तद् स्थल देखें। कुल मिलाकर नाड़ी द्वारा रोगनिर्णय के लिए शास्त्रों, तर्कनाओं, अनुभवों एवं अनुमानों आदि से भी सहायता लेनी चाहिए।

◆

अध्याय १०

विचिकित्सा

लेखक की जानकारी में "चिकित्सा" शब्द तो आयुर्वेद में अगणित जगह आया है। प्रत्येक वैद्य अथच चिकित्सक और सामान्यजन इस शब्द का सामान्य अर्थ जानते हैं पर विशेषज्ञ के लिये इसके रहस्य को जानना आवश्यक है।

याभिः क्रियाभिः जायन्ते शरीरे धातवः समाः।
सा चिकित्सा विकाराणां कर्म तद्भिषजां मतम्।।

अर्थात् जिन क्रियाओं से शरीर में धातुयें समान (उचित)[१] हों वही क्रिया विकार की चिकित्सा है और वही भिषगों का कर्म माना गया है।

(चरक स. १६/३५)

चिकित्सा की उपर्युक्त अथवा तत्सदृश परिभाषा आयुर्वेद व अन्यान्य स्थानों पर अगणित बार आयी है पर विचिकित्सा शब्द अतिशय कम दिखायी पड़ता है।

यह शब्द हमें मात्र एक बार मिला है। और वह यह है :-

तत्र बुद्धिमान् नास्तिक्यबुद्धिं जह्याद्विचिकित्सां च।

अर्थात् वहाँ परलोक के सम्बन्ध में बुद्धिमान् नास्तिक सम्बन्धी बुद्धि और विचिकित्सा (सन्देह) को त्याग दे।

क्योंकि निश्चय प्रत्यक्ष अल्प है और अप्रत्यक्ष बहुत है। सबसे आगे बढ़कर जिन इन्द्रियों से प्रत्यक्ष होता है वे स्वतः अप्रत्यक्ष हैं।

यद्यपि उपर्युक्त तथ्य पुनर्जन्म और परलोक के प्रसंग में कहा गया है पर प्रत्येक प्रसंग या प्रकरण में यह लागू होता है।

---

१. समेन उचित प्रमाणेन (चरक शा. ६.४.) चक्रपाणि

प्रसिद्ध उक्तियाँ हैं :-

संशयात्मा विनश्यति।

अर्थात सन्देह करने वाला आत्मा नष्ट हो जाता है।

न हि सांशयिकं कुर्यात् इत्युवाच वृहस्पतिः। अर्थात् वृहस्पति ने कहा है कि सन्देहपूर्ण कार्य नहीं करना चाहिये।

लेकिन दूसरी ओर-

न हि संशयमनाख्द्य नरो भद्राणि पश्यति। अर्थात् संशय (सन्देह) पर बिना चढ़े मनुष्य कल्याण नहीं देख सकता। तात्पर्य यह है कि कार्य के पूर्ण होने के पूर्व या प्रारम्भ होने के पूर्व उसकी सफलता में सन्देह रहना स्वाभाविक है, इसलिये भले ही कार्य-सिद्धि में सन्देह हो पर प्रयत्न अवश्य करो, क्योंकि सन्देह का कार्य न करने पर तो कल्याण देखा ही नहीं जा सकता।

एक उदाहरण यह है :-

ज्वरे लंघनमेवादौ उपदिष्टं ऋते ज्वरात्।
क्षयाऽनिलभय क्रोध कामशोक श्रमोद्भवात्।।

अर्थात्— ज्वर में प्रारम्भ में लंघन ही उचित है परन्तु क्षय-वायु-भय क्रोध से उत्पन्न ज्वर को छोड़कर।

तात्पर्य यह है कि यदि निदान में विपरीत बुद्धि के कारण अनर्थ हो गया तो तुरन्त सावधान होकर उचित करना चाहिये।

क्योंकि सन्देह के कारण हाथ पर हाथ धरे रहने से तो कुछ भी नहीं मिलेगा।

स्पष्ट है सन्देह करो, अनर्थ होने पर उचित करो और आगे बढ़कर काम करो।

पर सावधान। प्रत्येक क्षण यथाशक्ति गहन विचार कर निर्णय करो, यथायक्ति आगे बढ़ो, काम करो।

सामान्य वैद्य जानता है, नव ज्वर में लंघन उपवास अनिवार्य है पर क्षय आदि ज्वर में वह अनर्थ करता है।

लंघन या अन्यान्य चिकित्सा में संशय होने पर चिकित्सा कोमल होनी चाहिये।

जैसे नव ज्वर में लंघन के सम्बन्ध में संशय होने पर उष्ण जल बारम्बार पिलाना चाहिये क्योंकि वह लंघन से होने वाले दुष्परिणामों को सँभालते हुए लाभ

ही करेगा। सही निर्णय हो जाने पर विवेकपूर्वक आगे बढ़ें। सावधानीपूर्वक चिकित्सा करें।

अन्यथा या व्यर्थ

कभी-कभी किसी क्षण या किसी समय के लिये नाड़ी में कुछ ऐसी विचित्रता मिलती है जिसकी सामान्य अवस्था या सामान्य चिकित्सा के लिये कोई उपयोगिता नहीं होती। इस प्रकार की नाड़ी गति में रोगी को कोई विशेष पीड़ा भी नहीं होती और न चिकित्सक को कोई उपचार सोचने की या उसे कार्यान्वित करने की कोई आवश्यकता ही रहती है। यह गति क्षण भर में विलुप्त हो जाती है और नाड़ी गति सामान्य या पूर्वकालीन हो जाती है। ऐसी नाड़ी गति में सामान्य उपचार ही चलते रहना चाहिये। हड़बड़ी में कोई परिवर्तन नहीं करना चाहिये।

इस नाड़ी-गति को अन्यथा **सिद्ध नाड़ी गति** कह सकते हैं।

लेखक ने ८२ वर्ष की वय तक एक बार एक रोगी की वर्णनातीत नाड़ी गति ऐसी देखा :-

एक पुरुष रोगी के दाहिने हाथ के अंगुष्ठ मूल में ऐंठी हुई या बटी हुई पतली (रक्तवाहिनी धमनी के समान) रस्सी के समान नाड़ी गति देखी और बायें हाथ की स्वाभाविक थी। रोगी सर्वथा पूर्ववत् था। उसको कोई असामान्य अनुभव नहीं हुआ। अनुमान है कि कुछ क्षणों या समय के लिये निद्रा में, अर्ध निद्रा में रोगी का दाहिना हाथ दब गया हो। उसके बाद में हाथ के स्वाभाविक होने से उस हाथ की नाड़ी भी स्वाभाविक या पूर्ववत् हो गयी हो।

सावधान !

रोगी की नाड़ी देखते समय या किसी भी कार्य में हड़बड़ी की स्थिति में (असामान्य स्थिति में) क्षणभर स्थिरतापूर्वक सोचो, विचारो! फिर यथोचित करो।

इस क्षण में मुक्ता पिष्टी आधी रत्ती या प्रवाल भस्म एक रत्ती या स्वर्णभस्म आधी रत्ती मधु से रोगी को चटा देने से सभी आने वाली अप्रिय या असाधारण स्थिति यथापूर्व होती है और कोई अनर्थ भी नहीं होता।

इसके पश्चात् यथोचित करें।

अध्याय ११

नाड़ी - परीक्षा से त्रिदोष-ज्ञान[1]

नाड़ी में स्फुरण की अभिव्यक्ति होने के बाद त्रिदोष (वात, पित्त, कफ) का निर्णय करना आवश्यक है, क्योंकि इसी पर रोगनिर्णय एवं चिकित्सा का क्रम निर्भर है।

यह स्मरणीय है कि दोष तीन ही हैं। इधर नाड़ी परीक्षा के लिये भी तीन (तर्जनी, मध्यमा और अनामा) ही अंगुलियाँ काम करती हैं[2]। नाड़ी-स्पर्श का मुख्य स्थान हाथ का मणिबन्ध है। केवल यहीं तीनों अंगुलियों द्वारा भली भाँति नाड़ी का स्पर्श किया जा सकता है। त्रिदोषज्ञान के लिये मणिबन्ध की नाड़ी का ही उल्लेख विधान प्रकरण में किया गया है। यह भी एक विचित्र बात है कि रोगी के किसी भी मणिबन्ध की नाड़ी देखने के लिए वैद्य अपने किसी भी हाथ की तथोक्त तीन अंगुलियों का प्रयोग करेगा तो सरलता से उसकी तर्जनी अंगुली रोगी के अंगूठे की दिशा में पड़ेगी। उसके बाद पीछे की ओर अर्थात् कूर्पर की दिशा में मध्यमा एवं तत्पश्चात् अनामिका पड़ेगी अर्थात् रोगी में मणिबन्ध पर अंगूठे की ओर से वैद्य की अंगुलियों का क्रम यह रहेगा :-

तर्जनी, मध्यमा, अनामिका।

इसलिये महर्षियों ने केवल मणिबन्ध में ही त्रिदोषनिर्णय करने के दृष्टिकोण से अधिक विवेचन किया है, यद्यपि गतियों के दृष्टिकोण से शरीर में कहीं भी कठिनाई से दोषज्ञान किया जा सकता है और मणिबन्ध के अभाव में उससे भिन्न स्थान से

---

१. इस सम्बन्ध में सिद्धान्त और रोगज्ञान प्रकरण भी मनन कर लें।

२. इन अंगुलियों का दोषों से सम्बन्ध ज्ञान रचनाशारीर (एनाटोमी), क्रियाशारीर (फीजियोलॉजी), योग एवं मनोविज्ञान (साइकोलॉजी) के आधार पर भी सम्भव है। इनका विवेचन अति गम्भीर है जो हमारी सामर्थ्य के बाहर है।

ही काम चलाना पड़ता है तथापि अंगुलियों के क्रम से दोषज्ञान के लिये मणिबन्ध ही सर्वाधिक उपयोगी स्थल है। और, यहाँ-

वात - वातप्रकोप में नाड़ी वैद्य की तर्जनी अंगुली में प्रव्यक्त (अच्छी तरह स्पष्ट) होगी [१]। अर्थात् रोगी के शरीर में वात प्रकुपित रहने पर नाड़ी के स्पर्श की अनुभूति वैद्य की तर्जनी में अपेक्षाकृत अधिक होगी। यह ज्ञातव्य है कि तर्जन (फटकारना) बात दोष का कार्य है। इस काम में सामान्यतः तर्जनी अंगुली का अधिक उपयोग भावों को प्रकट करने के लिये होता है। इसीलिए इनका नाम तर्जनी पड़ा है। इन एवं अन्यान्य बातों से यह प्रमाणित हो रहा है कि तर्जनी में वात का अनुभव करने की सर्वाधिक क्षमता है। यही कारण है कि वात-प्रकोप होने पर नाड़ी वैद्य की तर्जनी अंगुली को अधिक स्पर्श करेगी। अपने स्फुरण के वेग से इस अंगुली की ओर अधिक आकृष्ट होती है यहाँ तक कि वैद्य या दूसरे लोग भी ऐसी परिस्थिति में तर्जनी अंगुली को सर्वाधिक उछलते हुए देख सकते हैं [२]। इसी दृष्टिकोण को दूसरे रूप में उपस्थित करने के लिए महर्षियों ने आदि अर्थात् अंगुष्ठ की ओर सबसे पहले वात बहता है [३] इस प्रकार कहा है। दोनों दृष्टिकोणों में बात एक ही है।

पित्त - वैद्य की मध्यमा अंगुली पर रोगी की नाड़ी में पित्त की अनुभूति सर्वाधिक होती है। अर्थात् रोगी में पित्त प्रकुपित होने पर वैद्य की मध्यमा अंगुली को नाड़ी स्फुरण अधिक स्पर्श करेगा अथवा उछालेगा [४]। वैद्य को अंगुली की त्वचा द्वारा यह अनुभव तो होगा ही, वह स्वतः अपनी आँखों से एवं रोगी या अन्यान्य जन भी अपनी आँखों से इन अवस्था में वैद्य की मध्यमा अंगुली को अधिक उछलती हुई देख सकते हैं। यह ज्ञातव्य है कि अंगराग (रंगना या रञ्जन, पित्त का काम) में प्रमुख क्रिया ललाट में गोल तिलक लगाना है जिसके लिए स्वभावतः मध्यमा अंगुली ही सर्वाधिक प्रयुक्त होती है। यह परम्परा युग-युग से चली आ रही है। तिलक वर्णन में लिखा है कि मध्यमा अंगुली से तिलक लगाने से आयु (अग्नि)

---

१. वातेऽधिके भवेन्नाडी प्रव्यक्ता तर्जनीतले (रावण)

२. कृपया क्षीणवात (पंगु-लुञ्ज आदि) को प्रकुपित वात मत समझिये।

३. आदौ च वहते वातो.......। (कणाद)
आदौ वातवहा नाड़ी.......। (रावण)

४. पित्ते व्यक्ताथ मध्यमा.....। (रावण)

बढ़ती है। इन एवं अन्यान्य बातों से यह प्रमाणित होता है कि मध्यमा अंगुली में पित्त को स्पर्श करने या जानने की सर्वाधिक क्षमता है।

इस दृष्टिकोण को दूसरे रूप में उपस्थित करते हुए किसी महर्षि ने "मध्य अर्थात् तीनों अंगुलियों के स्पर्शस्थान के मध्य में [१] या रोगी के अंगुष्ठमूल की ओर से वैद्य की तर्जनी अंगुली के बाद पित्त बहता है, ऐसा कहा है। यहाँ भी उपस्थित दोनों दृष्टिकोणों में बात एक ही है।

कफ - कफ प्रकोप में नाड़ी वैद्य की तीसरी (अनामिका) अंगुली में अधिक व्यक्त (स्पष्ट) होगी। अर्थात् इस अंगुली में कफ को अनुभव करने की सर्वाधिक क्षमता है। कफ-प्रकोप में नाड़ी का स्फुरण वैद्य की इस अंगुली को अधिक उछालता है। इस उछाल को कोई भी ध्यान देकर देख सकता है। यह स्मरणीय है कि इसी अंगुली से संस्कारों में जल छिड़कते हैं सभी अंगुलियों की अपेक्षा इसमें स्फूर्ति या गति कम है। यह आलसी भी बहुत है। समय पर अंगूठा दिखाने के काम आता है। तर्जनी तर्जन करती है। मध्यमा तिलक लगाती है। कनिष्ठिका कुट्ठी (दोस्ती छोड़ना) करती है और यह अनामिका किसी काम की नहीं। किसी काम में इसे हिलाने की प्रेरणा सबसे कम होती है। कहने का तात्पर्य यह है कि यह स्वतः कफ की मूर्ति हैं। इसमें कफ का अनुभव करने की अधिक क्षमता है।

इसी दृष्टिकोण से किसी महर्षि ने "अन्त में कफ बहता है" [२] ऐसा कहा है। अर्थात् अंगुष्ठमूल की ओर से अन्तिम अंगुली अनामिका के नीचे कफ की अनुभूति होती है।

द्विदोष [३] - इस प्रकार नाड़ी में प्रत्येक दोष की अभिव्यक्ति के लिये अलग-अलग अंगुली निर्धारित की गयी है। जिस अंगुली के नीचे नाड़ी का स्फुरण अधिक

---

१. मध्ये पित्तं तथैव च (कणाद)
मध्ये बहति पित्तला। (रावण)

२. अन्ते च बहते श्लेष्मा ।(कणाद)
अन्ते श्लेष्मविकारेण ...। (रावण)

३. उपरोक्त तीन दोषों की अनुभूति के सम्बन्ध की बातें सर्वसम्मत हैं। इनके विपरीत कणाद में ये असंगत पाठ मिलते हैं :-
वाताधिका वहेन्मध्ये त्वग्रे वहति पित्तला।
अन्ते च बहते श्लेष्मा मिश्रिते मिश्रलक्षणा।।

दबाव डाले उस अंगुली द्वारा ऊपर निर्धारित दोष प्रकोप का निर्णय कर लें। यदि किसी दो अंगुली के बीच में नीचे स्फुरण का दबाव अधिक प्रतीत होता है तो उसके अनुसार दो दोष का प्रकोप समझना चाहिये।

द्विदोष की अनुभूति इस प्रकार होगी :-

वात-पित्त में नाड़ी वैद्य की तर्जनी और मध्यमा अंगुली के नीचे बीच में अधिक व्यक्त होगी। अर्थात् नाड़ी के स्फुरण यथोक्त इन अंगुलियों पर अधिक दबाव डालेंगे[१]। इस सम्बन्ध में "रोगों का नाड़ी पर प्रभाव" नामक अध्याय में 'अम्लपित्त' देखें।

वात-कफ में - नाड़ी के स्फुरण वैद्य की तर्जनी और अनामिका के नीचे बीच में अधिक दबाव डालेंगे[२]।

पित्त-कफ में - नाड़ी के स्फुरण वैद्य की मध्यमा और अनामिका अंगुली के नीचे बीच में अधिक दबाव डालते हैं।

सन्निपात - वात-पित्त-कफ तीनों दोषों के एक साथ प्रकोप को सन्निपात कहते हैं। इसमें नाड़ी के स्फुरण वैद्य की तीनों अंगुलियों पर स्वस्थावस्था की अपेक्षा विभिन्न गति से अधिक दबाव डालेंगे[३]।

अर्थात् तीनों अंगुलियों के नीचे नाड़ी अतीव स्पष्ट होगी।

इसमें नाड़ी की गति भी अनेक प्रकार की होती है। गति के सम्बन्ध में आगे

आदौ च वहते पित्तं मध्ये श्लेष्मा तथैव च।
अन्ते प्रभञ्जनो ज्ञेयः सर्वशास्त्रविशारदैः।।
इन श्लोकों से भ्रम में न पड़ें।

१-२ तर्जनी मध्यमामध्ये वातपित्ताधिके स्फुटा।
तर्जन्यनामिका मध्ये व्यक्ता वातकफे भवेत्।।
मध्यमाऽनामिका मध्ये स्फुटा पित्तकफे भवेत् (रावण)
तर्जनी मध्यमामध्ये वातपित्ताधिके स्फुटा।
तर्जन्यनामिका मध्ये व्यक्ता वातकफे भवेत्।।
मध्यमाऽनामिका मध्ये स्फुटा पित्तकफे भवेत् (रावण)

३. अंगुलित्रितयेऽपि स्यात्प्रव्यक्ता सन्निपाततः। (रावण)
सर्वांगुलितले या च नानाभिर्गतिभिर्धरा।
स्फुटा वै सा च विज्ञेया सन्निपातगदोद्भवा।। (नाड़ीज्ञान)

के पृष्ठ देखें। इस प्रकार अंगुली के नीचे नाड़ी के स्फुरण की स्पष्टता या अधिक दबाव द्वारा प्रकुपित दोष का निर्णय करना सरल है। इसके लिये थोड़े अभ्यास की आवश्यकता है। इस उपाय का अवलम्बन सर्वाधिक होता है और होना चाहिए।

एक ही नाड़ी में भिन्न-भिन्न अंगुलियों पर विभिन्न दोषों की अभिव्यक्ति अथवा 'आगे वात को वहन करने वाली, मध्य में पित्त को वहन करने वाली नाड़ी' इत्यादि तात्पर्ययुक्त वचनों का अर्थ यह नहीं है कि विभिन्न दोष अलग समय में अथवा अलग-अलग नाड़ी में बहते हैं।

स्पष्ट बात यह है कि सभी दोष सभी नाड़ियों में एक साथ एक समय बहते हैं [१]। इसी प्रकार परीक्षार्थ किसी भी नाड़ी में वात-पित्त-कफ एक साथ एक समय में जाने जाते हैं, परन्तु जब जो दोष अपेक्षाकृत अधिक होगा वह अपने से सम्बद्ध (पूर्व कथित) अंगुली में अधिक व्यक्त होगा। क्योंकि तथाकथित दोष और अंगुली में समान शील और व्यसन का सम्बन्ध है जिससे वृद्धिगत दोष स्वतः समान शील व्यसन युक्त अंगुली की ओर आकृष्ट होकर अभिव्यक्त होता है। लोहा और चुम्बक की भाँति दोष और अंगुली में आकर्षण अन्योन्याश्रित है।

तर्जनी-मध्यमा-अनामिका अंगुलियों के नीचे या रोगी की नाड़ी में आगे मध्य-अन्त में क्रमशः वात-पित्त-कफ के बहने आदि के सम्बन्ध में जितने वाक्य लेखक को मिले हैं उन सबके समञ्जन, तर्क और ज्ञान-विज्ञान के आधार पर उसका स्पष्ट मत है कि रचना, क्रिया या अन्यान्य आधारों के कारण तर्जनी में वात को, मध्यमा में पित्त को एवं अनामिका अंगुली में कफ को अपनी ओर आकृष्ट करने की अधिक क्षमता है, जिस प्रकार चुम्बक में लौह को और चन्द्रमा में जल को अपनी ओर आकृष्ट करने की क्षमता है। अंगुलि की आकर्षण शक्ति के कारण ही वात तर्जनी की ओर आकृष्ट होकर उसमें अधिक धक्का देता है। इसी प्रकार मध्यमा की ओर पित्त एवं अनामिका की ओर कफ अधिक आकृष्ट होकर उसमें धक्का

---

१. नहि वातं सिरा : काचिन्नपित्तं केवलं तथा।
श्लेष्माणं वा वहन्त्येता अतः सर्ववहाः स्मृताः।।
प्रदुष्टानां हि दोषाणामुच्छ्रितानां प्रधावताम्।
ध्रुवमुनमार्गगमनमतः सर्ववहाः स्मृताः।।
(सु. शा. ७-१६-१७)

देता है। परिणामतः वात तर्जनी के नीचे, पित्त मध्यमा के नीचे और कफ अनामिका के नीचे प्रव्यक्त (अच्छी तरह स्पष्ट होता है)।

अनुसन्धित्सुजनों या साधन सम्पन्न अथवा ज्ञान-विज्ञान के पण्डितमानियों के लिये यह चुनौती है कि लेखक के उपर्युक्त मत का खण्डन कर अन्य मत की स्थापना करें। विद्वानों से करबद्ध प्रार्थना है कि इस आकर्षण के कारणों का रहस्य भेदन करने की कृपा करें। यह याद रखें कि उत्तरी ध्रुव में चुम्बक को, चुम्बक में लौह को और चन्द्रमा में जल को आकृष्ट करने के कारणों पर अभी तक सम्यक् प्रकाश नहीं पड़ सका है। फिर भी ये तथ्य स्पष्ट हैं। उसी प्रकार उपर्युक्त अंगुलियों के प्रति दोषों का आकर्षण है जो अभी तक अज्ञात रहा है। ज्ञात होने पर ध्यान देने योग्य विषय है।

दोष अथ च रोग प्राण रूपी धन के चोर हैं। वास्तविक चोर का पकड़ना कितना कठिन है इसे सभी जानते हैं पर यदि चोर स्वयं पुलिस विशेषतः अपने वर्ग के लिये निर्धारित पुलिस अधिकारी के पास आकर कहे कि मैं ही आपका लक्ष्य हूँ तो कितनी सुन्दर-सरल व्यवस्था होगी! यह आयुर्वेद की नाड़ी परीक्षा विधान की सुखद आश्चर्यजनक विशेषता है कि दोष या रोग स्वतः अपने लिये निर्धारित अधिकारी अंगुलि के पास आकर अपने को स्पष्ट कर देता है। तत्पश्चात् वह अपने लिए दण्ड प्रक्रिया (चिकित्सा) भी बता देता है।

दोष-प्रकोप में नाड़ी की गति का प्रकार - यदि रोगी का मणिबन्ध न हो अथवा किसी कारणवश यहाँ की नाड़ी से रोगनिर्णय न हो तो बड़ी कठिनाई होगी (क्योंकि तर्जनी, मध्यामा और अनामिका द्वारा त्रिदोष ज्ञान का दृष्टिकोण यहीं चरितार्थ होता है। 'अग्रेवातवहा एवं वातेऽधिके भवेन्नाड़ी प्रव्यक्ता तर्जनीतले' आदि बातें भी यहीं के लिये लिखी हैं।) अतः किसी दोष में नाड़ी की गति का प्रकार कैसा होता है? यह जानना आवश्यक है कि यह ज्ञान मणिबन्ध स्थित नाड़ी के स्फुरण से वैद्य की अंगुली द्वारा हुए निर्णय को भी पुष्ट करता है। पर यह ज्ञान कुछ अधिक अभ्यासस‌ाध्य है।

विभिन्न दोषों के प्रकोप का प्रभाव-मस्तिष्क पर भी पड़ता है। तदनुसार वातनाड़ियों में क्षोभ होता है, जिससे उनमें विभिन्न प्रकार की गतियाँ होती हैं। उन्हीं गतियों के कारण परीक्षार्थ प्रस्तुत नाड़ी के स्फुरण में भी गति होती है। यह गति विभिन्न दोषों में विभिन्न होती है।

वात में नाड़ी-गति-प्रकार — वात प्रकोप में नाड़ी जोंक और सर्प की भाँति वक्रगामिनी होती हैं।

पित्त के साथ वायुका प्रकोप (प्रधानता के साथ) रहने पर स्फुरण सर्प की गति के समान तीव्र गति से विशेषतः वैद्य की तर्जनी अंगुली पर परिलक्षित होते हैं। कभी-कभी स्फुरण इतने तीव्र होते हैं कि उनका गिनना कठिन हो जाता है। यह गति विशेषतः तर्जनी अंगुली पर और तर्जनी तथा मध्यमा अंगुली के बीच के स्थल पर स्पष्ट होती है। **वातोल्वण सन्निपात ज्वर में यह प्रायः प्रतीत होती है।** कफ के साथ वायु का प्रकोप (प्रधानता के साथ) होने पर स्फुरण जलौका[१] की गति के समान रुक-रुककर विशेषतः तर्जनी अंगुली के स्पर्शस्थल पर प्रतीत होते हैं। साथ ही अनामिका के स्पर्श स्थल पर भी परिलक्षित होते हैं। वक्रता रुक-रुक कर आती है। वह गति करने में एक बार रुक कर अपने को संकुचित करती है फिर वक्र होकर आगे बढ़ती है। कफ के साथ वायु का प्रकोप अपेक्षाकृत कम होता है अतः यह नाड़ी कम मिलती है।

पित्त में नाड़ी गति प्रकार - पित्त-प्रकोप में नाड़ी कुलिंग (गोरैय्या), कौआ और मेढक के समान उछल-उछल कर चलती है [२]। इसमें नाड़ी के स्फुरण वैद्य को विशेषतः मध्यमा अंगुली में उछल-उछल कर स्पर्श करने की भाँति प्रतीत होते हैं। वायु के साथ पित्त की प्रधानता में कुलिंग और कौआ की गति, कफ के साथ पित्त की प्रधानता में मण्डूक (मेढक) की गति होती है।

कफ की नाड़ी गति - कफ के प्रकोप में नाड़ी हंस और कबूतर की भाँति

१- नाड़ी धत्ते मरुत्कोपे, जलौकासर्पयोर्गतिम्। (शार्ङ्गधर)
अनृजुर्वातकोपेन.... (रावण)
रोग प्रकरण में वर्णित वातव्याधि के रोगों की नाड़ी पर भी ध्यान दें।
इस गति को यूनानी में मौजी गति कहते हैं। मौज लहर या तरंग को कहते हैं जिसकी गति वक्र होती ही है।

२ - कुलिंगकाकमण्डूकगतिंपित्तस्य कोपतः।। (शार्ङ्गधर)
पित्तादुत्प्लुत्य गामिनी (भूधर)
चण्डा पित्तप्रकोपतः। (रावण)
यूनानी में इस गति को गिजाली या हरिण की गति कहते हैं। हरिण भी उछल-उछल कर दौड़ता है।

नाड़ी की दोषानुसार गति[१]

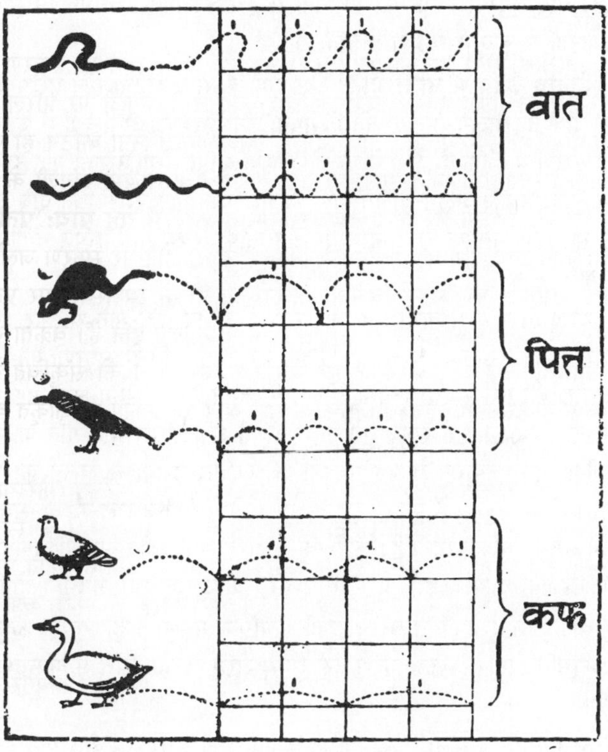

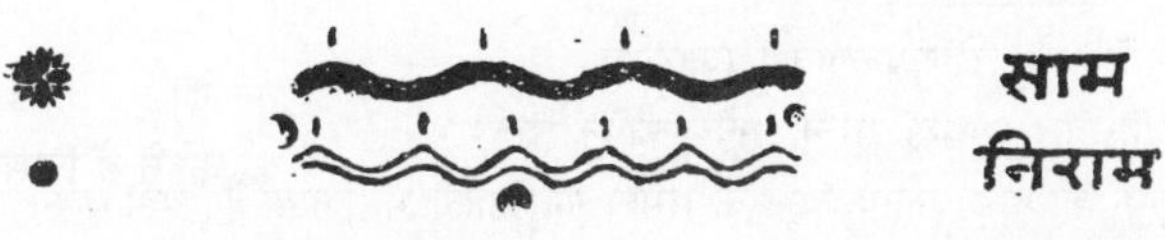

वात - जलौका, सर्प की गति। **पित्त**- मेढक, काक की गति।

कफ - कबूतर , हंस की गति। ★ भरित की भारी गति। ☆ रिक्त की सूक्ष्म गति।

---

१. वैद्य की अंगुली में स्पर्शनीय उभार, इनकी उँचाई और लम्बाई पर ध्यान दीजिये।

मन्द और सरल चलती है[१]। इसमें कफ द्वारा वात की शक्ति क्षीण होने से ऐसा होता है। वायु के साथ कफ की प्रधानता में हंस की गति एवं पित्त के साथ कफ की प्रधानता में कबूतर की गति होती है।

द्विदोष कोप में नाड़ी गति - दो दोषों के साथ कुपित होने पर पर्याय क्रम से दोनों दोषों की अलग-अलग गति विशेषतः उनसे सम्बद्ध अंगुलियों में प्रतीत होती है। यह स्परणीय है कि दो दोषों में भी जो अधिक कुपित होगा उसकी गति अपेक्षाकृत अधिक स्पष्ट होगी। अलग-अलग दोष की गति जान लेने पर मिश्रित दोष की गति जानना सरल है। क्योंकि दो दोषों के मिश्रित कोप से यह गति उत्पन्न होगी जो इस प्रकार है :-

वात-पित्त - में नाड़ी एक बार सर्प के समान वक्र गति से और एक बार मेढक के समान उछलकर चलती है[२]। इस प्रकार की गति से स्फुरणों की अनुभूति क्रमशः वैद्य की तर्जनी एवं मध्यमा अंगुली पर होती है। यह क्रम क्षण-क्षण बदलते हुए चलता है अर्थात् एक स्फुरण में नाड़ी तर्जनी अंङ्गुली पर वक्र गति का अनुभव करायेगी तो दूसरे स्फुरण में वह मध्यमा अंङ्गुली पर उछलकर चलने का अनुभव करायेगी। तीसरे स्फुरण में पुनः वक्रगति और चौथे में वही उछाल का अनुभव होगा। यह क्रम बराबर चलता रहता है। कभी-कभी दो-दो, तीन-तीन स्फुरण लगातार ऐसा भी होता है कि दोनों अंङ्गुलियों में साथ ही वक्र उछाल की अनुभूति होती है।

वात-पित्त प्रकोप में तीसरी अंङ्गुली अनामिका पर भी नाड़ी स्फुरण की अत्यन्त दुर्बल अनुभूति होगी। इसका कारण उस समय शरीर में वात पित्त से कफ का दुर्बल होना है।

वात-कफ - में नाड़ी के स्फुरण तर्जनी अंङ्गुली पर सर्प के समान वक्र तथा

---

१ - हंसापरावतगतिं धत्ते श्लेष्मप्रकोपतः। (शार्ङ्गधर)
कफान्मन्दगतिर्ज्ञेया। (भूधर) सरला श्लेष्मकोपेन (रावण)
कणाद ने कफ की नाड़ी को कुक्कुट के समान गति वाली भी लिखा है। यहाँ कुक्कुट से तात्पर्य मस्त कुक्कुट से होना चाहिये।
यूनानी में कफ की नाड़ी की गति को दूदी कहते हैं। यह कनखजूरा कृमि की गति है जो वस्तुतः मन्द है।

२ - मुहुःसर्पगतिं नाड़ी, मुहुः भेकगतिं तथा।
वातपित्तद्वयोद्भूतां तां वदन्ति मनीषिणः।। (कणाद)

अनामिका पर राजहंस के समान मन्द और सरल गति से अनुभूत होते हैं[१]। ये गतियाँ पर्याय क्रम से या २-३ स्फुरण में लगातार एक गति फिर २-३ स्फुरण में लगातार दूसरी गति का अनुभव होता है। कभी-कभी दोनों अङ्गुलियों पर एक साथ ही मन्द, वक्र गति अनुभूत होती है। इन दोनों दोषों की अपेक्षा शरीर में पित्त दुर्बल रहेगा। अतः मध्यमा अंङ्गुली पर स्फुरण दुर्बल प्रतीत होंगे।

पित्त-कफ - में वैद्य की मध्यमा और अनामिका अंङ्गुली पर नाड़ी के स्फुरण पर्याय क्रम से मेढक के समान उछाल और हंस के समान मन्द और सरल गति से अनुभूत होंगे[२]। यह गति लगातार २-३ स्फुरण तक एक ही अंङ्गुलियों पर प्रतीत हो सकते हैं। पित्त कफ के प्रकोप में वात के दुर्बल होने के कारण तर्जनी पर स्फुरणों की अनुभूति दुर्बल होगी।

क्षीण दोष में गति - द्विदोष के प्रकोप-वर्णन में मन्द शब्द का तात्पर्य गति की मन्दता से है। यह नाड़ी दोष से भरी हुई धीमी-धीमी चलती है।

इसी शब्द से मिलता-जुलता शब्द क्षीण है, जिसमें नाड़ी दोष से भरी हुई नहीं होती। इसमें स्फुरण की संख्या चाहे अधिक हो अथवा न्यून हो पर दोष कम होता है, यहाँ तक कि स्फुरण की अनुभूति में कठिनाई होती है।

वृद्ध दोष में गति - प्रत्येक दोष या उसके प्रकोप की जो नाड़ीगति है वही वृद्ध दोष की है क्योंकि वृद्ध दोष ही प्रकुपित होते हैं।

त्रिदोष प्रकोप - में नाड़ी-स्फुरण वैद्य की तीनों अंङ्गुलियों में एक साथ ही किसी पर सर्प-जलौका की गति के समान प्रतीत होंगे। किसी पर लवा-मेढक-कौआ पक्षी के समान उछल-उछल कर चलते हुए विदित होंगे। किसी पर हंस या कबूतर के समान मन्द और सरल गति वाले प्रतीत होंगे[३]। एक-एक

---

१ भुजगादिगतिं नाड़ी राजहंसगतिं तथा।
वातश्लेष्मसमुद्भूतां भाषन्ते तद्विदो जनाः।। (कणाद)
इस श्लोक में लिखित आदि शब्द का तात्पर्य यहाँ जलौका से है।

२ मण्डूकादिगतिं नाड़ी मयूरादिगतिं तथा।
पित्तश्लेष्मसमुद्भूतां प्रवदन्ति विचक्षणाः।। (कणाद)
मण्डूक के साथ वाले आदि पद से गोरैया और काग का तात्पर्य है। मयूर के साथ वाले आदि से हंस का तात्पर्य है।

३ उरगादि लावकादि हंसादीनां च बिभ्रती गमनम्।
वातादीनां च समं धमनी सम्बन्धमाधत्ते।। (कणाद)

गति वाला स्फुरण पर्यायक्रम से अथवा लगातार चल सकता है।

सूचना - यह स्मरणीय है कि शरीर में भयानक त्रिदोष एक साथ विदित होने पर भी क्षण-क्षण एक दोष का वृद्धि ह्रास हुआ ही करता है। जब जितनी देर तक जो दोष वृद्ध रहेगा तब उतनी देर तक उसके स्फुरण नाड़ी में प्रतीत होंगे। उसके ह्रास होते ही दूसरे दोष की वृद्धि में उसके स्फुरण प्रतीत होंगे। दोषों का यह वृद्धि-ह्रास इतनी तेजी से और सूक्ष्म होता है कि बाहर उसके लक्षण अलग-अलग होने पर भी प्रतीत नहीं हो पाते। नाड़ी में भी कठिनाई से विदित होते हैं। इसी कारण साधारण जन साथ ही त्रिदोष प्रकोप समझ बैठते हैं।

अन्य दोष के स्थान में गये दोष की नाड़ी - द्विदोष या त्रिदोष कोप में दोष परस्पर एक दूसरे के स्थान में भी चले जा सकते हैं। परिणामतः एक दूसरे की गति एक दूसरे की अंङ्गुलियों में भी अनुभूत होती है : कल्पना कीजिये कि वात के मुख्य स्थान अपान प्रदेश में यदि प्रबल कफ चला गया तो तर्जनी (वात अङ्गुली) पर कफ की गति (हंस और मयूर की गति यथा मन्दता अथवा भारीपन) का अनुभव अधिक होगा। वहाँ वक्रता नहीं प्रतीत होगी। उसी प्रकार यदि कफ के मुख्य स्थान आमाशय और फुफ्फुसावरण कला में प्रबल वात चला गया तो कफ की अङ्गुली अनामिका पर वात की गति यथा वक्रत्व और चाञ्चल्य की अनुभूति अधिक होगी। अन्य दोष के स्थान में गये दोष के ज्ञान के लिये नाड़ी की दोषानुसार गति का ज्ञान अधिक उपयोगी है। नाड़ी-परीक्षा द्वारा दोषों के आवरण का ज्ञान गम्भीर अनुसन्धान का विषय है। इधर एवं दोषों के पञ्च-पञ्च भेदों के प्रकोप में नाड़ी परीक्षा पर अनुसन्धानकर्ता ध्यान दें।

यह स्मरणीय है कि दूसरे दोष के स्थान में गये हुए दोष की गति की जानकारी कुछ कठिन है। इसके लिए दोषों के लक्षणों को दृष्टिकोण में रखते हुए ऊपर अलग लक्षण लिखा गया है। उनसे सामञ्जस्य स्थापित कर लेना चाहिये। त्रिदोष-कोप में तनिक ह्रास वृद्धि के साथ सभी दोष परस्पर एक दूसरे के स्थान में गति करते हुए सर्वशरीरव्यापी हो जाते हैं। परिणामतः सभी दोषों की गति सभी अंगुलियों पर अपने-अपने कोप के क्षण में अनुभूत होती है।

इस प्रकार नाड़ी द्वारा दोष का निर्णय हो जाने पर रोग एवं चिकित्सा निर्णय में बड़ी सरलता होगी। यद्यपि दोष-कोप से रोग एवं चिकित्सा समझने के लिए निदान एवं चिकित्सा के ग्रन्थों का अध्ययन अपेक्षित है। फिर भी इस सम्बन्ध में हम सिद्धान्त प्रकरण में आवश्यक निवेदन कर चुके हैं।

दोषचक्र - दोष प्रकोप-निर्णय-कला जानने के लिये इस दोष चक्र का मनन कर लें। इससे समय को दृष्टिकोण में रखकर नाड़ी द्वारा दोष प्रकोप सुविधा से जान सकेंगे। **इस चक्र में वर्णित दोष प्रकोप काल स्वाभाविक है।** विकृति या रोग में किसी भी समय कोई दोष प्रकुपित हो सकता है। परन्तु रोगमूलक दोष अपने स्वाभाविक प्रकोप काल में अन्य समय की अपेक्षा अधिक प्रकुपित होगा, अपने लक्षणों को अधिक प्रकट करेगा। अन्य दोष भी अपने दोष काल में अन्य समयों की अपेक्षा अधिक प्रकुपित होंगे लेकिन रोग मूलक दोष तब भी बढ़ा हुआ ही रहेगा।

तीन प्रकार की जठराग्नियाँ - दोषों के अलग-अलग लक्षण आप जान चुके हैं। उनके अनुसार जठराग्नि में भेद पड़ जाता है। जैसा कि दोषचक्र से स्पष्ट है। अग्नियों के लक्षण ये हैं:-

विषमाग्नि - विषमाग्नि हो जाने पर कभी अन्न भली-भांति पच जाता है, कभी बिल्कुल नहीं पचता। परिणामतः दस्त भी अनियमित रहते हैं। कभी पतले तरल की भाँति तो कभी सूखे कड़े आते हैं, कभी बिल्कुल नहीं आते।

तीक्ष्णाग्नि - तीक्ष्णाग्नि में अधिक मात्रा वाला गुरु से गुरु अन्न भी अति शीघ्र पच जाता है। अधिक खाने पर भी दस्त कम या नहीं के बराबर आते हैं। खाना पच जाने पर असह्य भूख लगती है। उस समय खाना न मिले तो रोगी के शरीर की धातुयें सूखने लगती हैं। रोगी को शोष तक हो जाता है। तीक्ष्णाग्नि वाले रोग को भस्मक भी कहा गया है।

मन्दाग्नि - मन्दाग्नि में स्वल्प मात्रा में खाया हुआ लघु भोजन भी नहीं पचता। भोजन बिना पके हुए कच्चा ही पतले दस्त के रूप में आता है। भूख कम लगती है।

तीन प्रकार के कोष्ठ - दोषानुसार मनुष्य का कोष्ठ भी हो जाता है जैसा कि दोषचक्र में स्पष्ट है। उनके लक्षण ये हैं :-

क्रूर कोष्ठ - इस कोष्ठ के रोगी को जल्दी दस्त नहीं आते । दस्त की कड़ी दवा देने पर भी कठिनाई से दस्त आता है। कुल मिलाकर यह दुर्विरेच्य[१] होता है।

मृदु कोष्ठ - इस कोष्ठ के रोगी को साधारण उपचार से भी सरलता से

१- कड़े से कड़े जुलाब से इसे दस्त नहीं आते।

❋ दोष - चक्र ❋

दोष	स्थान	दिनविशेषता का काल				अग्नि	कोष्ठ	प्रकृति
		आयु	दिन	रात	भोजन			
वात	नाभि के नीचे	वृद्धावस्था	सायंकाल २ बजे से ५ बजे तक	अन्तिम प्रहर लगभग २ बजे से ६ बजे तक	पाक हो जाने पर	विषम तीक्ष्ण मन्द सम	क्रूर मृदु मध्य मध्य	हीन
पित्त	हृदय तथा नाभि के मध्य में	युवावस्था	दोपहर १० बजे से २ बजे तक	मध्यरात्रि १० बजे से २ बजे तक	पचते समय			मध्य
कफ	हृदय के ऊपर	बाल्यावस्था	प्रातःकाल ६ बजे से १० बजे तक	पहले प्रहर ६ बजे से १० बजे तक	भोजन करते समय			उत्तम
								सम

दस्त आ जाते हैं। यह सुविरेच्य होता है। मुनक्का आदि से भी पतले दस्त आ जाते हैं [१]।

मध्य कोष्ठ-इसका रोगी औसत दर्जे का कोष्ठ वाला होता है। दुर्विरेच्य नहीं होता और सुविरेच्य भी नहीं होता है।

तीन प्रकृतियाँ-दोषानुसार निम्नांकित लक्षणों वाली प्रकृतियाँ[२] होती हैं। निदान, चिकित्सा एवं प्रत्येक व्यवहार में इनका ध्यान रखना चाहिये।

हीन प्रकृति-इस प्रकृति वाले ओछे विचार वाले होते हैं। शरीर भी हीन या कृश ही रहता है। जरा सा भी कष्ट आदि से अधीर हो जाते हैं। चिड़चिड़ा जाते हैं। स्थायी काम और स्थायी मित्रता नहीं कर सकते।

मध्य प्रकृति - इस प्रकृति के लोग सामान्य विचार एवं सामान्य शरीर वाले होते हैं। प्रत्येक बात में मध्यम मार्ग का अवलम्बन कर लेते हैं। किसी सिद्धान्त या किसी निर्णय में ये दृढ़ नहीं रह सकते।

उत्तम प्रकृति-इस प्रकृति के लोग उत्तम विचार एवं उत्तम शरीर वाले होते हैं। सिद्धान्त और न्याय-परायण होते हैं। उत्तम काम करते हैं। विश्वास-पात्र होते हैं।

दोष प्रकोप के साथ अग्नि, कोष्ठ एवं प्रकृति आदि का विचार निदान, चिकित्सा एवं जगत् के व्यवहार में बड़ा उपयोगी होता है।

आम से दोष का सम्बन्ध

आम - जठराग्नि के अल्प-बल होने से अपाचित पहली धातु रस 'आम' कही जाती है [३]। अर्थात् आहार के अपक्व रस का नाम 'आम' है। यह सभी दोषों को प्रकुपित करने वाला है [४]। इससे मिलकर दोष (दूषित करने वाले- वायु-पित्त-कफ)

१- साधारण जुलाब से भी इसे दस्त आ जाते हैं।

२- प्रकृतियों का विशद वर्णन सुश्रुत-शारीर स्थान अध्याय ४ में है। सूत्र ६२ से विशेष देखने की कृपा करें।

३- ऊष्मणोऽल्पबलत्वेन धातुमाद्यमपाचितम्।
दुष्टमामाशयगतं रसमामं प्रचक्षते।।
यहाँ आमाशय पद से पच्यमानाशय का भी ग्रहण है। (च.सू.अ.२०)
स आमसंज्ञको देहे सर्वदोषप्रकोपकः। (च.सू.अ.२०)
आज के दृष्टिकोण से यह आम अपक्व प्रोटीन कहा जा सकता है।

एवं दूष्य (दूषित होने वाले रस, रक्त, मांस, मेदा, अस्थि, मज्जा और शुक्र; इनके मल, मूत्र पुरीष और पसीना आदि) साम कहे जाते हैं। साम दोष या साम दूष्य से उत्पन्न रोग भी साम कहे जाते हैं[१]। जिस दोषप्रधान आहार का रस आम बनेगा वह दोष अथवा जिस दोष के साथ वह मिल जायगा वह दोष साम होगा। यह आम जहाँ भी रहेगा वहीं, उस समय सारे शरीर में व्याप्त दोष एवं आम के लक्षणों से पीड़ित करेगा[२]। इस आम की पूरी माया समझने के लिये पूरा व्याधि विज्ञान समझना पड़ेगा। यहाँ संक्षेप में जानकारी के दृष्टिकोण से बताया जा रहा है:–

साम दोष – साम दोष के लक्षण हैं–पुरीष, मूत्र, नख, दाँत, त्वचा एवं आँखों में पीलापन या लालिमा या कालिमा; पीठ, अस्थियों, कमर और सन्धियों में पीड़ा, सिर में तीव्र पीड़ा, निद्रा, मुँह में फीकापन, शरीर में कहीं शोथ, ज्वरातिसार एवं रोमाञ्च[३]।

निराम दोष – साम दोष के लक्षणों से विपरीत लक्षण निराम दोष के होते हैं[४]।

साम दोषों की नाड़ी – हमने पहले टिप्पणी में बताया है कि आम अपक्व प्रोटीन कहा जा सकता है। सभी प्रोटीन कफवर्गीय होते हैं। इधर रस–धातु के भी कफवर्गीय होने से उसके अविपाक से उत्पन्न आम भी कफवर्गीय हैं। इस प्रकार आम, लक्षणों एवं चिकित्सा के दृष्टिकोण से कफ दोष के समान है। इसलिये साम दोषों की नाड़ी भी कफ दोष की नाड़ी के समान ही चलती है। अन्तर यह है कि कफ या सामकफ की नाड़ी की स्पष्ट अनुभूति केवल अनामिका अंगुली में होगी। (दूसरे दोष के स्थल में साम कफ या कफ के जाने पर उस दोष वाली अंगुली में

१– आमेन तेन सम्पृक्ता दोषा दूष्याश्च दूषिताः।
सामा इत्युपदिश्यन्ते ये च रोगास्तदुद्भवाः।। (अ.हृ.सू. ११)

२– यत्रस्थमामं विरुजेत्तमेव देशं विशेषेण विकारजातैः।
दोषेण येनावततं शरीरं तल्लक्षणैरामसमुद्भवैश्च।।

३– विण्मूत्रनखदन्तत्वक्चक्षुषां पीतता भवेत्।
रक्तत्वमथ कृष्णत्वं पृष्ठास्थिकटिसन्धिरुक्।।
शिरोरुक् जायते तीव्रा निद्रा विरसता मुखे।
क्वचिच्च श्वयथुगत्रि ज्वरातिसारहर्षणम्।।
लिंगं मलानां सामानां। (अ.हृ.सू. १३)

४– निरामाणां विपर्ययः। (अ.हृ.सू. १३)

कफ की अनुभूति होगी) परन्तु साम दोष की नाड़ी में अनामिका, मध्यमा एवं तर्जनी तीनों अंगुलियों में कफ की गति की सी अनुभूति होगी। जिस दोष से युक्त आम होगा उसकी अंगुली पर विशेष अनुभूति होगी। यद्यपि यह नाड़ी कफ की गति के समान गति में मन्द और सरल होगी परन्तु इसमें कुछ भरा हुआ[१] सा प्रतीत होगा। इसलिये यह भारी चलती है [२]।

यह स्मरणीय है कि अकेले एक दोष साम नहीं होगा क्योंकि अपक्व रस से तीनों दोष बनते हैं, इसलिये सर्वदा तीनों दोष साथ ही साम होते हैं। पर आहार या सम्पर्क के अनुसार एक दोष अधिक साम होता है और, वही 'साम' की संज्ञा ग्रहण करता है। यही कारण है कि आम की अनुभूति तीनों अंगुलियों पर साथ ही होती है पर साम दोष की अंगुली पर अधिक होती है।

निराम दोष की नाड़ी - यह नाड़ी सूक्ष्म चलती है [३]। इसमें कुछ भरा हुआ सा प्रतीत नहीं होता और न यह भारी ही प्रतीत होती है। सूक्ष्म का तात्पर्य मन्द नहीं बल्कि पतली रेखा के समान है।

यह स्मरणीय है कि एक दोष की सामता के क्षीण होने के बाद निरामता उत्पन्न होने पर सभी दोष निराम होते हैं (यदि चिकित्सा-व्यतिक्रम नहीं हुआ तो) पर साम दोष की अपेक्षा शेष दोष अब अपेक्षाकृत अधिक निराम होंगे इसलिये कि ये पहले भी कम आम होने के कारण अधिक निराम थे। इसी दृष्टिकोण से अंगुलियों पर भी निरामता की अनुभूति होगी। अर्थात् सभी निराम दोषों (जो पहले भी कम साम थे) की अंगुली में अधिक सूक्ष्म और मुख्य साम दोष की अंगुली में अपेक्षाकृत कम सूक्ष्मता प्रतीत होगी।

प्रसंगवश अलग-अलग दोषों की सामता और निरामता के लक्षण समझिये-

सामवायु - सामवायु बिबन्ध, अग्निमान्द्य, जकड़न, अन्त्र सूजन, वेदना, सूजन और निस्तोद (सूई चुभने की सी पीड़ा) से अङ्गों को पीड़ित करता हुआ शरीर में पृथक्-पृथक् अथवा चारो ओर साथ ही घूमता है। अधिक कुपित होने पर शरीर को

---

१. कफेन परिपूरिता (रावण)

२. सामा गरीयसी (शार्ङ्गधर पूर्वखण्ड अ. ५)

३. निरामा सूक्ष्मगा ज्ञेया।....(रावण)

खूब जकड़ देता है। स्नेह आदि से बढ़ता है। सूर्योदय, बदली एवं रात में बढ़ता हैं [१]।

निरामवायु – निराम वायु विशद, रूक्ष, विवन्धरहित और अल्प वेदना वाला होता है। यह वायु के विपरीत गुणों विशेषतः स्निग्धता से शान्त होता है [२]।

साम पित्त – यह दुर्गन्धित, हरा, साँवला, अम्ल, धन और गुरु होता है। खट्टे डकार लाता है। कण्ठ तथा हृदय प्रदेश में दाह करता है [३]।

निराम पित्त – ताम्रवर्ण या पीलावर्ण, अत्यन्त उष्ण, कटु रस, अस्थिर (घन के विपरीत द्रव होने से बहने वाला और गन्धरहित होता है) रुचि एवं पाचन को बढ़ाता है [४]।

साम कफ – मटमैला, तन्तुयुक्त, लसीला, कण्ठदेश में सटने वाला, दुर्गन्धित होता है। भूख और डकार को बन्द कर देता है [५]।

निराम कफ – फेनयुक्त, पिण्ड, कुछ पीलापन से युक्त, निस्सार, गन्धरहित होता है। तन्तुयुक्त न होने से छटककर गिरता है। मुख को शुद्ध रखता है [६]।

---

१. वायुः सामो विबन्धाग्निसादस्तम्भान्त्रकूजनैः।
वेदनाशोकनिस्तोदैः क्रमशोङ्गानि पीड़यन्।।
विचरेद्युगपच्चपि गृह्णाति कुपितो भृशम्।
स्नेहाद्यैर्वृद्धिमायाति सूर्यमेघरद्योदये निशि।। (अ.ह.सू.अ. १३)

इसके लिये आमवात (गठिया) का उदाहरण पर्याप्त है।

२. निरामो विशदो रूक्षो निर्विवन्धोऽल्पवेदनः।
विपरीत गुणैः शान्तिं स्निग्धैर्याति विशेषतः।। (अ.ह.सू.अ. १३)

३. दुर्गन्धिं हरितं श्यावं पित्तमम्लं घनं गुरुम्।
अम्लीकाकण्ठहृद्दाहकरं सामं विनिर्दिशेत्।। (अ.ह.सू.अ. १३)

इसके लिये 'अम्ल पित्त' का उदाहरण पर्याप्त है।

४. आताम्रपीतमत्युष्णं रसे कटुकमस्थिरम्।
पक्वं विगन्धिं विज्ञेयं रुचिपंक्तिविवर्धनम्।। (अ.ह.सू.अ. १३)

५. आविलस्तन्तुलः स्त्यानः कण्ठदेशेवतिष्ठते।
सामोबलासो दुर्गन्धिः क्षुदुद्गारविघातकृत्।। (अ.ह.सू.अ. १३)

६. फेनवान् पिण्डितः पाण्डुर्निस्सारोऽगन्ध एव च।
पक्वः स एव विज्ञेयश्छेदवान् वक्त्रशुद्धिदः।। (अ.ह.सू.अ. १३)

साम व्याधि - इसी प्रसंग में साम व्याधि के लक्षण भी जान लीजिये- किसी भी व्याधि में यदि आलस्य, उँहाई , हृदय की अशुद्धि , दोषों से प्रवृत्त मूत्र के भाव, उदर में भारीपन, अरुचि और सुप्तता प्राप्त हो तो उसे साम व्याधि कहते हैं[१]।

निराम व्याधि - इसके विपरीत लक्षणों से युक्त व्याधि निराम कही जाती है।

सामदोष एवं साम व्याधि की नाड़ी के विषय में हम इसके पहले लिख चुके हैं, उसी से अलग-अलग दोष की सामता आदि पहचानने में सहायता लीजिये। उपर्युक्त लक्षण भी मिलाकर नाड़ी-परीक्षा की पुष्टि कर लें। कुल मिलाकर यह भी समझ लें कि प्रत्येक अवस्था, रोग, दोष के साथ आम का रहना दुःखदायक एवं उसका न रहना सुखदायक है।

क्षीण-वृद्ध दोषों के लक्षण और नाड़ी - सिद्वान्त प्रकरण में दोषों की क्षीणता और वृद्धि के लक्षणों को हम सूत्र रूप में लिख चुके हैं, यहाँ उन्हें कुछ विशद कर रहे हैं। यह जान लें कि वायु और कफ परस्पर विरोधी हैं जिससे एक की क्षीणता से दूसरा बढ़ता है। इन क्षीण-वृद्ध दोषों के लक्षणों से नाड़ी परीक्षा की पुष्टि करें।

क्षीण वायु - वायु के क्षीण होने पर अंङ्गों में अवसन्नता, अल्प भाषण, संज्ञा-मोह तथा श्लेष्म-वृद्धि के रोग या लक्षण होते हैं[२]। इसमें कफ की नाड़ी प्रबल होगी, वात की नाड़ी क्षीण होगी।

वृद्ध वायु - वृद्ध वायु कृशता, उष्ण पदार्थों की इच्छा, कम्प, आनाह, पुरीष की रुकावट, बल-इन्द्रिय-निद्रा का नाश, प्रलाप, भ्रम और दीनता उत्पन्न करता है[३]। इसमें कफ की नाड़ी क्षीण एवं वायु की नाड़ी प्रबल होगी।

क्षीण पित्त - क्षीण पित्त में अग्निमान्द्य और भली भाँति शीत हो जाता है।

---

१ आलस्यतन्द्राहृदयाविशुद्धिर्दोषप्रवृत्याकुलमूत्रभावैः ।
गुरूदरत्वारुचिसुप्तताभिरामान्वितं व्याधिमुदाहरन्ति।। (अ.ह.सू.अ.३)

२. लिंग क्षीणेऽनिलेऽङ्गस्य सादोऽल्पं भाषतेऽहितम्।
संज्ञा मोहस्तथा श्लेष्मवृद्धयुक्तामयसम्भवः।। (अ.ह.सू.अ. १२)

३. वृद्धस्तु कुरुतेऽनिलः।
कार्श्यकार्ष्ण्योष्णकामित्वकम्पानाह शकृद्ग्रहान्।
बलनिद्रेन्द्रियभ्रंशप्रलापभ्रमदीनताः ।। (अ.हृ.सू.अ. ११)

कान्ति की हीनता भी हो जाती है। इसमें नाड़ी देर से व्यक्त होती है [१]। शीतांग हो जाने पर यह नाड़ी और लक्षण विशेष प्रतीत होते हैं।

वृद्ध पित्त - इसमें पुरीष, मूत्र, नेत्र और त्वचा पीली हो जाती है। भूख प्यास अधिक लगती है। निद्रा कम आती है [२]।

क्षीण कफ - इसमें चक्कर, श्लेष्माशयों की शून्यता, हृदय का द्रवित होना (अधिक गति) और सन्धियों में शिथिलता हो जाती है। वायु के लक्षण और उसकी नाड़ी प्रबल हो जाती है। कफ की नाड़ी क्षीण होगी।

वृद्ध कफ - इसमें वायु की क्षीणता के लक्षण मिलेंगे।

सूचना - वृद्ध दोषों की नाड़ी, प्रकुपित दोषों की नाड़ी के समान जानिये। यह भी जान लीजिये कि बढ़े हुए दोष अपने-अपने रोग यथा वात-वातव्याधि आदि , पित्त- ज्वर आदि एवं कफ- अरुचि और वमन आदि करते हैं।

दोषों की विशद जानकारी के लिए लेखक की अगली पुस्तक 'दोष दर्शन' पढ़िये। नाड़ी सम्बन्धी ग्रन्थ होने के कारण दोषों का प्रकरण संक्षेप में दिया गया है। नाड़ीपरीक्षा से सम्बद्ध दोषज्ञान भी संक्षेप में दिया गया है।

◆

---

१. पित्ते मन्दोऽनलः शीतं प्रभाहानिः (अ.ह.सू.अ. ११)

२. पीत विण्मूत्रनेत्रत्वक् क्षुत्तृड्दाहाल्पनिद्रताः पित्तम् (वृद्धं कुरुते) (अ.ह.सू.अ. ११)

३. ....कफे भ्रमः।
श्लेष्माशयानां शून्यत्वं हृद्द्रवः श्लथसन्धिता। (अ.ह.सू.अ.११)

अध्याय १२

भोजनों का नाड़ी पर प्रभाव

दोषों की नाड़ी गति से आहार समूह का अनुमान - इस अध्याय को समझने के पहले 'सिद्धान्त एवं नाड़ी द्वारा त्रिदोष ज्ञान' वाले अध्यायों को समझ लेना होगा। एक त्रिदोष-सिद्धान्त का ज्ञाता जानता है कि किस प्रकार के भोजन से किस दोष की वृद्धि और किस दोष का ह्रास होता है। दोषानुसार नाड़ी की गति का विवेचन अध्याय ११ में हो चुका है। नाड़ी की गति से दोष का निर्णय हो जाने पर उस दोष को बढ़ाने एवं घटाने वाले आहारों (विहारों का भी) का अनुमान करना चाहिए।

कल्पना कीजिए कि किसी की नाड़ी में आपको वृद्ध कफ की गति मिली। अब आप अनुमान कर लें कि उसने गुरु स्निग्ध, मधुर, शीत, अभिष्यन्दी[१] आहार एवं शीत-स्नान एवं दिवा-स्वप्न आदि विहार का सेवन किया है। इस आहार-विहारों में जो उस ऋतु में रोगी के लिए सम्भव हों उन पर ध्यान दौड़ाइये, तब आप उस समय के कफ प्रकोपक द्रव्य या परिस्थिति के निकट पहुँच जायँगे। इसी प्रकार अन्यान्य दोषों की नाड़ी गति का निर्णय हो जाने पर तत्तद् दोष को कुपित या उसकी वृद्धि करने वाले आहार-विहारों का अनुमान कीजिये।

छ रसों से दोषों का सम्बन्ध - नाड़ी गति से दोष-ज्ञान के बिना आहारों का निर्णय करना कठिन है लेकिन दोष का निर्णय हो जाने पर समस्त तीन (वातल, पित्तल, श्लेष्मल) आहार समूहों में एक समूह का निर्णय होगा। सभी प्रकार के आहारों का गुण एवं उनका दोष से सम्बन्ध यहाँ बताना कठिन है। आहार के ६ रसों मधुर , अम्ल, लवण, कटु , तिक्त और कषाय के विषय में पढ़े-लिखे लोग कुछ न कुछ ज्ञान अवश्य रखते हैं। यहाँ आप यह जान लीजिये कि रसों द्वारा दोषों को कुपित या उत्पन्न या बढ़ाने का प्रकार यह है :-

---

१. जो द्रव्य भारी एवं लसीला होने से रसवाही सिराओं को रोककर स्रोतों में चिपक जाता है उसे अभिष्यन्दी कहते हैं, जैसे दही।

प्रकोपक रस	दोष
कषाय, कटु, तिक्त	वात
अम्ल, कटु, लवण	पित्त
मधुर, अम्ल, लवण[1]	कफ

परन्तु इन रसों में प्रधानतः कषाय रस, वायु, अम्ल रस (अनार और आँवला को छोड़कर) पित्त एवं मधुर रस (पुराना शालि, यव, मूँग, गेहूँ , मधु , मिश्री, जांगल मांस को छोड़कर) कफ को बढ़ाता है।[2]

प्रसंगवश यह जान लीजिये कि कौन दोष किस रस से प्रशमित होता है:

प्रशामक रस	प्रशमित दोष
मधुर, अम्ल, लवण	वात
मधुर, तिक्त, कषाय	पित्त
कटु, तिक्त, कषाय[3]	कफ

उपर्युक्त रसों में प्रधानतः मधुर वात को, तिक्त पित्त को और कटु कफ को प्रशमित करता है। किसी भी दोष की क्षीणता की नाड़ी मिलने पर आप उसके प्रशामक रसों का अनुमान कर सेवित रसों का निर्णय कर सकते हैं।

दोषों के परस्पर विरोध से भी आप रसों का अनुमान पुष्ट कर सकते हैं, यथा-वातप्रकोप की नाड़ी मिलने पर कफ शामक रस कटु-तिक्त, कषाय के सेवन का अनुमान सहज ही कर सकते हैं।

रसों का महाभूतों से सम्बन्ध - कौन रस किस दोष को क्यों प्रकुपित करता

---

१. कटुतिक्तकषायाः वातं जनयन्ति कट्वम्ल लवणाः पित्तं जनयन्ति, मधुराम्ललवणाः श्लेष्माणं जनयन्ति। (चि.वि.अ.१)

२. मधुरं श्लेष्मलं प्रायो जीर्णात् शालियवादृते।
मुद्गाद् गोधूमात्, क्षौद्रात् सिताया जांगलामिषात्।।
प्रायोऽलं पित्तजननं दाडिमामलकादृते।
कषायोमारुतं जनयति। (कणाद)

३. मधुराम्ललवणास्त्वेनं (वात)................मधुरतिक्तकषायास्त्वेनं (पित्तं....कटु तिक्त कषायास्त्वेनं श्लेष्माणं) शमयन्ति। (च.वि.अ.१)

है और क्यों प्रशमित करता है इसका कारण रस की योनि महाभूत है, जो इस प्रकार है :-

रस	योनि
मधुर	पृथ्वी + जल
अम्ल	पृथ्वी + अग्नि
लवण	जल + अग्नि
कटु	वायु + अग्नि[१]
तिक्त	वायु + आकाश
कषाय	वायु + पृथ्वी

रसों से महाभूतों के सम्बन्ध के विषय में अधिक न कहकर इतना ही निवेदन कर देना चाहते हैं कि किस महाभूत का प्रतिनिधि शरीर में कौन दोष है इसे पहले लिखा जा चुका है कि जिस महाभूत से जो रस उत्पन्न हुआ है उस महाभूत के प्रतिनिधि दोष को वह कुपित करता है। उस महाभूत के विरोधी महाभूत के प्रतिनिधि दोष को शमित करता है।

रसों का नाड़ी पर प्रभाव

मधुर - मधुर रस-प्रधान या केवल मधुर रस का भोजन करने से नाड़ी में मयूर[२] की सी और सरल[३] गति प्रतीत होती है। कफ कुपित होने के कारण इसका अनुभव अनामिका अंगुली पर अधिक होगा। शेष दो अङ्गुलियों पर अनुभूति का क्रम भोजन के दोष प्रकोपक क्रम के अनुसार रहेगा।

अम्ल - अम्लरस-प्रधान या केवल अम्लरस वाला भोजन करने पर नाड़ी में कुछ उष्ण स्पर्श के साथ ही मेढक की गति प्रतीत होगी[१] पित्त कुपित होने से

---

१. सुश्रुत एवं शार्ङ्गधर कटु रस की योनि वायु+आकाश मानते हैं। चरक संहिता में वायु + अग्नि लिखा है। हमें यही उचित प्रतीत हो रहा है।

२. मधुरे वर्हिगमना। (कणाद्)

३. सरला श्लेष्मकोपेन। (रावण)

४. अम्ले कोष्णा प्लवगतिः। (कणाद्)

यह गति मध्यमा पर अधिक अनुभूत होगी। शेष दो अङ्गुलियों पर अनुभूति का क्रम भोजन के दोष प्रकोपक क्रम के अनुसार होगा[१]।

लवण - लवणरस प्रधान या केवल लवणरस का भोजन करने से नाड़ी और तीव्र गति[२] से चलती है। इस रस से कफ-पित्त दोनों का प्रकोप होता है। इसलिये गति की अधिक अनुभूति अनामिका और मध्यमा पर होगी। तर्जनी पर सबसे कम अनूभूति होगी।

कटु - कटु रस-प्रधान या केवल कटु रस का भोजन करने से नाड़ी में भौंरे[३] की गति का अनुभव होता है। वात और पित्त का प्रकोप अधिक होने के कारण तर्जनी और मध्यमा अंगुली पर अधिक अनुभूति होगी।

तिक्त - तिक्त रस प्रधान या केवल तिक्त रस भोजन करने से नाड़ी केचुआ की गति[४] से चलती है। यह रस किसी दोष को प्रकुपित करने में प्रधान भाग नहीं लेता, इसके कारण का विचार करने का अवसर यहाँ नहीं। अन्य रसों के साथ रहकर थोड़ा सा वात को बढ़ाता है। इसलिये तर्जनी पर रञ्चमात्र अनुभूति सम्भव है अन्यथा

---

१. कणाद ने "अम्लैश्च मधुराम्लैश्च नाडी शीता विशेषतः" के अनुसार स्वतंत्र अम्ल एवं मधुर मिश्रित अम्ल रस में नाड़ी को विशेष शीत बताया है। हमारे विचार से यहाँ अम्ल से आमलकी, नीबू एवं मधुराम्ल से अनार ग्रहण करना चाहिये। ये शीत वीर्य होने से पित्तशामक हैं अतः इनसे नाड़ी में विशेष शीत प्रतीत होता है। आये दिन रोगी के नीबू या अनार खा लेने से उसमें एकाएक शीतांग के लक्षण आ जाते हैं। नाड़ी लुप्त सी प्रतीत होती है। इसमें कभी-कभी रोगी के होश ठीक रहते हैं। वह ठीक से बातें करता है।

२. लवणे सरला द्रुता (कणाद)
कई जगह 'सबला' पाठान्तर है जो विचारणीय है।

३. कटुके भृङ्ग सन्निभा (कणाद्)
भृङ्ग की गति पर थोड़ा आप विचार कर वात और पित्त दोनों दोषों की गति, प्रकार का सामञ्जस्य कीजिये। कटु को तीता कहना भूल है क्योंकि दोनों में आकाश-पाताल का अन्तर है। कटु रस के उदाहरणस्वरूप आदी, मिर्चा, राई, सोंठ आदि द्रव्य हैं।

४. तिक्ते स्याद् भूलतागतिः। (कणाद)
तिक्त रस को कडुआ कहना भूल है। कडुआ कटु रस है। कटु रस पित्त बढ़ाता है तो तिक्त उसे क्षीण करता है। तिक्त रस के उदाहरणस्वरूप ये द्रव्य हैं- नीबू करैला, गुरुच आदि।

इस भोजन से नाड़ी में कोई दर्शनीय हलचल नहीं होती। इस रस का सेवन उपर्युक्त चारों रसों की अपेक्षा कम ही होता है। हाँ, इसके सेवन से पित्त अवश्य क्षीण होता है। अतः बढ़े हुए पित्त की नाड़ी मिलने पर इस रस का सेवन कराने के बाद क्षीण पित्त की नाड़ी मिलेगी। पित्त की क्षीण होने के बाद वायु और कफ का प्रकोप सम्भव है।

कषाय – कषाय (कसैला) रस–प्रधान अथवा केवल कषाय रस (यथा कसैली[१] आदि) का भोजन करने से नाड़ी कठिन और म्लान[२] चलती है। वात प्रकुपित होने के कारण तर्जनी पर विशेष अनुभूति होगी। शेष दो अंगुलियों पर भोजन के दोष प्रकोपक क्रम के अनुसार अनुभूति होगी। कषाय रस का एक काम संकोचन है जिससे मृदुता कम होकर कठिनता बढ़ती है। परिणामतः गति में स्तब्धता भी आती है।

स्निग्ध और रूक्ष रस – स्निग्धता से कफ का प्रकोप और वात का नाश होता है। ठीक इसके विपरीत रूक्षता से वात का प्रकोप और कफ का नाश होता है। अब यह जान लीजिये कि मधुर, लवण और अम्ल रस स्निग्ध है। इसके सेवन से अधोवायु (उद्गार भी), मूत्र और पुरीष सुखपूर्वक निकलते हैं[३]।

कटु, तिक्त और कषाय रस रूक्ष होते हैं। इनके सेवन से वायु (अधो वायु और उद्गार), पुरीष, मूत्र और वीर्य कष्ट से निकलते हैं[४]।

विपाक – रसों के सेवन में नाड़ी की उपर्युक्त गतियाँ तो तुरन्त की हैं। यदि विलम्ब होने से रस का विपाक हो जाय तो विपाकोत्पन्न रसजनित दोष की गति नाड़ी में प्रतीत होती है, पर यह स्मरणीय है कि सेवित रस से सद्यः उत्पन्न या प्रकुपित दोष की गति नाड़ी में विपाकजनित दोष की अपेक्षा अधिक स्पष्ट होती है।

---

१. सोपाड़ी

२. कषाये कठिना म्लाना (कणाद्)

३. मधुरो लवणोऽम्लश्च स्निग्धभावास्त्रयो रसाः।
वातमूत्रपुरीषाणां प्रायो मोक्षेसुखा मताः।। (कणाद्)
इस अवस्था में नाड़ी में कफ की प्रधानता होगी, उसके बाद क्रम से पित्त और वात प्रतीत होंगा।

४. कटुतिक्तकषायाश्च रूक्षभावास्त्रयो रसाः।
दुःखानि मोक्षे दृश्यन्ते वातविण्मूत्ररेतसाम्।। (कषाद्)
इस अवस्था में वात, पित्त और कफ का क्रम नाड़ी में मिलेगा।

रसों के विपाक ये हैं – मधुर– लवण रस का विपाक मधुर, अम्ल का अम्ल और कटु–तिक्त–कषाय का कटु।

द्रव और कठिन भोजन – द्रवप्रधान या केवल द्रव भोजन करने पर नाड़ी में कठोरता एवं कोमलता (मृदु) प्रधान या केवल मृदु भोजन करने से नाड़ी कोमल और कठिन दोनों चलती है।

यहाँ यह समझ लीजिये कि रूक्ष–द्रव द्रव्य से वात का प्रकोप एवं स्निग्ध घन द्रव्य से कफ का प्रकोप होता है, परन्तु उसका मतलब यह नहीं कि स्निग्धता रूक्षता एवं मधुरादि ६ रसों को तिलाञ्जलि देकर केवल द्रवत्व और घनत्व पर विचार किया जाय। यह भी स्मरणीय है कि द्रव में जितनी ही स्निग्धता रहेगी अथवा प्रवेश करेगी वह उतना ही घन होगा और घन या कठोर में जितनी ही रूक्षता रहेगी या प्रवेश करेगी वह उतना ही सुषिर (छिद्रयुक्त) होगा।

विभिन्न भोज्य द्रव्यों का नाड़ी पर प्रभाव – विभिन्न प्रकार के भोजनों से नाड़ी पर पड़े हुए प्रभाव की जानकारी के लिये त्रिदोष, द्रव्यगुण एवं चरम सीमा के अभ्यास के अतिरिक्त कोई साधन नहीं। कर्णपिशाची आदि अमानुषी शक्तियों एवं योगार्जित ज्ञान से तो सब कुछ सम्भव है, इसके आधार पर नाड़ी पकड़कर भुक्त भोजन भी बताया जा सकता है। पर यह आज के प्रपञ्चपूर्ण जीवन में अति कठिन एवं विशिष्ट व्यक्तित्व का विषय है। नाड़ीज्ञान के साधारण जिज्ञासुओं के लिये तो उपर्युक्त तीन साधन त्रिदोष, द्रव्यगुण एवं अभ्यास ही पर्याप्त हैं। उनके बल पर भुक्त भोजन बताया जा सकता है। हम यह स्पष्ट कर देना चाहते हैं कि हम स्वयं भुक्त भोजन का ज्ञान नाड़ी द्वारा करने में असमर्थ हैं। अद्यावधि के जीवन में नाड़ीज्ञान के सिद्धान्तों और अक्षरों के साथ कतिपय रोगों की जानकारी ही हो सकी है। अभी तक कोई गुरु भी नहीं मिल सका है जिससे नाड़ी ज्ञान के छूटे अंशों विशेषतः उससे भुक्त–द्रव्य का निर्णय करने की क्षमता प्राप्त हो सके। अतः वाचक हमें इस अपराध के लिये क्षमा करें। साथ ही प्रार्थना है, आयुर्वेद के अनुरागियों से! इस दिशा में पग बढ़ायें।

विभिन्न भुक्त द्रव्यों से नाड़ी में उत्पन्न प्रभाव के सम्बन्ध में शास्त्रों में आये वाक्य हम यहाँ उद्धृत कर रहे हैं :-

'गुड़, केला, मांस, रूक्ष, शुष्क, शीतल आदि भोजनों से नाड़ी में वात–पित्त

की गति होती है। वह निश्चल (निष्क्रम) होती है [१]।

नाड़ी- मांस[२] सेवन से स्थिर (घनत्व के कारण) और डण्डे के समान मोटी, दुग्ध[२] से शीत और बलवान, गुड क्षार पिष्ट[३] (उरद की पिट्ठी) से स्थिर और मन्द बहती है [४]।

कूष्माण्ड (कोहड़ा) व मूली के सेवन से नाड़ी मन्द-मन्द , शाक और केला के सेवन से रक्त से भरी हुई के समान उष्ण तथा भारी चलती है [५]।

दूध सेवन से नाड़ी स्तिमित (मन्द के समान) वेग से, मधुर से भेक (मेढक) के समान, चूड़ा तथा भूने हुए द्रव्यों (यथा - चना, चावल,जौ, बाजरा आदि का दाना) के सेवन से नाड़ी स्थिर और मन्दतर होती है [६]।

सूचना- उपर्युक्त प्रकार के और भी वाक्य अन्य ग्रन्थों में प्राप्त हो सकते हैं। उन्हें मनन करना चाहिए पर हम यह भी निवेदन कर देना चाहते हैं कि भोजनों का

---

१. गुडरम्भामांसरूक्षशुष्कतीक्ष्णातिभोजनात् ।
वातपित्तर्तिरूपेण नाडी वहति निश्चला।। (कणाद्)
रम्भागुडबटाऽहारे रूक्षशुष्कादिभोजने।
वातपित्तार्त्तिरूपेण नाडी वहति निष्क्रमा।। (भूधर)

२. यहाँ और आगे वर्णित विषय में दूघ के सेवन से नाड़ी गति में विभिन्नता प्रतीत होती है। सम्भव है कि पाठान्तर हो क्योंकि कणाद् एक जगह क्षीर की नाड़ी बताकर पुनः उसे वहीं दुहराकर अनावश्यक पुनरुक्तदोष नहीं कर सकते लेकिन हमारे विचार से शीत, बलवान और स्तिमित नाड़ी की गति एक दूसरे से नहीं मिल सकती है। अर्थात् शीत और स्तिमित नाड़ी बलवान नहीं हो सकती।

३. इन द्रव्यों की नाड़ी-गति अनुभव एवं शास्त्र से मिलायी जा चुकी है।

४. मांसात् स्थिरवहा नाड़ी-गति; दुग्धे शीता बलीयसी। गुडैः क्षारैश्च पिष्टैश्च स्थिरा मन्दवहा भवेत्। (कणाद्)
मांसे च लगुडाकृतिः (कणाद्)
मांसे च लगुडाकृतिः (कणाद्)

५. कूष्माण्डैमूलकैश्चैव मन्दा मन्दा नाडिका।। (कणाद्)
'रक्तपूर्णेव नाडिका' के स्थान पर 'गुरु स्निग्धा च नाडिका' पाठान्तर मिलता है।

६. क्षीरे च स्तिमिता वेगा मधुरे भेकवद्गतिः।
चिपिटैर्भृष्टद्रव्यैश्च स्थिरा मन्दतरा भवेत्।। (कणाद्)

द्रव्यगुण एवं दोषों के आधार पर विचार किया जा सकता है। यदि इसके विपरीत नाड़ी की गति का उल्लेख है तो वह क्यों है यह ध्यान देने की बात है। जब तक आधार एवं प्रयोग दोनों विशेषतः प्रयोग से सामञ्जस्य न मिले तब तक उस उल्लेख को सत्य नहीं माना जाय। यह भी विचारणीय है कि विभिन्न दोष को प्रकुपित करने वाले विभिन्न आहारों से नाड़ी में एक ही गति कैसे सम्भव है जैसे गुड, केला, मांस-रूक्ष-शुष्क भोजन विभिन्न दोष प्रकोपक हैं, सब में एक गति निश्चल सी कैसे सम्भव है ? हाँ, भूधर के अनुसार निष्क्रम गति समझ में आती है, पर उचित यह है कि एक आहार अथवा एक-एक वर्ग के आहार की नाड़ी गति लिखी जाय।

◆

अध्याय १३

दूष्यों का नाड़ी पर प्रभाव

पञ्चमहाभूतों से शरीर में वात, पित्त, कफ के उत्पन्न होने की बात आप जान चुके हैं। इनसे नाड़ी की गति में क्या परिवर्तन होता है इसे भी आप पढ़ चुके हैं। अब आप यह भी जान लीजिये कि ये दोष स्वयं विकृत एवं कुपित होते हुए भी समस्त शरीर या उसके अंग को दूषित अथवा रोगयुक्त करने के लिए शरीर में इन वस्तुओं को आश्रय बनाते हैं :-

रस, रक्त, मांस, मेदा, अस्थि, मज्जा, शुक्र, पुरीष, मूत्र, स्वेद, नख, रोम एवं धातुओं के मल। ये दोषों द्वारा दूषित होने के कारण 'दूष्य'[१] कहे जाते हैं। यद्यपि सभी तीनों दोषों से दूषित होते हैं पर रस का कफ से, रक्त का पित्त से एवं अस्थि का वात से विशिष्ट और घनिष्ट सम्बन्ध है [२]। इसलिए सम्बन्धी दोष से विशिष्ट सम्बद्ध दूष्य विशेष दूषित होते हैं। तदनुसार दूषित दूष्य में नाड़ी की गति भी परिलक्षित होती है। यह भी जानना आवश्यक है कि मेद और मज्जा भी कफवर्गीय है। इसके भी दूषित होने पर कफवत् गति नाड़ी में परिलक्षित होती है।

---

१. रसासृक्मांसमेदोऽस्थिमज्जाशुक्राणि घातवः।
सप्त दूष्याः, मलमूत्रशकृत्स्वेदादयोमेपि च।। (सु.सू.अ.१५)

२. यह भी स्मरणीय है कि रस, मांस, मेद, मज्जा और शुक्र कफवर्गीय, रक्त पित्तवर्गीय एवं अस्थि वातवर्गीय है। दूषित या कुपित दोष अपने वर्गीय दूष्य पर अपेक्षाकृत अधिक प्रभाव डालते हैं। परन्तु विशिष्ट सम्बद्ध दूष्य पर अधिकतम प्रभाव डालते हैं क्योंकि उनका सम्बन्धजन्य जनक एवं पड़ोसी का भी है। रसस्य च कफः (च.चि.अ.१५), कफः रसस्य मलम् (सु. सू. अ. ४६) एवं असृजः (मलं) पित्तं, (च.चि. अ. १५) पित्तं रक्तस्य मलं (सु. सू. अ. ४६) स्पष्ट ही है। अस्थि और वात का सम्बन्ध हम 'दोष दर्शन' नामक पुस्तक में निवेदन करेंगे परन्तु इतना जानिये कि अधोशाखाओं में अस्थियाँ अधिक और बलवान हैं। इसका निकटतम पड़ोसी दोष वात ही है।

शास्त्रों में दूष्यों के प्रभाव से नाड़ी की गति इस प्रकार लिखी गयी है:-

रस – वृद्धरसयुक्त नाड़ी स्निग्ध होती है [१]। यह नाड़ी कफ के सदृश होती है। यह भी स्मरणीय है कि जब भी कफ कुपित या विकृत होगा, साथ में रस अवश्य विशेष दूषित होगा। रसदुष्टि के लक्षणों में कफ के लक्षण अधिक है, चिकित्सा भी कफ के समान होती है।

रक्त – वृद्धरक्तयुक्त नाड़ी कुछ उष्ण और गुरु (भारी) चलती है [२]। यह जान लीजिये कि जब भी पित्त प्रकुपित होगा तब रक्त अवश्य विशेष दूषित होगा। इसलिये रक्त के दूषित होने पर नाड़ी में पित्त के समान गति होगी [३]। विशेषतः मध्यकर[४] अथवा मध्यमांगुली में विशेष अनुभूति होगी।

रक्त की दुष्टि के लक्षणों में पित्त के लक्षण अधिक हैं, उनकी चिकित्सा भी पित्तवत् होती है।

मांस – मांस की वृद्धि में नाड़ी गम्भीर चलती है [५]। यह गति रक्त की अपेक्षा मांस के अधिक घन होने के कारण है।

मेद – मेदो (चर्बी) रोग या मेदो वृद्धि में नाड़ी कफवत् चलती है [६]। कफ

---

१. स्निग्धा रसवती प्रोक्ता, रसे मूर्छाविधायिनी (रावण)

२. असृकपूर्णा भवेत् कोष्णा गुर्वी। (शार्ङ्गधर)
हमारे विचार से यहाँ पित्त की प्रधानता के साथ में कफ का भी संसर्ग होना चाहिये।

३. बहुदाहकरे रक्ते प्लावयन्ती विशेषतः (रावण)
यह गति पित्त के समान ही है।

४. मध्ये करे वहेन्नाडी यदि सन्तापिता ध्रुवम्।
तदा नूनं मनुष्याणां रुधिरापूरिता मलाः।। (कणाद्)
एक और श्लोक रावणकृत नाड़ी परीक्षा में यह है :-
अर्केन्दुकठिना सोष्णा स रोगी शोणिताश्रितः।
अर्थात् दिन रात नाड़ी उष्ण और कठिन प्रतीत हो तो दोष रक्तमिश्र समझना चाहिए। यहाँ हमारे विचार से पित्त की प्रधानता में वात का संसर्ग होना चाहिए।

५. गम्भीरा या वहेन्नाडी सा भवेन्मांसवाहिनी। (रावण)
मांसवृद्धौ तु सा धत्ते ज्वरातीसारयोर्गतिम्। (रावण)
यहाँ ज्वरातिसार वाली गति को मांसवृद्धि में हम नहीं समझ पा रहे हैं।

६. मेदोरोगे वहेन्नाडी यथा कफप्रकोपतः। (भूधर)

की गति के सम्बन्ध में अध्याय ११ में अधिक प्रकाश डाला गया है। यह गति अनामिका अंगुली पर विशेष प्रतीत होगी।

अस्थि-मज्जा-शुक्र - अस्थि, मज्जा और शुक्र दूष्य पर नाड़ी के प्रभाव का स्पष्ट उल्लेख नहीं मिलता। परन्तु अनुमान है कि अस्थि दूष्य में वात, मज्जा एवं शुक्र दूष्य में कफ के समान नाड़ी की गति होगी।

◆

अध्याय १४

रोगों का नाड़ी पर प्रभाव

रोगों का नाड़ी पर प्रभाव समझने के लिये यह जानना आवश्यक है कि किस रोग में कौन दोष और दूष्य है ? यह स्पष्ट है कि प्रत्येक रोग में तीनों दोष एवं सभी दूष्य कारण होते या दुष्ट होते हैं, फिर भी एक रोग में एक ही दोष एवं एक ही दूष्य की प्रधानता होगी। शेष गौण रूप में रहेंगे। रोग की नाड़ी पहचानने में यह प्रधान दोष और दूष्य बहुत बड़े सहायक होंगे। रोग का मुख्य लक्षण भी जानना होगा। यह भी जानना होगा कि दोष और दूष्य क्षीण हो रहे हैं या बढ़ रहे हैं। कुल मिलाकर दोष और दूष्य की पूरी जानकारी के बाद रोगज्ञान के लिए कुछ शेष नहीं रह जाता। इनके आधार पर नाड़ीज्ञान हो जाय तो सोने में सुगन्ध हो जाय। पिछले अध्यायों में हम दोष ओर दूष्य के विषय में नाड़ी ज्ञान सम्बन्धी पूरी बातें यथासम्भव निवेदन कर चुके हैं।

प्रत्येक रोग में नाड़ी की गति कैसी होती है– यहाँ यह निवेदन करेंगे। यह स्मरणीय है कि दोष दूष्य की अगणित विचित्रताओं के साथ ही विभिन्न परिस्थितियों द्वारा उत्पन्न लक्षणों का प्रभाव भी प्रत्येक रोग की नाड़ीगति पर पड़ता है जिनका पूरा विवेचन करने में विषय बहुत बढ़ जायेगा, अन्ततः निदान और चिकित्सा का विषय हो जायगा। अतः नाड़ीज्ञान के ग्रन्थों में लिखित रोगों की ही नाड़ीगति का वर्णन यहाँ हम कर रहे हैं। साथ ही यथासम्भव दोष, दूष्य एवं परिस्थितियों का संक्षेप में उल्लेख भी कर रहे हैं :–

ज्वर का पूर्वरूप – इस अवस्था में अङ्गों में जकड़न होने से नाड़ी में स्फुरण मन्थर गति से मेढक के समान उछलते है[१]।

ज्वर के पूर्णरूप में पित्त उन्मार्गगामी होने के लिये अपने आशय में ही उन्मुख

---

१. अंगग्रहेण नाडीनां जायन्ते मन्थराः प्लवाः। (कणाद्)

रहता है। इससे नाड़ी में उसकी मेढक के उछलने की सी गति उत्पन्न हो रही हैं। पर आशय से बाहर न आ सकने के कारण नाड़ी के उछाल मन्थर (मन्द) हो जाते हैं।

यद्यपि रोग की पूर्वरूपावस्था में कतिपय आचार्य दोष और दूष्य का निर्वचन करना पसन्द नहीं करते फिर भी वाचकों की सुविधा के लिये हम निवेदन कर रहे हैं कि ज्वर की पूर्वरूपावस्था में पित्त दोष प्रधान है। उसका सम्पर्क दूष्यरस से विशेष नहीं हो पाया है।

सामान्य ज्वर – सामान्य ज्वर में नाड़ी उष्णता के साथ वेगवती होती है[१]। पूर्वरूपावस्था में आशय में उन्मुख हुआ पित्त अब उन्मार्गगामी है। वह रस–रक्त के साथ रक्तवाही धमनियों में प्रवाहित हो रहा है। परिणामतः नाड़ी में स्फुरण वेग (फोर्स) से हो रहा है। यद्यपि इस रोग में तीनों दोष और क्रमशः सातों धातुयें दूष्य रूप में कारण होती हैं फिर भी प्रधान दोष पित्त[२] एवं प्रधान दूष्य रस[२] (रक्त के लिए रञ्जन के पहले का तथा तत्पश्चात् रक्त में मिश्रित साम रस) होता है। ज्वर का विशिष्ट लक्षण[३] सन्ताप है। यह अधिकतर त्वचा में स्पर्श योग्य है। शीतांग ज्वर भीतर रहता है, त्वचा शीतल रहती है।

ज्वर में अनुभूति मध्यमा अङ्गुली पर विशेष होगी, स्फुरण मेढक की उछाल के समान होगा।

वात ज्वर – वात ज्वर में नाड़ी वक्र और चञ्चल होती है। सामान्य ज्वर की अपेक्षा स्पर्श में कुछ शीत होती है[४]। इस ज्वर में पित्त के साथ वात प्रबल रहता है, कफ न्यून रहता है। परिणामतः उष्णता में कुछ कमी हो जाती है। यह भी जानने योग्य बात है कि वातोल्वण सन्निपातज्वर में नाड़ी अत्यन्त चञ्चल रहती है। यहाँ तक कि गिनने में कठिनाई होती है। वातज्वर या वातोल्वण सन्निपात में नाड़ी की

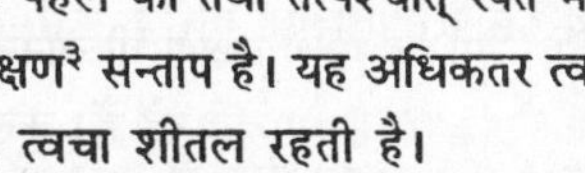

चञ्चला या चपला या द्रुता या शीघ्रा या तीक्ष्णगा–तर्जनी पर विशेष अनुभूति। अगणनीया है।

---

१. ज्वरकोपे तु धमनी सोष्णा वेगवती भवेत्। (कणाद्)

२. इसलिए कि ये ज्वर के जनक हैं। अपने भेदों वाले ज्वर यथा वातज, कफज आदि में अन्य दोष एवं उनके सम्बद्ध दूष्य प्रधान होते हैं।

३. किसी व्याधि के विशिष्ट लक्षण या व्यक्तित्व को व्यञ्जन कहते हैं।

४. वक्रा च चपला शीतस्पर्शा वातज्वरे भवेत्। (रावण)

गति तर्जनी एवं उसके बाद मध्यमा अङ्गुली पर अधिक अनुभूत होती है। इसमें वातदोष और रस दूष्य प्रधान होता है। प्रधान लक्षण ज्वरवेग का विषम होना है।

पित्त ज्वर – इसमें नाड़ी सीधी, लम्बी (तीनों अंगुलियों के नीचे लम्बाई के समान परन्तु मध्यमा पर विशेष प्रतीत होने वाली ओर शीघ्रगामिनी होती है [१]।

अपमानजन्य ओजक्षय की नाड़ी– तर्जनी के नीचे नोकीले उभार, शेष के नीचे मन्द।

यहाँ प्रधान दोष पित्त और प्रधान दूष्य रस है। इसका प्रधान लक्षण सन्ताप का अधिक बढ़ना (ज्वर १०३ डिग्री के ऊपर) है।

श्लेष्मज्वर – श्लेष्मज्वर में नाड़ी मन्द, सुस्थिर, शीत-स्पर्श, युक्त और पिच्छिल (चिपचिपापन की अनुभूति वैद्य को अंगुली में होना) चलती है [२]।

इसमें प्रधान दोष कफ एवं प्रधान दूष्य रस है। विशिष्ट लक्षण ज्वर-वेग (१०३ से अधिक नहीं) का कम रहना है।

सूचना – ज्वर का कारण प्रत्येक अवस्था में पित्त ही होता है। बाद में जो दोष प्रधान हो जाता है उसी के नाम की प्रधानता स्वीकार की गयी है।

दोष पहले रस के अनुगामी होते हैं अतः साधारण अवस्था में वही (रस) दूष्य प्रधान होता है। ज्वर का आवेग बढ़ने पर तो रक्तादि धातुयें भी दूष्य हो जाती हैं।

दोष दूष्य का विवेचन समझ लेने पर यह स्पष्ट हो जाता है कि उपर्युक्त ज्वरों की तथोक्त गति का रहस्य क्या है? अतः उनका विवेचन नहीं किया गया है।

द्वन्द्वज एवं त्रिदोषज ज्वर या अन्य व्याधि में अध्याय ११ में कथित द्विदोष कोप एवं त्रिदोष कोप की नाड़ी पर विचार कीजिये। इसी अध्याय में कहे हुए विभिन्न दोषों की प्रधानता वाले ज्वरों की नाड़ी पर भी विचार कर लीजिये। उदाहरण के रूप में यह समझ लीजिये कि वातपित्त ज्वर में स्फुरणों की विशेष अनुभूति तर्जनी और मध्यमा में उन दोषों से उत्पन्न ज्वर की गति से मिली होगी। सबसे बड़ी बात यह है कि यदि गति समझ में न आवे तो साधारणजनों के लिए विभिन्न अंगुलियों से सम्बद्ध दोषों को पहचान लेना पर्याप्त है और रोग का व्यक्तित्व भी जान लेना

---

१. द्रुता च सरला दीर्घाशीघ्र पित्तज्वरे भवेत्। (कणाद्)

२. मन्दा च सुस्थिरा शीता पिच्छिला श्लैष्मिके भवेत्। (रावण)

चाहिए। दोष की सर्प, कौवा, आदि के समान गतियाँ समझने में जरा कठिन हैं परन्तु अन्य स्थान में गये दोष की जानकारी के लिए अनिवार्य है अन्यथा अंगुलियों के क्रम से ही दोष का पता चल जाता है। इस सूचना को आप अन्य रोगों में भी लागू समझिये।

ताप और नाड़ी-स्फुरण का अनुपात - साधारणतः मनुष्यों का ताप ९८.५ डिग्री[१] फा. होता है। साधारण ताप से अधिक ताप बढ़ने पर नाड़ी के स्फुरणों की संख्या से उनका अनुपात सामान्यतः १:८-१० की दर से बढ़ता जाता है। उदाहरणार्थ जिस रोगी का ताप ९९.५ डिग्री फा. हो गया उसकी नाड़ी के स्फुरणों की संख्या ८० से ८२ (साधारण अवस्था में यह ७२ रही) तक हो जायगी।

परन्तु मोतीझरा, इन्फ्ल्यूएन्जा, न्यूमोनिया और राजयक्ष्मा आदि कुछ रोग ऐसे हैं जिनमें इस अनुपात से नाड़ी स्फुरण नहीं बढ़ते। वहाँ इनका अनुपात १:५ का या इससे भी कम होता है, यहाँ तक कि साधारण स्फुरण संख्या से भी कम स्फुरण होते हैं, यद्यपि ताप बढ़ा रहता है। हमारे विचार से ये सभी कफ के रोग हैं। कफ के रोगों में आयुर्वेदीय नाड़ीविज्ञान के वेत्ताओं ने नाड़ी की गति को मन्द या मन्दतर कहा ही है।

आगन्तुक ज्वर - यह ज्वर इन चार कारणों से होता है :-

१. अभिचार-मारण के हेतु पुरश्चरण आदि इसके अन्तर्गत होते हैं।

२. अभिघात-क्षत, छेदन, दाह, चोट और श्रम आदि से उत्पन्न।

३. अभिषंग-ग्रह (भूत-प्रेतादि भी) का आवेश, औषधि, विष, क्रोध, भय, शोक और काम से उत्पन्न।

४. अभिशाप- व्यथित हृदय से गुरुजनों एवं आप्तों द्वारा प्रदत्त शाप से उत्पन्न अभिशाप ज्वर का कारण तो सभी प्रत्यक्ष देखते ही हैं, शेष तीन के कारणों के रहस्य के फेर में हम नहीं पड़ना चाहते। क्योंकि यह नाड़ी ज्ञान के विषय से कुछ दूर चला जाता है। यद्यपि जापान के हिरोशिमा और नागासाकी टापू पर अणुबम से विनष्ट शरीर की आत्मायें प्रत्यक्ष देखी गयी हैं, फिर भी भूत प्रेतों के सम्बन्ध में अभी तक वैज्ञानिक जगत् एक मत नहीं हो सका है। जहाँ तक आयुर्वेद का प्रश्न है वहाँ भूत, प्रेत, गन्धर्व,

---

१. भारत में बहुधा ९७.५ फा. देखा जाता है। साधारण ताप कहाँ क्यों होता है इसके रहस्य में हम नहीं जाना चाहते।

पितृ आदि की रोगकारणता को मान्यता मिल चुकी है। वहाँ इनकी चिकित्सा भी बलि-मंगलादि के रूप में लिखी ही है।

सभी आगन्तुक ज्वरों में नाड़ीगति का सम्यक् पता प्रचलित ग्रन्थों में नहीं मिलता है। हमें भी स्पष्ट ज्ञान नहीं है जिससे कुछ प्रकाश डाल सकें। यद्यपि ये सभी आये दिन देखे जाते हैं पर अविश्वास के कारण इनकी अवहेलना कर प्रायः लोग युक्तिव्यपाश्रय चिकित्सा[१] का ही आश्रय लेते हैं। इसका परिणाम बहुत अच्छा नहीं होता। इतना ही निवेदन कर नाड़ी ज्ञान के प्रचलित ग्रन्थों की बात यहाँ लिखी जा रही है। यहाँ यह स्मरणीय है कि किसी भी आगन्तुक व्याधि में पहले कारण आगन्तुक ही रहता है पर बाद में व्याधि का सम्बन्ध दोषों से हो जाता है। तदनुसार पूर्व कारण (अभिघातादि) एवं बाद में सम्बद्ध दोषों के सम्मिलित लक्षण उसमें मिलते हैं। इसी दृष्टिकोण से रोग की विभिन्न परीक्षाओं के साथ नाड़ी परीक्षा करनी चाहिये। यद्यपि अभिघातज ज्वरों में सामान्यतः प्रधान दोष वात एवं प्रधान दूष्य रक्त[२] होता है फिर भी विभिन्न अभिघातों में दोष दूष्य का कुछ वैशिष्ट्य हो ही जाता है जो यथास्थान लिखा जायगा।

भूत ज्वर - भूतज ज्वर में नाड़ी वर्षा ऋतु में समुद्रगामिनी नदी के समान वेगवती (फोर्स युक्त) चलती है[३]। इस ज्वर में नाड़ी की गति तीनों अंगुलियों पर अधिक स्पष्ट प्रतीत होती है[४]। अंगुलियों पर अनुभूतिक्रम दोषानुसार ही रहेगा, नाड़ी विषम भी न होगी[५]।

यह स्मरणीय है कि भूताभिषंग में तीनों दोष कुपित होते हैं। इनके लक्षणों के साथ ही आविष्ट भूत के सामान्य लक्षण एवं हास्य, रोदन-कम्पन आदि भी मिलते

---

१. चिकित्सा तीन प्रकार की होती है :-
अ-युक्ति-व्यपाश्रय-औषधि द्वारा की हुई चिकित्सा।
ब. दैववलि व्यपाश्रय- बलि मंगलादि एवं स्वस्त्ययन द्वारा की हुई चिकित्सा
स-सत्वविजय-वा सत्वावजय मन पर विजय प्राप्त करती हुई चिकित्सा।

२. तस्मिन् पवनः प्रायों रक्तं प्रदूषयन्। (अ.हृ.नि.२)

३. भूतज्वरे सेक इवातिवेगा धावन्ति नाड्यो हि यथाब्धिगामाः। (कणाद)

४. तथा भूताभिषंगाच्च त्रिदोषवदुत्थिता।
यद्यकस्मात्तथा नाडी न तदा मृत्युकारणम्।। (कणाद)

५. समांगा वहते नाड़ी तथा च न क्रमं गता।
अपमृत्युर्न रोगांगा नाड़ी तत्सन्निपातवत्।। (कणाद)

हैं [१]। इसमें यदि अकस्मात् त्रिदोष की असाध्य नाड़ी मिले तो भी असाध्य नहीं समझना चाहिये, न कोई कठिन रोग या मृत्यु ही समझना चाहिये।

कामजज्वर - इसमें नाड़ी संगयुक्त (रुकावट पड़ती हुई सी) चलती है [२]। किसी कारण कामेच्छा की पूर्ति न होने से यह स्थिति होती है। वायु , कामशक्ति को प्रेरित करता रहता है परन्तु परिस्थितिजनित विवेक से आत्मा उसे पीछे की ओर खींचता है, रुकावट डालता है। कामशक्ति एवं विवेक के इस द्वन्द्व में नाड़ी में न तो पूर्ण वेग ही हो पाता है और न पूर्ण रुकावट ही पड़ती है। परिणामतः वह संगयुक्त चलती है।

जब कम का प्रबल वेग रहता है तब केवल वात उसे सतत उत्तेजित करता रहता है परिणामतः नाड़ी वेगवती (फोर्स से युक्त) चलती है। बहुकाल व्यतीत हो जाने अथवा किसी कारण से कामवेग शान्त हो जाने परन्तु प्रवृत्ति (इच्छा) बनी रहने पर चिन्ता का विषय हो जाता है तब कामजज्वर शोष का रूप ग्रहण कर लेता है। रक्तभार कम हो जाता है नाड़ी क्षीण[४] चलने लगती है। अन्ततः सब कुछ क्षीण होने लगता है। यह स्मरणीय है कि काम में प्रधान दोष कफ है, वायु उसे प्रेरित करता है। प्रधान दूष्य शुक्र है।

क्रोधजज्वर - क्रोधजज्वर में नाड़ी संग[५] (रुकावट) युक्त चलती है। क्रोध का कोई परिणाम न होने से यह स्थिति होती है। पित्तयुक्त वायु , क्रोधशक्ति को

---

१. त्रयोमलाः भूताभिषंगात्कुप्यन्ति भूतसामान्यलक्षणाः। (माधवनिदान)
आविष्ट भूत की प्रकृति, आचरण और कार्यों आदि पर भी ध्यान देकर तज्जन्य ज्वर या व्याधि का लक्षण मिलाइये।
यह स्पष्ट कर देना आवश्यक है कि रेडियम की सक्रियता से भूतों - प्रेतों आदि के चित्र स्पष्ट सामने आ रहे हैं। उनसे हमारी या आयुर्वेद की मान्यता को बल मिलता है। इस समय भी इस सम्बन्ध में इतना प्रत्यक्ष और सप्रमाण साहित्य उपलब्ध है कि एक उत्तम पोथी तैयार होकर इसके अविश्वासियों की आँख खोल सकता है।

२. ससंगा कामजे ज्वरे। (कणाद्)

३. कामाद् ....वेगवती (कणाद्)

४. उद्वेगक्रोधकामेषु भयचिन्ताश्रमेषु च।
भवेत् क्षीणगतिर्नाडी ज्ञातव्या यैद्यसत्तमैः।। (रावण)
कामेषु के स्थान पर 'कालेषु' असंगत पाठ भी मिलता है।

५. क्रोधजे संगलग्नांगा ....(कणाद्)

प्रेरित करता रहता है। परन्तु विवेक से आत्मा उसे (क्रोधशक्ति को) पीछे खींचता रहता है। परिणामतः विवेक और क्रोध के इस द्वन्द्व में नाड़ी में न तो पूर्ण वेग ही हो पाता है और न पूर्ण रुकावट ही पड़ती है। परिणामतः यह संगयुक्त चलती है।

जब क्रोध का वेग प्रबल होता है तब केवल पित्त युक्त वायु उसे सतत उत्तेजित करता रहता है। परिणामतः नाड़ी वेग[1] (फोर्स) युक्त चलती है।

बहुकाल व्यतीत हो जाने अथवा किसी कारणवश क्रोध का वेग शान्त हो जाने परन्तु प्रवृत्ति (इच्छा) बनी ही रहने पर वह चिन्ता का विषय बन जाता है। चिन्ता में चित्त शान्त और रक्त ठण्ढा रहता है परिणामतः नाड़ी क्षीण[2] (पतली रेखा के समान) चलती है। यह स्मरणीय है कि क्रोध में प्रधान दोष पित्त रहता है वायु उसे प्रेरित करता है। प्रधान दूष्य रक्त होता है। इसलिये 'क्रोध के मारे खून खौल उठा', 'गरम खून' आदि कहावतों का प्रयोग होता है।

विषजज्वर – इस ज्वर के सम्बन्ध में आगे निवेदन करेंगे।

शोक-भय-चिंता आदि में नाड़ीगति के सम्बन्ध में भी आगे निवेदन करेंगे।

अभिघातज ज्वर – इसमें भी पूर्वोक्त विभिन्न कारण होते हैं जिनमें दाह जलने या ताप लगने से होने वाले ज्वर में पित्त प्रधान दोष एवं रक्त प्रधान दूष्य रहता है। शेष में वायु दोष की प्रधानता के साथ क्षत छेद से सम्बद्ध धातु यथा मांस और अस्थि में कारण की उपस्थिति से ये दूष्य बन जाते हैं पर इसमें भी रक्त प्रधान दूष्य रहता है।

यतः पीड़ा और अन्यान्य लक्षण; कारण एवं दोष दूष्य के अनुरूप होते हैं। अतः तदनुसार नाड़ी की गति में वैचित्र्य परिलक्षित होता है। सभी बातों का विचार करते हुए अभिघातज ज्वरों का निर्णय नाड़ी द्वारा किया जा सकता है।

अभिचारज ज्वर – आजकल या प्राचीन काल में भी अभिचार करने वाले बहुत कम मानव होते थे। पर एक आदमी द्वारा दृढ़ इच्छा से किसी एक व्यक्ति को अहित पहुँचाने के लिये किये गये सतत संकल्प का प्रभाव पड़ता ही है। संकल्पित मानव का मुख निस्तेज होने ही लगता है। रागादि दोष से व्याप्तजन इसे न समझ पायें , यह दूसरी बात है। अभिचार के विभिन्न प्रकार होते हैं यथा संकल्पित व्यक्ति की मृत्यु तक, जल में अवगाहन करते हुए सतत संकल्प करना इत्यादि तदनुसार

---

१. क्रोधात् ......वेगवती (कणाद्)

२. उद्वेगक्रोधकामेषु ....भवेत् क्षीणवतिर्नाडी (कणाद्)

नाड़ी पर प्रभाव पड़ता है। इस प्रकार के संकल्प से संकल्पित व्यक्ति की नाड़ी तेजरहित और कभी मन्द , कभी चञ्चल चलती है। इस पर अनुसन्धान हो तो परिणाम सुन्दर होगा। केवल अविश्वास कर बैठे रहने या खिल्ली उड़ाने से तो निर्णय नहीं होगा। इसमें प्रधान दोष वात-पित्त होता है। दूष्य-रस रक्त है।

अभिशापज ज्वर- प्राचीन काल में व्यथित आप्तजनों[१] या महर्षियों द्वारा दिये गये शाप में कितनी शक्ति थी, यह ग्रन्थों में वर्णित है। उन पर अविश्वास करने वालों को हम रास्ते पर लाने का दुराग्रह नहीं करना चाहते, लेकिन यह निवेदन कर देना अनुचित न होगा कि आजकल भी शिवसंकल्प वाले लोगों या आप्तजनों की भर्त्सना का प्रभाव प्रत्यक्ष भर्त्सना के पात्र व्यक्ति पर पड़ता ही है। वह तत्क्षण निस्तेज होकर किंकर्त्तव्यविमूढ़ हो जाता है। उसकी गति-मति-स्मृति सब कुछ कुण्ठित हो जाती है। एक प्रकार भय का सा आतंक उस पर छा जाता है जैसे- रक्त जमने लगता है नाड़ी में वेगरहित स्फुरण होते हैं। वह कभी मन्द कभी चञ्चल चलने लगती है। आप्तजनों द्वारा प्रताड़ित व्यक्ति जो अन्ततः कहीं के नहीं होते, आये दिन देखे ही जाते हैं। उन्हें ध्यान से देखने पर सारी बातें स्पष्ट हो जायँगी। इसमें प्रधान दोष वात-पित्त और प्रधान दूष्य रस रक्त होता है।

विषम ज्वरों में नाड़ीगति - ज्वर के वेग के समय नाड़ी पूर्वकथित दोषानुसार चलेगी। लेकिन इसकी पूर्वरूपावस्था में पहले मन्द (कफ के कारण) फिर धीरे-धीरे प्रचण्ड वेग से चलने लगती है[२]।

ज्वर में दधिभोजन - ज्वर में दधि भोजन से उष्णता बढ़ने के साथ ही वेग भी विषम हो जाते हैं[३]। दही स्वतः उष्ण और अभिष्यन्दी (स्त्रोतों में चिपकने वाला एवं रसवाहिनी सिरा को बन्द कर देने वाला) होता है। परिणामतः ज्वर की प्रत्येक अवस्था विशेषतः सामावस्था में इससे भयानक हानि पहुँचती है।

ज्वर में काञ्जी आदि अम्ल पदार्थ का भोजन - ज्वराक्रान्त द्वारा काञ्जी खाने से नाड़ी की गति मन्थर हो जाती है। अम्ल भोजन से अस्वस्थता होती है, सिरा

---

१. जो किसी भी परिस्थिति में अतथ्य (असत्य) नहीं कहते वे आप्त होते हैं। वे रजोगुण और तमोगुण से हीन होते हैं, उनमें सत्त्व गुण प्रधान होता है।

२. पुरा मन्दा च शनकैश्चण्डतां याति नाडिका।
ज्वरं शैत्यं वेपथो वा (विचारणीय) सम्भवं व्रजति द्रुतम्।। (रावण)

३. उष्णत्वं विषमा वेगा ज्वरिणां दधिभोजनात्। (कणाद्)

तप्त हो जाती है[१]।

ज्वर में मैथुन – ज्वरावस्था में मैथुन करने से नाड़ी क्षीणांगी, मन्दगामिनी और विकल हो जाती है। यह नाड़ी काल के समान भयानक होती है[२]।

ज्वर से मुक्ति के पश्चात् व्यायामादि – ज्वरमुक्ति के पश्चात् निर्बलता में व्यायाम, भ्रमण, चिन्ता या धन का सोच करने से नाड़ी नाना प्रकार की गति करती है[३]।

ज्वरातिरिक्त पाचन संस्थान की व्याधियाँ

आमाशय में पुष्टिकारक पदार्थ – आमाशय में पुष्टिकारक पदार्थ अधिक होने से नाड़ी सर्प के अग्रभाग के समान चिपटी न्यून वक्रता और न्यून चञ्चलता से युक्त चलती है[४]।

उपवास – उपवास या आहार की न्यूनता से नाड़ी सर्प के अग्रभाग के समान कुटिल पर मन्द गति से चलती है[५]। अग्रभाग के स्थान पर अतिवृत्त पाठ भी है जो विचारणीय है।

मन्दाग्नि – मन्दाग्नि में नाड़ी अत्यन्त मन्द[६] चलती है। वेग कम रहता है। इसमें प्रधान दोष कफ और दूष्य रस होता है।

---

१. काञ्जिकया ज्वराक्रांते जायते मन्थरा गतिः।
अम्लाशित्वादसुस्थत्वं जायन्ते तापिताः सिराः।। (कणाद्)
काञ्जी (नीबू भी) अम्ल होने पर भी शीतवीर्य है अतः नाड़ी में मन्थर गति होती है। शेष अम्ल भोजन प्रायः उष्ण होते हैं अतः पित्तकारक होते हैं जिससे नाड़ी तप्त हो जाती है। ज्वर में नीबू खा लेने पर मन्थर गति स्पष्ट देखी जाती है।

२. ज्वरे च रमणे नाड़ी क्षीणांगी मन्दगामिनी।
ज्वरे कालार्त्तिरूपेण भवन्ति विकलाः सिराः।। (कणाद्)

३. व्यायामे भ्रमणे चैव चिन्तायां धनशोकतः।
नानाप्रकारगमनं सिरा गच्छति विज्वरे।। (कणाद्)
व्यायाम और भ्रमण करने पर वात की नाड़ी और चिन्ता-शोक में क्षीण नाड़ी चलती है।

४. आमाशये पुष्टिविवर्धनेन भवन्ति नाड्यो भुजगाग्रवृत्ताः (कणाद्)

५. आहारमान्द्यादुपवासतो वा तथैव नाड्यो भुजगाग्रवृत्ताः। (कणाद्)

६. मन्दाग्नौ क्षाणधातौ च नाड़ी मन्दतरा भवेत्। (कणाद्)

अतिसार – अतिसार से नाड़ी में हिमकाल की जलौका के समान मन्द गति होती है[१]। इसमें प्रधान दोष वात और प्रधान दूष्य जल धातुयें एवं मल होता है।

अतिसार में अत्यधिक दस्त आने पर – इस अवस्था में नाड़ी वीर्यरहित और अति मन्द (इतनी मन्द कि स्फुरण की अनुभूति बड़ी कठिनाई से होती है[२]।) चलती है।

आमातिसार – इसमें चिपटी और जड़वत् नाड़ी चलती है[३]। आम भरा होने से गति में अवरोध रहने से ऐसा होता है।

इसमें प्रधान दोष कफ एवं दूष्य रस और मल होता है।

ग्रहणी रोग – ग्रहणी रोग में नाड़ी मृत (मुमूर्षु) सर्प के समान मन्द वेग वाली होती है[४]।

इसमें नाड़ी अधिक दस्त आने पर शान्त अर्थात् अत्यन्त मन्द यहाँ तक कि कठिनाई से प्रतीत होने वाली चलती है। मुमूर्षु सर्प रह–रहकर अत्यन्त क्षीण बल से साँस लेता है। उससे उसके शरीर पर रह–रहकर क्षीण उभार आता है। उसी प्रकार का उभार ग्रहणी विकार में नाड़ी में प्रतीत होता है। अतिसार और ग्रहणी विकार की नाड़ी में यह अन्तर है कि अतिसार में लगातार निर्वीर्य्य या अति क्षीण नाड़ी चलती है। ग्रहणी विकार में रह–रहकर तनिक उठे हुए उभार प्रतीत होते हैं। इसलिये कि अतिसार में वात के साथ कफ का संसर्ग लगातार रहता है और ग्रहणी विकार में यह संसर्ग लगातार नहीं रहता है। ग्रहणी विकार में प्रधान दोष वात एवं प्रधान दूष्य रस और मल होता है।

अर्श – (बवासीर) अर्श में नाड़ी स्थिर (जड़) वक्र कभी मन्द और कभी सीधी चलती है[५]।

कुल मिलाकर अर्श दो प्रकार का होता है। एक शुष्कार्श और दूसरा रक्तार्श। ये दोनों कोष्ठबद्धता से होते हैं। अतः नाड़ी भरी हुई सी चलती है। आम की नाड़ी से इसकी गति को अलग कर समझना जरा कठिन होता है।

---

१. अतिसारे मन्दा स्यात् हिमकाले जलौकवत्। (रावण)

२. निर्वीर्यरूपा त्वतिसारभेदे। (कणाद्)

३. आमातिसारे तु पृथुला जड़ा च। (कणाद्)

४. मृत– सर्प सभा नाडी ग्रहणी रोगमादिशेत्। (रावण)

५. अर्शो रोगे स्थिरा वक्रा क्वचिन्मन्दा क्वचिद् ऋजुः। (रावण)

कठोर - दीर्घकालीन अर्श में। कुछ जड़ा के समान।

लेकिन शुष्कार्श में नाड़ी स्थिर सी (चञ्चलतारहित) और कठोर (वैद्य की अंगुली को ठेलती सी) चलती है (आम में कठोरता की अनुभूति नहीं होती। क्योंकि वह मृदु होता है।

रक्तार्श में पहले तो शुष्कार्शवत् चलती है परन्तु जब रक्त निकल जाता है तो मन्द (अधिक रक्त निकलने पर अत्यन्त मन्द) चलती है, जैसे क्षीणधातु में चलती है, कुछ-कुछ वैसी ही नाड़ी यहाँ मिलेगी। क्षीणधातु वाले रोगी की अपेक्षा इस रोगी का मुख अधिक पीला[१] हो जाता है।

अजीर्ण - अर्जीर्ण में नाड़ी कठिन और सब ओर (तीनो अंगुलियों के स्पर्शस्थल पर) जड़वत् प्रतीत होती है [२]।

आम दोष की नाड़ी - आम दोष की नाड़ी अत्यन्त भारी[३] चलती है। उसमें स्फुरण चञ्चल और मन्द या क्षीण नहीं होते।

पक्वाजीर्ण - पक्वाजीर्ण में नाड़ी पुष्टिहीन और मन्द-मन्द चलती है [४]।

मलाजीर्ण - मलाजीर्ण में स्पन्दन सम सूक्ष्म और अणु होते हैं [५]।

अजीर्ण हट जाने पर - इसमें नाड़ी, प्रसन्न (आलस्यहीन), शुद्ध (मल या आम रहित), तेज और दौड़ती हुई सी चलती है [६]। जैसे भार हट जाने पर मनुष्य

---

१. भेकाभः पीडयते दुखैः शोणितक्षयसम्भवैः।

२. अजीर्णे तु भवेन्नाडी कठिना परितो जड़ा। (कणाद्)

३. सामा गरीयसी (कणाद्)

४. पक्वाजीर्णे पुष्टिहीना मन्दं मन्दं वहेच्छिरा। (कणाद्)
यह चीज हमारी समझ में नहीं आयी। आशा है कोई विद्वान् प्रकाश डालेंगे। पक्वाजीर्ण रसशेषाजीर्ण है ?

५. समा सूक्ष्मात्यणुस्पन्दा मलाजीर्णे प्रकीर्त्तिता। (कणाद्)
विशेषक अध्याय देखें।

६. प्रसन्ना तु द्रुता शुद्धा त्वरिरता च प्रवर्त्तते। (कणाद्)
द्रुत और त्वरित का तात्पर्य यहाँ चंचलता (प्रति मिनट १०० वात दोष की नाड़ी) से नहीं है। दोषहीन के समान नाड़ी तेज अर्थात् प्रति मिनट ७२-७५ बार चलेगी।

की दशा होती है वही दशा इस नाड़ी की होती है। अजीर्ण की नाड़ी समझ लेने पर यह नाड़ी बड़ी सरलता से समझ में आ जायेगी।

दीप्ताग्नि – मन्दाग्नि के विपरीत दीप्ताग्नि में नाड़ी हल्की और वेग (फोर्स) युक्त चलती है [१]।

विसूचिका – विसूचिका या हैजा में नाड़ी अपने स्थान अर्थात् अंगुष्ठमूल को त्याग देती है [२]। वहाँ स्फुरण नहीं होता। परन्तु 'हन्ति च स्थानविच्युता' के आधार पर यह मारक नहीं होती। इसमें नाड़ी की गति स्वाभाविक स्थान रोगी के अंगुष्ठमूल में न प्रतीत होकर कूर्पर या कक्षा वा मन्या में मन्द गति से प्रतीत होती है। यदि अन्य मारक लक्षण न हों तो रोगी बच जाते हैं। इसमें प्रधान दोष कफ वात एवं प्रधान दूष्य रस एवं मल होता है।

बिलम्बिका[३] – इस रोग में नाड़ी में कभी उछलकर चलने और कभी सरल चलने की सी गति होती है। इसमें प्रधान दोष कफ वायु एवं प्रधान दूष्य आम और मल होता है।

कृमिरोग – कृमिरोग में सिरा नानाधर्म वाली होती है [४]। इस रोग की नाड़ी के सम्बन्ध में हम इससे अधिक प्रकाश डालने में असमर्थ हैं। हमारे अनुभव से उदरस्थ कृमियों का पता आँख की पलकों से लग जाता है। इस अवस्था में निचली पलक कुछ मोटी हो जाती है। उसके भीतर की ओर रक्तिमा अति कम हो जाती है। वहाँ का वर्ण कुछ धूसर हो जाता है। उसकी रक्त वाहिनियाँ धूसर वर्ण की ओर पहले की अपेक्षा कुछ स्थूल दिखायी पड़ती हैं। वे नेत्र गोलक की ओर से वर्त्म की ओर की स्थिति में स्पष्ट दिखायी पड़ती हैं। आप जरा ध्यान दें, यह अनुभव आपको सही प्रतीत होगा। कभी-कभी आँखों के आस-पास मुखमण्डल पर कपोल के ऊपर नन्हें-नन्हें दाने एवं हल्के साँवले रंग के चकत्ते भी होते हैं।

---

१. लघ्वी वहति दीप्ताग्नेस्तथा वेगवती स्मृता (कणाद्)

२. विसूच्यां दृश्यते नैव निजस्थानं विमुञ्चति। (भूधर)
कणाद् के इस वचन "विसूचिकाभिभूते च भवन्ति भेकवत्क्रमाः "के अनुसार विसूचिका में नाड़ी गति मेढक की गति के समान होती है। यह विसूचिका की प्रारम्भिक अवस्था, जबकि पित्त, कफ कुपित रहता है, की नाड़ी है।

३. इस रोग का मुख्य लक्षण है :- दूषित भोजन का ऊपर या नीचे, किसी ओर न प्रवृत्त होना।

४. कृमिरोगे भवत्येव नानाधर्मवती सिरा। (भूधर)

इसके अतिरिक्त मुख विशेषतः कपोल के ऊपर विवर्णता तो शास्त्रलिखित है ही। उदरस्थ कृमि में जी मिचलाना, छोटे बच्चों का निद्रितावस्था में दाँत किटकिटाना और शय्यामूत्र तो प्रसिद्ध ही है।

अरोचक - इस रोग में नाड़ी कृश, विशुद्ध (दोषरहित) चलित, गम्भीर और मन्थर-गामिनी होती है [1]। इस नाड़ी पर भी अधिक प्रकाश डालना हमारे लिऐ कठिन है। परन्तु शास्त्र के आधार पर यह अनुमान है कि अरोचक प्रायः तीन कारणों से होता है।

१. शोक-चिन्ता-भय-क्रोध-उद्वेग-घृणा आदि मनोविकारों से

२. कफ दोष या आम की वृद्धि से

३. उदरस्थ कृमि से। इस प्रकार इसमें प्रधान दोष कफ और दूष्य रस है।

नम्बर १ के कारणों से उत्पन्न अरोचक में नाड़ी कृश और चलित होगी। नम्बर २ के कारणों से उत्पन्न अरोचक में वह गम्भीर और मन्थरगामिनी होगी। नम्बर ३ में उल्लिखित कारण के लिये इसी के पूर्व कृमि रोग पढ़िये। अरोचक का मुख्य लक्षण भोजन में अरुचि है। किसी विशेष भोजन से स्वाभाविक अरुचि में नाड़ी में किसी कुपित दोष की गति नहीं होती है।

छर्दि - वमन में नाड़ी विमार्ग (कफ से पित्त तत्पश्चात् वात की ओर) गामिनी, पुरुष, ज्वरयुक्त और उष्ण होती है [2]। यहाँ पुरुष शब्द विचारणीय है।

यह गति वमन वेग के पूर्व होती है। वमन हो जाने पर नाड़ी दुर्बल, कुछ मन्द परन्तु मध्यमांगुली पर अपेक्षाकृत अधिक स्पष्ट होती है।

यह स्मरणीय है कि वमन में प्रधान दोष कफ, पित्त व दूष्य आम रस है।

तृष्णा - तृष्णा (प्यास) में नाड़ी सूखी सी, ज्वरयुक्त एवं विह्वलांगी होती है [3]।

इस रोग की नाड़ी-गति के सम्बन्ध में उल्लिखित विह्वलांगी शब्द के सम्बन्ध में कुछ पता नहीं चल रहा है। पर अनुमान है कि विह्वलांगी का तात्पर्य 'कम्पनयुक्त' है।

इस रोग में पित्त प्रधान दोष, जल धातुयें विशेषतः रस-रक्त प्रधान दूष्य हैं।

---

१. कृशा विशुद्धचलिता गभीरा अरोचके मन्थरा सिरा स्यात्। (भूधर)

२. छर्द्यां विमार्गा परुषा ज्वरान्ता- (भूधर) यहाँ ज्वारान्ता शब्द विचारणीय है। सम्भवतः तात्पर्य प्रत्यक्ष दृश्य पित्तान्त हो।

३. तृष्णासु शुष्का ज्वरविह्वलांगी (भूधर)

गुल्म – इसमें नाड़ी काँपती हुई सी चलती है [१]।

आनाह – आनाह की प्रारम्भिक अवस्था में नाड़ी गरिष्ठ चलती है [२]। उसमें एक प्रकार की दृढ़ता या कठोरता होती है लेकिन उसकी उग्रावस्था में चञ्चल, शुद्ध चलती है। इस समय केवल वैद्य की तर्जनी अंगुली पर ही उसकी अनुभूति होती है[३]। ध्मानों की संख्या बहुत अधिक बढ़ जाती है।

यह समझ लीजिये कि आनाह शब्द 'नह' बन्धने धातु से बनता है। इसमें 'आङ' उपसर्ग भी लगता है, जिसका अर्थ है 'चारो ओर से,' अर्थात् जिस रोग में चारो ओर से अन्त्र[४] की गति बँध जाय उसे आनाह कहते हैं। यह वात दोष एवं आम-मल की प्रधानता से होता है। अवरुद्ध आम की प्रबलता में नाड़ी गरिष्ठ या दृढ़ चलेगी। अन्त में उसके द्वारा वात की गति अत्यन्त अवरुद्ध होने पर हृदय की स्वतः सञ्चालिनी शक्ति के कारण नाड़ी अत्यन्त चञ्चल हो उठती है।

उदावर्त्त – इस रोग में नाड़ी आनाह की अपेक्षा अधिक कष्टतर और कठोर चलती है [५]। इसमें प्रधान दोष वायु एवं दूष्य पुरीष है [६]।

शूल – शूल में वात की प्रधानता के कारण सर्वदा नाड़ी वक्र चलती है। यदि पैत्तिक शूल हो तो उसमें अत्यन्त उष्णता प्रतीत होती है। आम से शूल हो तो वह पुष्ट अर्थात् स्थूल चलती है [७]। पर प्रत्येक अवस्था में नाड़ी में वक्रता अवश्य रहेगी।

---

१. गुल्मेन कम्पः .... (कणाद्)

२. आनाहे ....भवेन्नाडीगरिष्ठता। (कणाद्)

३. आनाहे दृढ़ वाहिनी विलुलिता शुद्धा कराग्रं गता। (भूधर)

४. महर्षियों ने यह नाम रखकर इसका मुख्य क्रियाशारीर बता दिया है।
किञ्चित् ध्यान दीजिये- अन्त्र शब्द 'अम्' धातु से बना है जिसका तात्पर्य है गति करना। त्र का तात्पर्य है त्राण करना। कुल मिलाकर गति के कारण जो रक्षा करे उसे अन्त्र कहते हैं। यह सभी जानकार जानते हैं कि अन्त्र सर्वदा गति करता रहता है। उसी गति में बन्धन या अवरोध हो जाने का नाम आनाह है।

५. नाड़ी कष्टतरा कठोरगमना तस्मादुदावर्तके। (भूधर)

६. उदावर्त अधारणीय वेगों (मूत्र, पुरीष, छींक, हिचकी, अधोवायु आदि) को रोकने से होता है। परन्तु हमारे विचार से यहाँ तात्पर्य अधोवायु एवं पुरीषजन्य उदावर्त्त से है।

७. वातेन शूलेन मरुत्प्लवेन सदातिवक्रा हि सिरा वहन्ति।
ज्वालामयी पित्तविचेष्टितेन सामेन शूलेन च पुष्टिरूपा।। (कणाद्)
यहाँ सामेन के स्थान पर साध्मान पाठ भी मिलता है।

अम्लपित्त अम्लपित्त में नाड़ी कुटिल, कम्पयुक्त, स्थूल, पिच्छिल और मन्दगामिनी होती है[१]। तर्जनी और मध्यमा अंगुली के परस्पर समीपवर्ती भाग पर नाड़ी के स्फुरण अधिक प्रतीत होते हैं क्योंकि इस रोग में वात,पित्त दोनों दोष कारण होते हैं।

प्लीहोदर - प्लीहा-वृद्धि (वरवट) में नाड़ी विशीर्ण (फटी सी) सूक्ष्म और सूखी सी चलती है[२]। यकृत् (लीवर) की वृद्धि में भी ऐसी ही नाड़ी चलती है।

जलोदर - जलोदर में नाड़ी कमल के डण्ठल के समान रस से भरी हुई स्थूल, अत्यन्त बलहीन, विशीर्ण गात्र वाली, शीतल, बलवान और बद्धगति तथा जल से भरी के समान विह्वल अङ्ग वाली होती है[३]। यहाँ बलहीनता जल के कारण है।

पाण्डु - पाण्डु रोग में नाड़ी चञ्चल और तीव्र होती है। कभी स्पर्शगम्य होती है और कभी सर्वथा लुप्त हो जाती है[४]। यह नाड़ी कभी-कभी विशेषतः मृद्भक्षणजन्य पाण्डु रोग जिसमें शोथ और श्वास भी हो, में ऐसी लुप्त हो जाती है, जैसे मुमूर्षु की नाड़ी हो। उस समय जल्दीबाजी से निर्णय न कीजिये। रोगी की चेष्टा इत्यादि का अध्ययन कर तब निर्णय देना चाहिये। पाण्डु रोग का निर्णय तो रोगी का वर्ण ही कर देता है, लेकिन जब तक अन्य अरिष्ट लक्षण न मिलें तब तक उसकी मृत्यु की घोषणा केवल नाड़ी के निर्णय से नहीं करनी चाहिए।

इसमें प्रधान दोष पित्त एवं प्रधान दूष्य रक्त विशेषतः रक्तकण है।

श्वासवाही संस्थान की व्याधियाँ

कास- कास में नाड़ी सूक्ष्म-स्थिर और मन्द चलती है[५]।

श्वास-श्वास रोग में नाड़ी तीव्र गति वाली होती है[६]। श्वास की बढ़ी हुई

---

१. स्यादम्लपित्ते कुटिला विकम्पिनी स्थूलाकृतिः पिच्छिलमन्दगामिनी। इस पर विवेचन करने में हम असमर्थ हैं।

२. नाड़ीप्लीह्नि भवेद्विशीर्णगमना सूक्ष्मा च शुष्काकृतिः (भूधर)

३. नाड़ी मृणालेन समा रसाप्लुता, स्थूलातिमात्रबलहीनविशीर्णगात्रा।
शीता बला वलयिनी कलितप्रवाहा, ज्ञेयोदरे सलिलपूरितविह्वलांगी।। (भूधर)

४. पाण्डुरोगे चला तीव्रा दृष्टादृष्टविहारिणी। (रावण)

५. कासे सूक्ष्मा स्थिरा मन्दा (रावण)

६. .... श्वासे तीव्रगतिर्भवेत्। (रावण)

अवस्था विशेषतः तमकश्वास में जबकि कफ हृदय को भी जकड़ लेता है तब नाड़ी इतनी मन्द चलती है कि एकाएक मुमूर्षु कह देने की इच्छा होती है। कभी-कभी गात्रों की शीतलता एवं रोगी की आकुलता भी यह निर्णय देने में सहायक होती है। पर आप ऐसी गलती न करें। रोगी यदि चेतना में है तो ऐसी नाड़ी- गति मारक नहीं होती। जहाँ कफ हृदय से हटा या उसका शमन हुआ त्यों ही नाड़ी अच्छी प्रकार चलने लगती है।

राजयक्ष्मा - इस रोग में नाड़ी हाथी की गति के समान गति करती है [१]। हाथी की गति मन्द होती है। एक पैर रखने के बाद दूसरा पैर रखने में मस्ती भरी गति कुछ देर में होती है। राजयक्ष्मा में कफप्रधान दोष रहता है परिणामतः नाड़ी मन्द ही चलती है। ज्वर बढ़ जाने पर भी ताप के अनुपात से नाड़ी-गति नहीं होती। मन्दगति का एक कारण इस रोग में धातुक्षीणता भी है। देखने में यह आता है कि अन्तिम समय में इस रोग के रोगी की नाड़ी सद्यः मुमूर्षु के समान चल रही है, फिर भी रोगी ३-४ दिन जीता रहता है। इस रोग में प्रधान दूष्य रस या शुक्र होता है। दोष तो कफ है यह बता ही चुके हैं।

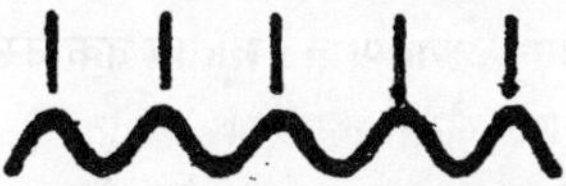

मन्दतर गति- मन्दाग्नि, क्षीण धातु। विशेषतः यक्ष्मा में।

हृद्रोग - सामीप्य एवं अन्यान्य कारणों से वक्षस्थ हृदय को श्वासवाही संस्थान की परम्परा में लिखते हुए हम नाड़ी का विवेचन कर रहें हैं।

हृद्रोग में नाड़ी कठिन, मथित, कृश, तेज एवं निम्नमध्यगामिनी होती है [२]।

ये गतियाँ हृद्रोग की विभिन्न परिस्थितियों की एक साथ ही लिख दी गयी प्रतीत होती हैं।

आजकल प्रधानतः इस सम्बन्ध में लोगों का ध्यान रक्तभार[३] पर विशेष है जो दो प्रकार का होता है। १. उच्च रक्तभार २ न्यून रक्तभार।

---

१. नाड़ी नागगतिश्चैव रोगराजे प्रकीर्त्तिता। (रावण)

२. हृद्रोगिणः सुकठिना मथिता निरंगा, नाड़ी द्रुतं वहति सा परिनिम्नमध्या। (भूधर)

३. इसके सम्बन्ध में आगे लिखित रक्तभार प्रकरण को भी देखने की कृपा करें। अधिक जानकारी प्राप्त करने के इच्छुक जन "काय चिकित्सा" पुस्तक के द्वितीय संस्करण में रक्तभार नहीं रसभार पढ़ें।

उच्च रक्तभार – उच्च रक्तभार में नाड़ी वैद्य की अंगुलियों को जैसे जबर्दस्ती हटाती हुई सी चलती है जैसे नाड़ी में बहता हुआ कोई पदार्थ वैद्य की अंगुलियों को ढकेलकर आगे बह रहा हो। नाड़ी गति बहुत कुछ पैत्तिक नाड़ी के समान होती है पर इसमें काठिन्य अपेक्षाकृत अधिक प्रतीत होता है।

न्यून रक्तभार – इसमें नाड़ी अत्यन्त क्षीण और मन्द चलती है। स्फुरणों की स्पष्ट अनुभूति नहीं होती। कभी-कभी तो स्फुरण अत्यन्त अस्पष्ट हो जाते हैं जैसे मुमूर्षु की नाड़ी हो। यद्यपि रोगी को बेचैनी की अनुभूति होती है, चेहरा निस्तेज हो जाता है फिर भी विशेष अनिष्ट नहीं होता।

दोनों प्रकार के रक्तभार में नाड़ी में जो गतियाँ होती हैं वे अन्यान्य रोगों में भी होती हैं इसलिए केवल नाड़ीगति के परीक्षण के निर्णय पर रक्तभार कहना ठीक नहीं। अन्तर करने का उपाय यह है :–

सामान्य अवस्था में उच्च रक्तभार या न्यून रक्तभार में प्राप्य नाड़ी-गति के अतिरिक्त रोगी के मुखमण्डल से पित्त प्रकोप (उच्च रक्तभार के सदृश) या क्षीण धातु (न्यून रक्तभार के सदृश) के लक्षणों की प्रतीति नहीं होती। उच्च रक्तभार में वेग की अवस्था में केवल मुखमण्डल तमतमाया हुआ कुछ लाल, आवेश-आक्रोश-झुंझलाहट और विचित्र परेशानी जैसा तथ्य स्पष्ट प्रतीत होता है। अन्य किसी रोग के लक्षण जैसे ज्वर-उष्णता आदि उपलब्ध नहीं होते।

न्यून रक्तभार में मुखमण्डल पर तेजहीनता, ओजहीनता, दीनता आदि तथ्य स्पष्ट प्रतीत होते हैं। अन्य रोगों के लक्षण जैसे शुक्रक्षीणता आदि उपलब्ध नहीं होते।

यह याद रखें, ऊपर स्वतन्त्र रक्तभारों की बात कही गयी है। किसी रोग के उपद्रव या लक्षण स्वरूप उत्पन्न रक्तभार में तत्तद् रोग जैसे रक्त-पित्त-ज्वर एवं क्षीणधातु-अतिसार-ग्रहणी विकार के लक्षण और नाड़ी गति प्राप्त होती है।

यह स्मरणीय है कि दोनों प्रकार के रक्तभारों का वेग (दौरा) होता है। ये सर्वदा रोगी में अनुभूति योग्य नहीं रहते पर साधारण स्वस्थावस्था में भी गम्भीरतापूर्वक नाड़ीज्ञान करने पर कुशल वैद्य को पता चल सकता है कि रोगी को उच्च या न्यून रक्तभार का दौरा होता है।

एन्जायिना या वक्ष शूल – वृद्धावस्था में कुछ लोगों के हृदय के गाहक कोष्ठ में रक्त आने में बाधा होती है। इससे और रक्त अपनी गति से उसमें जाता ही रहता है परिणामतः उसका दबाव हृदय पर पड़ने से वहाँ असह्य दर्द होता है।

दर्द के समय नाड़ी दुर्बल और क्षीण होती है। जब दर्द हो तुरन्त लेट जाना चाहिये। आराम होने पर सब कुछ स्वाभाविक हो जाता है।

मूत्रवाही एवं प्रजनन संस्थान की व्याधियाँ

मूत्रकृच्छ्र – मूत्रकृच्छ्र में नाड़ी गरिष्ठ चलती है[१]। हमारा अनुभव है कि यह नाड़ी इतनी गरिष्ठ चलती है कि जड़वत् प्रतीत होती है। विशेषतः अत्यम्लजनित मूत्रकृच्छ्र में। इस रोग में प्रधान दोष वायु एवं प्रधान दूष्य मूत्र होता है। इसका विशेषक चिह्न मूत्र का अति कष्ट से बहिर्गमन है।

मूत्राघात – इस रोग की नाड़ी–गति का अनुभव हम नहीं कर सके हैं। शास्त्रों एवं उनकी टीकाओं में इसकी नाड़ी के सम्बन्ध में इतने मतान्तर और अयुक्तिसंगत तर्क उपस्थित किये गये हैं कि उनके बल पर कुछ नहीं कहा जा सकता है। इसलिये हम इस पर विवेचन न कर केवल शास्त्रीय वाक्यों को ही उद्धृत कर रहे हैं:-

"मूत्राघाते मुहुर्भेदस्फुरणे सम्प्लुता भवेत्"। (रावण)

"मूत्राघाते मुहुर्भेदं स्फुरणैः सह गच्छति"। (भूधर)

इनका अर्थ भी स्पष्ट नहीं हो रहा है पर रावण के वाक्य में भेद के स्थान पर भेदे पाठान्तर मिलता है। मुहर्भेद का अर्थ अतिसार होता है अर्थात् मूत्राघात एवं अतिसार दोनों साथ हो तो नाड़ी मेढ़क के समान उछल–उछल कर गति करती है। यद्यपि अतिसार के साथ प्रायः मूत्राघात भी उपलब्ध होता है तथापि हम स्वयं इसकी अनुभूति पर ध्यान नहीं दे सके हैं। अनुमान एवं तर्कना से प्रतीत होता है कि इस पाठान्तर के कारण जो अर्थ लगता है वह ठीक है।

आशा है पाठक इस पर अनुभव करेंगे एवं वचनों का अर्थ लगाने की कृपा करेंगे।

प्रमेह – प्रमेह में नाड़ी जड़, सूक्ष्म, मृदु और तृप्त सी चलती है[२]। यह स्मरणीय है कि सभी प्रमेहों में प्रधान दोष कफ एवं प्रधान दूष्य रस, भेद, शुक्र, अम्बु

---

१. मूत्रकृच्छ्रे च भवेन्नाडीगरिष्ठता। (कणाद्)

२. प्रमेहे च जडा सूक्ष्मा मृदुराप्यायते सिरा। (रावण)
प्रमेहे ग्रन्थिरूपा सा प्रतप्तात्वामदूषणे। (कणाद्)
कणाद के वचन पर अभी प्रकाश डालने में हम असमर्थ हैं।

और ओज है। अतएव नाड़ी की यह गति प्रमेह में मिल सकती है और, जहाँ दोष-दूष्य का यह संगम होता है वहाँ अवश्य मिलती है।

परन्तु आजकल प्रायः दोष दूष्य के इस संगम से विपरीत प्रमेह प्राप्त होते हैं। आज कफकारक आहार-विहार एवं परिस्थिति प्रायः उपलब्ध नहीं है। प्रायः सब कुछ इसके विपरीत अर्थात् वातकारक हो रहा है परिणामतः वातज मेह भी अधिकतर प्राप्त हो रहे हैं। इसमें धातुयें भी क्षीण होती हैं अतएव तृप्त के स्थान पर क्षीण नाड़ी प्राप्त होती है। इस प्रमेह के कारण वात प्रकोप के लक्षण यथा नाड़ी में सूक्ष्मता चञ्चलता, अंगमर्द आदि भी प्राप्त होते हैं। कफकारक आहार-विहार से यह प्रमेह शान्त होते देखा गया है।

कुल मिलाकर कहने का तात्पर्य यह है कि प्रमेह का निर्णय दोष-दूष्यों को मिलाकर करना चाहिये। मेदस्वी अथवा स्थूल लोगों के प्रमेह में तो स्पष्टतः तृप्त (भरी हुई सी) नाड़ी प्राप्त होती है। वातज मेहों में नाड़ी क्षीण ही मिलती है।

उपदंश - उपदंश में नाड़ी कुटिल, विशीर्ण (फटी सी), पिच्छिल (लसीली), विप्लुत और गम्भीर चलती है [१]।

इस नाड़ी गति का अर्थ एवं अनुभव हम नहीं प्राप्त कर सके हैं अतः अधिक नहीं कहना चाहते।

शूक दोष - शूक दोष में नाड़ी बहुत चञ्चल, निर्मल, पिच्छिल और वात कफ की नाड़ी के समान चलती है [२]।

शूक दोष में लिंगेन्द्रिय के ऊपर फुन्सियाँ हो जाती हैं जो बढ़कर अत्यन्त कष्ट देती हुई उसे नष्ट कर देती हैं। यह बीमारी लिंग वृद्धिकर लेप आदि से होती है। अब इस प्रकार के प्रयोग करने वाले रोगी प्रायः उपलब्ध नहीं होते।

हस्तमैथुन - हस्तमैथुन में वैद्य की तर्जनी अंगुली पर अति दुर्बल कुछ टेढ़ी गति प्रतीत होती है अन्य अंगुलियों पर दुर्बल और सीधी गति होती है। चेहरा उतरा उतरा उदास भी रहता है।

---

१. स्फुटकुटिलविशीर्णा पिच्छिला विप्लुतांगी।
चलति यदि गंभीरा सोपदंशस्य नाड़ी।। (भूधर)

२. बहुचटुलविलोला निर्मला पिच्छिला स्यात्।
सपवनकफलिंगी शुकदोषस्य लिंगम्।। (भूधर)

प्रदर - कुल मिलाकर प्रदर दो प्रकार का होता है। एक श्वेत प्रदर और दूसरा रक्त प्रदर। दोनों में धातुक्षीणता होती है। अतः रोगिणी की नाड़ी क्षीण रहती है।

रक्त प्रदर का दौरा भी होता है। दौरा के पूर्व नाड़ी रक्त पित्त जैसी उछलती हुई एवं कुछ भरी हुई सी चलती है। रक्त निकल जाने पर वह क्षीण हो जाती है। साधारण अवस्था में वह स्वाभाविक गति से चलती है फिर भी नगण्य क्षीणता रहती ही है। इसमें प्रधान दोष पित्त एवं दूष्य रक्त है।

श्वेत प्रदर की क्षीणता सर्वदा नाड़ी में प्रतिभासित होती है। इसमें प्रधान दोष कफ एवं दूष्य रज अथवा गर्भाशयिक ग्रन्थियों के रस हैं। श्वेत प्रदर में प्रायः गर्भाशय में ग्रन्थि होती है उसमें से स्राव होता है। इसमें ऊपर से पेडू में दबाने से पीड़ा होती है।

सोम रोग - में नाड़ी श्वेत प्रदर के समान चलती है पर इसमें क्षीणता अत्यधिक रहती है। इस रोग में नारी के मूत्र-मार्ग से गन्दा चिकना अत्यधिक पानी आता है पर इस रोग में गर्भाशय में ग्रन्थि नहीं होती।

अन्त्र वृद्धि - अन्त्र वृद्धि (आँत उतरना) में नाड़ी- स्फार फैली सी, मूल से टेढ़ी, स्थूल एवं अंकुर सदृश चलती है [१]।

इस रोग की नाड़ी स्थूल होने के कारण भली भाँति स्पष्ट होती है। इसमें प्रधान दोष वात है।

वात संस्थान

मस्तिष्कगत विकार

मूर्च्छा- मूर्च्छा में नाड़ी फैली एवं फटी हुई सी चलती है [२]।

मूर्च्छा में इस प्रकार की नाड़ी पर हमने ध्यान नहीं दिया है परन्तु क्षीण[३], मन्द और कभी-कभी चञ्चल नाड़ी अवश्य प्रतीत होती है। सम्भवतः मूर्च्छा के पूर्व भूधर के अनुसार नाड़ी की अनुभूति होती हो।

---

१. सैव स्फारगतान्त्रवृद्धिगदिनी विष्वगगता मूलतः।
स्थूला मांसगता स्थितांकुरसमा ज्ञेया भिधग्भिर्बुधै।। (भूधर)
इस बचन का विवेचन और विशेषक हम नहीं कर पा रहे हैं।

२. मूर्च्छासु विस्फारगता विशीर्णा। (भूधर)

३. सम्मूर्च्छनाद्यैर्जठराग्निमान्द्यात् नाडी वहेत्तन्तुचला च जन्तोः। (रावण)

इसमें प्रधान दोष पित्त, कफ और दूष्य वात नाड़ियाँ, रक्त तथा मज्जा है। प्रधान लक्षण संज्ञानाश है।

अपस्मार - अपस्मार या मृगी की नाड़ी क्षीण एवं तेज होती है [१]।

निद्रा - निद्रालु (अधिक सोने वाले) मेदस्वी, अन्नादि से तृप्त एवं अहंकारी की नाड़ी कफ के समान[२] मन्द , सरल और भारी चलती है।

निद्रित - सोये हुए की नाड़ी बलवान स्फुरण करती है [३]।

यह स्मरणीय है कि निद्रा एवं उसके साथ कही हुई परिस्थितियाँ प्रधानतः कफवर्गीय हैं।

पानात्यय - पानात्यय (मद्यपान का आधिक्य)की नाड़ी मलबद्धता के समान अर्थात् विषम, कठिन और स्थूल (मोटी) चलती है [४]।

मदात्यय - मदात्यय (नशा का आधिक्य) में नाड़ी सूक्ष्म, कठिन और चारों ओर से जड़ होती है [५]।

दाह - मदात्यय या पानात्ययजनित दाह में नाड़ी उष्ण, चञ्चल, वक्र और द्रुतगामिनी होती है [६]।

उन्माद - उन्माद (दोषज एवं मानसिक कारणों से उत्पन्न उन्माद) में नाड़ी दाहवत् उष्ण और वक्र होती है परन्तु गति में स्थिरता एवं मांसभक्षण की सी स्थिति (ठोस) भी मिलती है[७]। चञ्चलता और द्रुतगामित्व नहीं होता।

ओजक्षय- "विशेषक" नामक अध्याय में देखें।

---

१. अपस्मारवतो नाडी क्षीणा च द्रुतवाहिनी। (भूधर)

२. निद्रालोर्मेदुरस्यापि कफवत्तृप्तदृप्तयोः। (रावण)

३. शयानस्य वलोपेता नाडी स्फुरणं मुञ्चति। (रावण)

४. पानात्यये गाढ़पुरीषदोषा। (भूधर)
मलबद्धता- विषमा कठिना स्थूला मलशेषात् निगद्यते। (रावण)

५. मदात्यये च सूक्ष्मा स्यात् कठिना परितो जडा। (रावण)

६. सोष्णातिचञ्चला नाडी वक्रा द्रुतगतिर्भवेत्। (भूधर)

७. उन्मादे मानसोन्मादे पूर्ववत् स्थिरमांसला। (भूधर)

वात व्याधियाँ

वात व्याधियों की नाड़ी का ज्ञान करने के लिये पूर्वोक्त बात सम्बन्धी प्रकरणों पर ध्यान दे लेना चाहिये। वातज्वर की नाड़ी का भी स्थल देख लेना चाहिए।

यहं स्मरणीय है कि वायु के प्रकोप में कुल मिलाकर दो कारण प्रधान हैं [१]:-

एक है धातुक्षय और दूसरा है- मार्ग का आवरण। धातुक्षय से वात- प्रकोप की बात पर तो प्राय: अधिकांश चिकित्सक ध्यान देते हैं परन्तु मार्गावरणजन्य वातप्रकोप पर प्राय: कम लोग ध्यान देते हैं।

आप यह समझ लीजिये कि धातुक्षय के कारण धीरे-धीरे अर्द्धांग वात आदि होता है पर मस्तिष्क में कहीं भी वात नाड़ी या वात सूत्र पर रक्तकण जम जाने से वात शक्ति का मार्ग अवरुद्ध हो जाता है जिसके परिणामस्वरूप भी अर्द्धांगवात दिखायी पड़ता है। धातुक्षयजनित में वृंहण चिकित्सा यथा स्नेहपान् एवं अभ्यंग आदि लाभ करते हैं परन्तु मार्गावरणजनित वातव्याधि में रक्तकण को वात मार्ग से हटाने की आवश्यकता पड़ती है। वहाँ संखिया के योगों से रक्त भ्रमण की गति को बढ़ाकर भी वात मार्ग से रक्तकण को हटाते हैं। गर्मी, सूजाक से उत्पन्न लकवा में रक्तकण द्वारा वातशक्ति का मार्गावरोध ही कारण होता है। वहाँ भी संखिया के योगों से यह काम होता है।

हमारे विचार से वातमार्गावरण से उत्पन्न लकवा का आक्रमण अचानक होता है। धातुक्षयजनित लकवा धीरे-धीरे होता है।

मार्गावरोधजनित वातव्याधि में नाड़ीगति में ऐसा प्रतीत होता है जैसे बहती हुई नाली में कोई रुकावट पड़ गयी हो और उस रुकावट को नाली में बहते हुए द्रव का वेग हटाना चाहता हो अर्थात् नाड़ीस्पर्श में स्फुरण के कठिन धक्के वैद्य की अंगुली में लगते हैं। नाड़ी कठोर प्रतीत होती है जैसे उसमें कोई अधिक घन द्रव बह रहा हो। यह गति तर्जनी अंगुली पर विशेष परन्तु सभी अंगुलियों पर भी स्पष्ट प्रतीत होती है। यह स्थिति मार्गावरणजन्य लकवा के ठीक पूर्व में अथवा उसके प्रारम्भिक काल में होती है। बाद में तो नाड़ी धातु क्षीणता की चलती है या बिल्कुल गति नहीं प्राप्त होती है।

---

१. वायोर्धातुक्षयात्कोपो मार्गस्यावरणेन च (चरक)

धातुक्षयजनित अर्द्धांगवात आदि धीरे-धीरे होते हैं। इनमें नाड़ी गति कभी भी बलवती, कठोर आदि नहीं प्रतीत होती। पीड़ित पक्ष की ओर की नाड़ी मन्द रहती है। अन्ततः अति मन्द या सर्वथा बन्द हो जाती है।

इसलिए वातव्याधियों की नाड़ी देखते समय वात प्रकोप के मुख्य दो कारणों को दृष्टि में रखना चाहिए।

यह भी जान लेना चाहिए कि पुरानी वातव्याधि में जहाँ वात द्वारा अंग शुष्क, शून्य और निष्क्रिय हो गया है, वहाँ वातशक्ति धीरे-धीरे क्षीण हो जाती है। परिणामतः उस अंग में रक्त भ्रमण कम या नहीं के बराबर होता है जिससे नाड़ी में स्फुरण की अनुभूति अत्यन्त कम या नहीं होती है।

यह भी जान लीजिए कि वात के कारण जो अंग निष्क्रिय या पीड़ित हुआ है उसके विपरीत दिशा की नाड़ी सामान्यतः स्वस्थ चलती है। यदि दोनों ओर वात ने पीड़ा पहुँचायी अथवा निष्क्रिय कर दिया है तो दोनों ओर की नाड़ी गतिहीन अथवा न्यून गति वाली होगी। सर्वांग वात की नाड़ी गतिहीन अथवा न्यून गति वाली होती है। वातव्याधियों में से प्रत्येक की नाड़ी की गति का स्पष्ट उल्लेख कम मिलता है। भूधर ने इन्हें अलग-अलग कहा है। अतः उनके वचनों का उल्लेख यहाँ किया जाएगा। इनके विषय में विशेष जानकारी के अभाव के कारण हम विवेचन नहीं कर सकेंगे, पर वाचकों से इधर ध्यान देने की प्रार्थना अवश्य है। यह भी स्मरणीय है कि भूधर ने अन्यान्य वचन रावण, कणाद एवं वसवराज के समान ही लिखे हैं पर वातव्याधियों के लिए उनके आधार या समकक्षता का पता नहीं चलता। बड़ी कृपा हो यदि कोई विद्वान् इस पर प्रकाश डालें।

वात रोगों की साधारण नाड़ी - वायु से नाड़ी वक्र, उष्ण, बलवती निर्मल (आमरहित) और विभिन्न परिस्थितियों के अनुसार विभिन्न गति वाली होती है। इस नाड़ी से रोगसंकर (परस्पर मिले-जुले रोग) की सम्भावना रहती है[१]।

आक्षेपक - आक्षेपक में नाड़ी स्थूल और वेगवती होती है[२]।

अपतन्त्रक - अपतन्त्रक में नाड़ी टेढ़ी और चञ्चल होती है[३]।

---

१. वायुना नाडिका ज्ञेया वक्रा सोष्णा बलावहा।
निर्मला रोगसंकरा नाना विधिगतिर्भवेत्।। (भूधर)

२. आक्षेपके भवेन्नाड़ी स्थूला सा वेगगामिनी। (भूधर)

३. अपतन्त्रे वहेन्नाडी वक्रा व्रजति चञ्चला। (भूधर)

अपतानक - अपतानक में नाड़ी कृश, टेढ़ी और तीव्रगामिनी होती हैं[१]।

दण्डापतानक - दण्डापतानक में नाड़ी भारी, पिच्छिल और कुछ-कुछ सामान्य वायु वाली नाड़ी की वक्र गति के समान होती है।

धनुस्तम्भ - धनुस्तम्भ में नाड़ी बलपूर्वक ऊपर और नीचे आती है उसकी गति गम्भीर रहती है[२]। इस रोग में शरीर घनुष के समान नम जाता है। यह दो प्रकार का होता है। १. बहिरायाम (शरीर का पीठ की ओर नमना) २. अन्तरायाम (शरीर का भीतर की ओर नमना)

अन्तरायाम - अन्तरायाम में नाड़ी गम्भीर कृश होकर शीघ्र ही धातुपुष्टि की नाड़ी के समान हो जाती है[३]। इसमें बहिरायाम की अपेक्षा कम कष्ट होता है।

पक्षाघात - पक्षाघात में नाड़ी विशुद्ध वात के स्फुरणों वाली होती है। इसमें एक पक्ष (एक ओर का अंग) मारा जाता है[४]। इसमें पूर्वलिखित मार्गावरण तथा धातुक्षय जनित वातप्रकोप की नाड़ीगति पर विशेष ध्यान दें।

जिह्वास्तम्भ - जिह्वास्तम्भ में नाड़ी शुद्ध भारी और गुण (रस्सी) के समान (सूक्ष्म) होती है[५]। इसमें जिह्वा स्तब्ध (जकड़) हो ज़ाती है।

गृध्रसी - गृध्रसी में नाड़ी स्थूल, मन्द और वक्र होती है[६]। इस रोग में पैरों में गृध्रसी (साइटिक) नाड़ी पर दोष का आक्रमण होने के कारण बड़ी पीड़ा होती है जो कटि की ओर से प्रारम्भ होकर पैरों की ओर क्रमशः जाती है।

क्रोष्टु शीर्ष - क्रोष्टुशीर्ष में नाड़ी गम्भीर और मन्दगामिनी होती है[७]। इसमें रोगी की जानु स्यार के सिर के समान सूज जाती है। ऊपर ऊरु और नीचे टाँग पतली पड़ जाती है।

---

१. अपताने कृशा नाडी वक्रा सत्वरगामिनी। (भूधर)

२. ऊर्ध्वगता याति बलादधश्च नाडी धनुस्तम्भगदे गभीरा। (भूधर)

३. अभ्यन्तरायाम गदे गभीरिणी नाडी कृशा सत्वरधातुकारिणी। (भूधर)

४. पक्षाघाते भवेन्नाडी शुद्धा च पवनप्लुता।

५. जिह्वास्तम्भके भवेन्नाडी शुद्धा गुर्वी गुणोपमा। (भूधर)

६. गृध्रस्यां नाडिका स्थूला मन्दगा वक्रगामिनी। (भूधर)

७. क्रोष्टुशीर्षे भवेन्नाडी गम्भीरा मन्दगामिनी। (भूधर)

खञ्ज रोग – खञ्ज रोग में नाड़ी मन्द और प्रायः विरोधिनी होती है [१]। यह रोग मानवों में प्रायः नहीं देखा जाता। पशुओं में प्रायः होता है।

पंगु – पंगु की नाड़ी निम्नगा होती है और प्रायः उसकी गति रुकती-सी प्रतीत होती है [२]। इसमें पैरों विशेषतः एड़ी में दाह होता है।

पाददाह – पाददाह में नाड़ी उष्णता सहित, वेगवती और द्रुतगामिनी होती है [३]। इसमें रोगी लंगड़ा हो जाता है।

अवबाहुक – अवबाहुक में नाड़ी शुष्क, क्रूर और वक्र होती हैं [४]। इसमें कन्धे में वायु कुपित होकर वहाँ एवं क्रमशः बाहु में पीड़ा करता है।

मूक- मिन्मिन-गद्गद् रोग – इन रोगों में नाड़ी शुष्क और द्रुतगामिनी होती है [५]। इन रोगों में रोगी क्रमशः बिल्कुल गूंगापन, मिनमिनापन एवं दुतकापन से युक्त रहता है।

खल्ली – खल्ली रोग में नाडी स्तब्ध, क्रूर और विलुञ्चित (स्थानच्युत) होती है [६]। इसमें पैर, जंघा, रान एवं मणिबन्ध में ऐंठन होती है जो हैजा में प्रायः होती है।

निम्नांकित ३ व्याधियों वातरक्त, ऊरुस्तम्भा एवं आमवात की गणना यद्यपि वातव्याधियों में नहीं है परन्तु ये वात व्याधियों की परम्परा में ही हैं इसलिए इसी प्रकरण में इनका उल्लेख हो रहा है :-

वातरक्त – वातरक्त में नाड़ी स्थिर, निश्चल, कृश एवं क्रूर होती है [७]। यह व्याधि प्रायः सुकुमारों को होती है। इसमें विशेषतः पैरों (हाथों में भी) में सूजन, दाह, एवं छोटी-छोटी फुन्सियाँ,पंछा तथा खुजली होती है। यहाँ रक्त अथवा रस प्रधान दूष्य है। भूघर द्वारा नीचे टिप्पणी में उक्त 'वलयिनी' शब्द पर विद्वान विचार करें।

ऊरुस्तम्भ – ऊरुस्तम्भ में नाड़ी फटी हुई सी, मथित, पिच्छिल, वक्र पर

---

१. खञ्जे नाडी भवेन्मन्दा प्रायेण सा विरोधिनी। (भूधर)

२. पंगौ तु निम्नगा नाडी प्रायेण गतिरोधिनी। (भूधर)

३. पाददाहे भवेन्नाडी सोष्णा वेगवती द्रुता। (भूधर)

४. शुष्कावबाहुके नाडी भवेत् क्रूरा च वक्रिणी। (भूधर)

५. नाडी शुष्का द्रुता ज्ञेया मूकमिन्मिनगद्गदे। (भूधर)

६. खल्लीरोगेषु नाडी स्यात्स्तब्धा क्रूरा विलुञ्चिता। (भूधर)

७. नाडी स्थिरा निश्चलिता कृशांगी क्रूरावलयिनी खुलवातरक्ते। (भूधर)

अचञ्चल और बीच में पित्त से शीतल होती है [१]। कफ और मेद द्वारा आवृत वायु के कारण होने वाले इस रोग में ऊरु शून्य एवं गतिहीन हो जाते हैं। यह व्याधि स्नेह से बढ़ती है। पञ्चकर्म यहाँ निषिद्ध है।

आम वात - आम वात में नाड़ी स्फुटित, कम्पयुक्त, गम्भीर, मन्द एवं पिच्छिल होती है [२]। इसमें आम गाँठों में जाकर सूजन और वेदना कर देता है, इसे ठेठ भाषा में गठिया कहते हैं।

समस्त वातव्याधियों एवं उनकी परम्परा के सम्बन्ध में नाड़ीगति के उल्लेख का एकमात्र उद्देश्य उन्हें वाचकों के सम्मुख उपस्थित करना है। जिससे वे इस पर कुछ विचार करें। मैं स्वयं इन्हें न समझ सका हूँ और न अनुभव कर सका हूँ इसलिए विशेष कुछ न कह सका। आशा है, पाठक क्षमा करेंगे।

सप्तधातुओं में आश्रित कुछ विशिष्ट रोग

शीत, पित्त तथा उदर्द - इन दोनों व्याधियों में नाड़ी समान होती है। वह भारी, पिच्छिल, मूल से वेगवती, क्रूर और चञ्चल बहती है [३]।

इन व्याधियों में प्रधान दोष कफ एवं प्रधान दूष्य रक्त नहीं रस रहता है। शीतपित्त को जलपित्ती कहते हैं। उदर्द में शीतपित्त से कुछ बड़े चकत्ते (दिदोरे) पड़ते हैं।

श्लीपद - श्लीपद (फीलपाँव) में नाड़ी विरल (रुक-रुक कर चलने वाली) स्थूल, विलोल (चपल), मूल से पिच्छिल, क्षतजरा (घायल और थकी सी) तथा वक्र होती है [४]।

---

१. ऊरुस्तम्भगता विशीर्णमथिता नाडीभवेत्पिच्छिला।
वक्रा चञ्चलगामिनी न च तथा शीता न चामूलतः।। (भूधर)

२. स्यादामवाते स्फुटिता विकम्पिनी।
गम्भीरता मन्दगता च पिच्छिला।। (भूधर)

३. शीतपित्ते तथोदर्दे समाना गुरु पिच्छिला।
मूला वहति वेगेन क्रूरा चञ्चलगामिनी।। (भूधर)

४. नाड़ी श्लीपदवाहिनी विरलिता स्थूला विलोलाशया।
मूलाद्धावति पिच्छिला क्षतजरा वक्राकृतिर्गामिनी।। (भूधर)

इसमें भी प्रधान दोष कफ एवं दूष्य रस तथा भेद है।

कुष्ठ - कुष्ठ में नाड़ी कठिन, स्थिर तथा प्रवृत्तिहीन होती है[१]।

इस व्याधि में प्रधान दोष कफ और प्रधान दूष्य रस-रक्त भेद होता है। यह नाड़ी स्पष्टतः कफ़ की सी है।

इन रोगों के अतिरिक्त विद्रधि, व्रण शोथ, व्रण, सद्योव्रण, नाड़ीव्रण, भग्न और भगन्दर की नाड़ीगति का वर्णन भूधरभट्ट ने अपने नाड़ीज्ञान-दर्पण में किया है परन्तु उनकी माया भली भाँति न समझ सकने एवं शल्य तन्त्र का अधिकार होने के कारण हम उनका उल्लेख यहाँ नहीं कर रहे हैं।

गलगण्ड (घेंघा) - गलगण्ड में नाड़ी फटी सी, पिण्डित, विभिन्न गति वाली विचलित, कठिन और स्फुट चलती है[२]।

इस रोग में प्रधान दोष कफ एवं प्रधान दूष्य मांस होता है।

गण्डमाला (कण्ठमाला) - गण्डमाला में नाड़ी स्थूल, विलीन, परिप्लुत और कर्कश होती है[३]।

इस नाड़ी गति का विवेचन भी करना कठिन है। इतना अवश्य निवेदनीय है कि इस रोग में प्रधान दोष कफ एवं प्रधान दूष्य मांस है।

अपची - अपची (कण्ठमाला का ही भेद) में नाड़ी स्थूल फटी सी, पिच्छिल, कोमल और विह्वल चलती है[४]।

यहाँ भी प्रधान दोष कफ एवं प्रधान दूष्य मांस हैं।

मेदो रोग - इस रोग में नाड़ी कफवत् चलती है।[५] कफ की नाड़ी मन्द, सरल और भारी चलती है।

---

१. कुष्ठे तु कठिना नाड़ी स्थिरास्यादप्रवृत्तिका।

२. नाड़ी विशीर्णगमना गलगण्डपिण्डा।
नानाप्लुता विचलिता कठिना स्फुटांगी।। (भूधर)

३. स्थूला विलीनगमना यदि गण्डमाली,
ग्राह्या परिप्लुत्तगतिर्यदि कर्कशांगी। (भूधर)

४. स्थूला विशीर्णगमना यदि पिच्छिलांगी,
ज्ञेयापचीषु धमनी मृदु विह्वलांगी। (भूधर)

५. मेदोरोगे वहेन्नाडी यथा कफप्रकोपतः। (भूधर)

स्थूलता - इसमें नाड़ी पिच्छिल और मन्दगामिनी होती है। यह भी प्रधानतः कफ दोष एवं मेद (चर्बी) दूष्य से होती है। यहाँ मेदोरोग की समानता है।

उल्लेखरहित रोगों की नाड़ी परीक्षा - सभी रोगों एवं परिस्थितियों की नाड़ीगति का उल्लेख कठिन है। अतः वैद्य को दोष, दूष्य, काल एवं परिस्थिति आदि का विचार करते हुए उल्लेखरहित रोगों की नाड़ी गति जाननी चाहिए।

अध्याय १५

साध्यासाध्य विवेक

नाड़ी द्वारा रोगों की साध्यता, असाध्यता एवं मृत्युकाल का निर्णय करते हुए वैद्यों को देखा जाता है। विशेषतः बहुत से वैद्यों की प्रसिद्धि इसीलिये रही है कि केवल नाड़ी द्वारा मृत्यु-काल का निर्णय करते थे। यह निर्णय-कला सतत अभ्यास से सम्भव है। यहाँ पर हम इसकी पेचीदगियों के फेर में वाचकों को नहीं ले जाना चाहते। केवल नाड़ी ज्ञान की वह प्रणाली, जिससे यह कला सरलता से जानी जा सके, निवेदन कर रहे हैं।

यह कला जानने के पूर्व स्वस्थ की नाड़ी के प्रकरण, विशेषतः इस पुस्तक के विधान नामक अध्याय के पृष्ठों पर विचार कर लीजिये।

साध्य रोगों अथवा जीवन की नाड़ी - हम पहले लिख चुके हैं कि जब तक नाड़ी अपने ठीक स्थान पर लगातार ३० बार स्फुरण एक मान में करती रहे तब तक रोगी के मरने की सम्भावना नहीं है। इसको यों स्पष्ट समझिये कि युवा-बालक-वृद्ध किसी की नाड़ी एक गति से बराबर चलती रहे। उसके ध्मानों की संख्या एक समान ३० से कम न हो तो रोगी के जीवन की आशा है। सबसे बड़ी बात यह है कि नाड़ी की गति अपने स्थान[१] पर प्रतीत होती रहे तो असाध्यता

---

१. स्वस्थानाच्च्यवनं यावत् धमन्यां नोपजायते।
तदा तच्चिह्नसत्वेऽपि नासाध्यत्वमितिस्थितिः।। (नाड़ीदर्पण)
न विमुञ्चति स्वस्थानं नाडी सूक्ष्मा विभाव्यते।
तस्य मृत्युभयं नास्ति व्याधिकरप्युपशाम्यति।।

के लक्षण मिलने पर भी रोगी निस्सन्देह ज़ीवित रहेगा [१]। कृपया इस नियम को सर्वत्र स्मरण रखें।

जिस काल में दोषानुसार स्वभावतः दोष कुपित होता है उस काल में नाड़ी की गति से भी वही दोष प्रकट हो तो रोग सुखसाध्य समझना चाहिये [२]।

मुमूर्षु की नाड़ी-गति में अपवाद - आगे हम रोगी की मृत्यु का ज्ञान कराने वाली नाड़ी-गति का वर्णन करेंगे। यह स्मरण रक्खें कि पहले रोग प्रकरण में कही हुई किसी रोग की नाड़ी का यहाँ मुमूर्षु की किसी नाड़ीगति से समानता हो रही हो तो केवल उस रोग के लिये मुमूर्षु की नाड़ीगति को अपवाद समझकर अन्य रोगों अथवा परिस्थितियों के लिये ही उसे मृत्यु को प्रकट करने वाली समझें।

मृत्यु-ज्ञान के लिये अनिवार्य जानकारी - यह भी निवेदनीय है कि मृत्यु-ज्ञान को समझने के लिये विकृति- विज्ञान (भारतीय पैथोलाजी) चरक संहिता के इन्द्रिय स्थान एवं दोष-दूष्य-विज्ञान की पूर्ण जानकारी आवश्यक है जो यहाँ लिखना सम्भव नहीं है। पूर्ण जानकारी के अभाव में चरक संहिता के इन्द्रियस्थान की जानकारी एवं नाड़ी-ज्ञान से भी काम चल सकता है। अर्थात् इन दोनों में उल्लिखित असाध्यता अथवा मुमूर्षु के चिह्नों से आप यथोचित निर्णय कर सकते हैं।

काल ज्ञान - रोगी की मृत्यु का काल जानकर उसकी उपेक्षा एवं अभिभावकों से उसे बता देना वैद्य को श्रद्धा और विश्वास का पात्र बना देता है। योगी अथवा किसी इष्ट की सिद्धि करने वाले अलौकिक महामानवों की बात हम नहीं करते। हम तो साधारण मानवों की ही बात यहाँ लिख रहे हैं। इनमें वही कालज्ञान का ज्ञाता हो सकता है जो आयुर्वेद में कथित सम्प्राप्ति विशेषतः कालसम्प्राप्ति[३] को भली-भाँति समझता हो। इसका पूरा रहस्य यहाँ बता सकना असम्भव है परन्तु

---

१. इस नियम का अपवाद विसूचिका में होता है। इसमें नाड़ी के स्वस्थान से च्युत होने पर भी साध्य लक्षण मिलने पर रोगी बच जाता है। इस रोग में मणिबन्ध में नाड़ी न मिलने पर कूर्पर और उससे ऊपर बढ़कर मन्या में नाड़ी देखें। यहाँ स्फुरण हो तो रोगी बच जाता है। प्रतिज्ञा यह है कि अन्य साध्य लक्षण मिलते हों।

२. यदायं धातुमाप्नोति तदा नाडी तथागतिः ।
तदा हि सुखसाध्यत्वं नाडीज्ञानेन बुध्यते।। (नाड़ीदर्पण)

३. नक्तंदिनर्तुभुक्तांशैर्व्याधिकालो यथा मलम्।
अर्थात् "दोषानुसार रात, दिन, ऋतु, भोजन एवं वायु के अंशों से व्याधि का काल समझना

उदाहरण के लिए आप यह कल्पना कर लीजिये कि किसी रोगी में वात की व्याधि के लक्षण मिले। दोषचक्र (अध्याय ११) के अनुसार वात के प्रकोप का स्वाभाविक काल यह है :-

रात में-	२ बजे से	६ बजे तक।
दिन में -	२ बजे से	६ बजे तक।
भोजन में-	भोजन के पच जाने पर।	
ऋतु में-	वर्षा ऋतु।	
आयु में-	वृद्धावस्था।	

यह निश्चित बात है कि उस रोगी में वातव्याधि का प्रकोप उपर्युक्त कालों में स्वभावतः होगा। यदि वह अत्यधिक उग्र है तो उन्हीं कालों में वह नाड़ीगति मारक भी होगी। रोग के प्रकोपस्तर पर रोगी का मरणकाल निर्भर है। जैसे आज प्रातःकाल आपने रोगी की नाड़ी देखी, उससे एवं अन्यान्य लक्षणों से आपने निर्णय किया कि यह वातव्याधि है। यदि अत्यन्त उग्र है तो आज दिन में ही २ बजे से ६ बजे के बीच में रोगी की मृत्यु होगी। इससे कुछ कम उग्र है तो रात में २ बजे से ६ बजे के बीच में मृत्यु होगी। यदि रोगी ने दुर्भाग्यवश भोजन कर लिया तो उसके पच जाने पर भी मृत्यु हो सकती है। जीर्ण या दौरेवाली वातव्याधि वर्षा एवं अन्य ऋतुओं में कालसम्प्राप्ति के अनुसार उग्र या मारक होगी।

बहुत कम उग्र है तो आगामी वर्षा ऋतु में रोगी की मृत्यु होगी। साध्य के लक्षण मिलने पर इन समयों के विपरीत समयों में लाभ होगा।

यदि रोग याप्य[१] है तो वर्षा ऋतु में कष्ट बढ़ जायगा।

पिछले पृष्ठ का शेष

चाहिये" यही कालसम्प्राप्ति है। इसके अनुसार रात, दिन, ऋतु, भोजन एवं आयु के जिस अंश में जिस दोष का प्रकोप (देखिये दोषचक्र अध्याय ११) स्वभावतः होता है, रात-दिन-ऋतु भोजन-आयु के उसी अंश में उस दोष की व्याधि अवश्य बढ़ती है और, यदि अत्यन्त बढ़ी हुई हो तो उसी अंश में मारक भी होती है।

१. याप्य, असाध्य रोग का ही भेद होता है। इसमें रोग जड़ से अच्छा नहीं होता और न रोगी की मृत्यु ही होती है। जब तक रोगी ठीक चिकित्सा एवं पथ्य से रहेगा तब तक आराम से रहेगा अन्यथा उसका रोग बढ़ जायगा। प्रत्येक याप्य रोग जिस दोष से उत्पन्न होता है उस दोष का काल विशेषतः ऋतु अवश्य कष्टदायी होता है। याप्य का तात्पर्य काल यापन करने योग्य स्थिति से है।

इस प्रकार कालसम्प्राप्ति द्वारा आप बड़ी सरलता से रोगी का लाभ-काल, मृत्यु-काल अथवा रोग का प्रकोप-काल बता सकते हैं।

नाड़ी द्वारा असाध्य का ज्ञान

यहाँ हम नाड़ी द्वारा निर्धारित रोग-असाध्यता के लक्षण पर विचार कर रहे हैं। नाड़ी ज्ञान के बल पर निर्धारित मृत्यु-ज्ञान एवं काल-ज्ञान प्रकरण आगे निवेदित करेंगे।

यह स्मरणीय है कि अध्याय ११ में कथित अंगुली क्रम से स्पष्ट दोषों की नाड़ी के विपरीत नाड़ी-गति असाध्यता की द्योतक है जैसे नाड़ी में पहले (अंगुष्ठ मूल की ओर वात के स्थान पर) पित्त, उसके बाद वायु तत्पश्चात् कफ की अनुभूति हो। यह अनुभूति चक्र-परिभ्रमण के समान बराबर होती रहे अथवा इसी प्रकार चक्र-परिभ्रमण रूप में तीव्र, मयूर के समान गति और सूक्ष्मता की अनुभूति बराबर होती रहे तो रोग असाध्य जानना चाहिये [१]।

नाड़ी किसी क्षण मन्द , किसी क्षण तीव्र, किसी क्षण टूटी (एकदम स्फुरणहीन) किसी क्षण सूक्ष्म और किसी क्षण स्थूल प्रतीत हो तो रोग असाध्य समझिये [२]।

त्वचा के ऊपर ही नाड़ी अत्यन्त चञ्चल बहती हुई प्रतीत हो तो भी रोग असाध्य होता है [३]।

---

१. पूर्व पित्तगतिं प्रभञ्जनगतिं श्लेष्माणमाविभ्रतीम्।
स्वस्थानभ्रमणं मुहुर्विदधतीं चक्राधिरूढामिव।।
तीव्रत्वं दधतीं कलापिगतिकां सूक्ष्मत्वमातन्वतीं।
नो साध्यां धमनीं वदन्ति सुधियो नाडी गतिज्ञानिनः।। (रावण)

२ - क्वचिन्मन्दां क्वचित्तीव्रां त्रुटितां बहते क्वचित्।
क्वचित्सूक्ष्मां क्वचित्स्थूलां नाडयसाध्यगदे गतिम्।

३ - त्वगूर्ध्व नाडी प्रवहेदतिचञ्चला।
असाध्यलक्षणा प्रोक्ता पिच्छिला चातिचञ्चला।। (रावण)

त्वगूर्ध्व नाड़ी' में ऐसा प्रतीत होता है जैसे नाड़ी के ऊपर मांस आदि का आवरण न रहकर केवल पतली सी त्वचा ही रह गयी हो। यह नाड़ी अत्यन्त चञ्चल चलती है। इसके स्फुरण गिने नहीं जा सकते। वातोल्वण सन्निपात की मुमूर्षु अवस्था में यह प्राप्त हो सकती है।

यदि नाड़ी ऊँची (बाहर से स्फुरण दिखायी पड़ने वाली) अस्थिर, मांस-वाहिनी गम्भीर, (देखें अध्याय १३ में मास दूष्य नाड़ी गति) अति सूक्ष्म और वक्र गति वाली हो तो रोग असाध्य होता है [१]।

नाड़ी काँपती हो तथा स्पन्दन में तन्तु के समान अत्यन्त पतली प्रतीत हो एवं बारम्बार (स्वाभाविक स्फुरण से अत्यन्त अधिक स्फुरण वाली) अङ्गुली को स्पर्श करती हो तो रोग असाध्य है [२]।

अत्यन्त सूक्ष्म, शीघ्रगामिनी, वेगवाहिनी, भरी हुई और गीले स्पर्श वाली एवं स्फुरण हो होकर स्फुरणहीन हो जाने वाली नाड़ी मारक होती है [३]।

मृत्यु-काल-ज्ञान

निश्चित मृत्यु की नाड़ी - रोगी महाताप (अन्तर्दाह) से बेचैन हो परन्तु बाहर उसे शीताङ्ग हो तिस पर भी नाड़ी तप्त (ऊष्ण) प्रतीत हो रही हो और उसकी गति नाना प्रकार की हो तो निस्सन्देह उसकी मृत्यु हो जाती है [४]। इसमें रोगी का स्पर्श करने पर गात्र अत्यन्त शीत प्रतीत होते हैं परन्तु रोगी अन्तर्दाह से परेशान होने के कारण बराबर पंखा झलने के लिए कहता है। यह अनुभव की बात है, इस अवस्था का रोगी बचा नहीं।

---

१ - यात्युच्चकाऽस्थिरा या च याचेयं मांसवाहिनी।
यातिसूक्ष्मा च वक्रा च तामसाध्यां विनिर्दिशेत्।। (रावण)
बहुत से टीकाकार अस्थिरा के स्थान पर स्थिरा पाठान्तर कर स्थिर अर्थ करते हैं। मांसवाहिनी के स्थान पर वसवराजोयम् में मन्दगमिनी पाठ भी मिलता है जो असंगत प्रतीत होता है।

२ - कम्पते स्पन्दते तन्तुवत्पुनश्चांगुलिं स्पृशेत्।
तामसाध्यां विजानीयान्नाडीं दूरेण वर्जयेत्।। (रावण)

३ - अतिसूक्ष्मा मृथक् शीघ्रा, सवेगा भरिताऽऽर्द्रिका।
पृथक् शीघ्रा का तात्पर्य हमारे विचार से 'पूर्व कथित त्वचा के ऊपर ही प्रतीत होने वाली नाड़ी के समान' है।

४ - महातापेऽपि शीतत्वं शीतत्वे तापिता सिरा।
नानाविधिगतिर्यस्य तस्य मृत्युर्न संशयः।। (कणाद)
वसवराजीयम् में यह भी लिखा है :-
व्याकुला शिथिला मन्दा स्थित्वा स्थित्वा प्रयाति या।
स्थानं क्रमेण मुञ्चन्ती नाडी मरणशंसिनी।।

तुरन्त मृत्यु की नाड़ी – नासिका अत्यन्त शीतल हो, नेत्र गीले कपड़े से ढके के समान चिपचिपे हों एवं नाड़ी अपने स्थान को छोड़ती जा रही हो तो रोगी की मृत्यु तुरन्त हो जाती है [१]। इस अवस्था में रोगी की नासा से भी उष्ण के बदले शीत निश्वास निकलता है या नासिका से निश्वास न निकलकर मुँह से निकलता है।

ज्वालावधि तक मृत्यु की नाड़ी – नाड़ी अपने स्थान से च्युत हो अथवा उसमें स्फुरण न होता हो एवं हृदय में तीव्र ज्वाला हो तो जब तक हृदय में ज्वाला होगी तभी तक रोगी जीवित रहेगा [२]। ज्वाला-समाप्ति के साथ रोगी के जीवन की समाप्ति समझिये।

आधा प्रहर के बाद मृत्यु की नाड़ी – अंगुष्ठमूल से दो अंगुल बाहर (तर्जनी–मध्यमा अंगुली के स्पर्श स्थान से बाहर) यदि नाड़ी में स्फुरण प्रतीत होता हो (तर्जनी मध्यमा के नीचे विल्कुल स्फुरण न हो) तो रोगी की मृत्यु आधा प्रहर के बाद हो जाती है [३]।

१ प्रहर = ३ घंटा का होता है।

डेढ़ प्रहर के बाद मृत्यु की नाड़ी – दो अंगुल के बाहर (इसे पूर्ववत् समझिये) नाड़ी में स्फुरण हो और मध्य में रेखा बाहर (अपनी लाइन छोड़कर) निकली प्रतीत हो तो निस्सन्देह डेढ़ प्रहर के बाद रोगी की मृत्यु हो जायगी [४]।

६ प्रहर में मृत्यु की नाड़ी – मध्य (मध्यमांगुलि के स्पर्श-स्थल पर) में नाड़ी रेखा के समान चलकर निश्चल हो जाय तो रोगी की मृत्यु ६ पहर में हो जायगी [५]।

---

१ – अत्यन्त शीतला नासा स्तैमित्यं नेत्रयोरपि।
स्थानच्युतिश्च नाडीनां सद्योमरणहेतवः।।

२ – स्वस्थानविच्युता नाडी यदा वहति वा न वा।
ज्वाला च हृदये तीव्रा तदा ज्वालावधिः स्थितिः।। (कणाद)

३ – अंगुष्ठमूलतो बाह्येद्व्यंगुले यदि नाडिका।
प्रहरार्धद्बहिर्मृत्युर्जानीयाद्धि विचक्षणः।।

४ – द्व्यंगुलाद्बाह्यतोनाडी मध्ये रेखा वहिर्यदि।
सार्धप्रहरकान्मृत्युर्जायते नाऽत्रसंशयः।। (कणाद)

५ – मध्य रेखा समा नाडी यदा तिष्ठति निश्चचला।
षड्भिश्चप्रहरैस्तस्यज्ञेयो मृत्युर्विचक्षणैः।। (कणाद)
यहाँ भूधर ६ प्रहर के स्थान पर २ ही प्रहर कहते हैं।

एक दिन के भीतर मृत्यु की नाड़ी - यदि नाड़ी वेग समाप्त हो जाने के समान स्पन्दन करती हो, प्राप्त न होती हो (अत्यन्त कठिनाई से प्राप्त होती हो) तो रोगी की मृत्यु एक दिन के भीतर हो जाती है[१]।

एक दिन के बाद मृत्यु की नाड़ी - यदि नाड़ी अंगुष्ठमूल में (तर्जनी अंगुली के स्पर्श स्थल पर) रुक-रुक कर बिजली की गति के समान कड़क उठती हो तो रोगी का जीवन एक दिन का है। दूसरे दिन उसकी मृत्यु हो जायगी[२]।

तीन दिन में मृत्यु की नाड़ी - पैर की नाड़ी (अन्तर्गुल्फ के नीचे वाली) यदि चञ्चल होकर रुक जाय तो तीन दिन में रोगी की मृत्यु हो जायगी[३]।

यदि नाड़ी अपने स्थान को यव के आधे के बराबर भी त्याग दे तो वह रोगी जीवन नहीं प्राप्त कर सकता, तीन दिन के भीतर उसकी मृत्यु हो जायगी[४]।

नाड़ी त्रिदोष के स्पर्श वाली हो। रोगी ज्वर के दाह से तप्त हो फिर भी नाड़ी बरफ के समान शीतल हो तो रोगी ३ दिन में मर जाता है[५]।

चार दिन में मृत्यु की नाड़ी - सर्वदा तर्जनी के ही स्पर्श स्थल पर नाड़ी चले तो रोगी का जीवन ४ दिन का समझिये[६]।

---

१ - यदा नाडी हतावेगा स्पन्दते नैव लभ्यते।
तदा दिनस्य मध्ये तु मरणं रोगिणो भवेत्।। (रावण)

२ - स्थित्वा स्थित्वा मुखे यस्य विद्युद्योत इवेक्ष्यते।
दिनैकं जीवितं तस्य द्वितीये मृयते ध्रुवम्।। (कणाद)
इसी को रावण ने हेर-फेर कर इस रूप में कहा है :-
निरन्तरमुखस्थाने भ्राम्येड्डमरुकोपमा।
चला नाडी तु रुग्णस्य दिनैकान्मरणं भवेत्।।
मुखे त्रुटत्यकस्माच्च न किञ्चिदृश्यतेयदा।
तदा विद्याच्चरुग्णानां द्वितीये मरणं ध्रुवम्।।

३ - पादांगुलगता नाडी चञ्चला यदि तिष्ठति।
त्रिभिस्तु दिवसैस्तस्यमृत्युरेव न संशयः।।

४ - जहाति यस्य स्वस्थानं यवार्धमपिनाडिका।
न स जीवितमाप्नोति त्रिदिनेनैव पञ्चताम्।। (वसवराजीयम्)

५ - हिमवद्विशदा नाडी ज्वरदाहेन तापिनाम्।
त्रिदोषस्पर्शभजतां तदामृत्युर्दिनत्रयात्।।

६ - मुखे नाडी वहेन्नित्यं ततस्तु दिनतुर्यकम्।

पाँच दिन में मृत्यु की नाड़ी – पैर की नाड़ी यदि मन्द-मन्द चले तो रोगी ५ दिन में मर जाता है[१]।

एक सप्ताह में मृत्यु की नाड़ी – नाड़ी क्षण में वेग से चले और क्षण में शान्त हो जाय तो रोगी की मृत्यु ७ दिन में हो जाती है परन्तु शोथ रोग में यह बात नहीं लागू होती[२]।

तर्जनी अंगुली के स्पर्शस्थल पर नाड़ी तीव्र बहती हो, कभी-कभी शीतल बहती हो, लसीला पसीना आता हो तो रोगी ७ दिन के भीतर मर जाता है[३]।

१५ दिन में मृत्यु की नाड़ी – देह शीतल हो, निःश्वास नाक से न आकर मुख से आता हो और नाड़ी में तीव्र दाह प्रतीत होता हो तो रोगी का जीवन अधिकतम १५ दिन समझना चाहिये[४]।

एक मास में मृत्यु की नाड़ी – देह के विस्तारक्रम से नाड़ी केचुआ या सर्प के आकार की प्रतीत हो (अर्थात् देह क्षीण हो तो नाड़ी केचुआ के समान चिकनी और मन्दगामिनी प्रतीत हो, यदि देह स्थूल हो तो नाड़ी सर्प के समान कठोर एवं तीव्र-वक्रगामिनी प्रतीत हो), विशीर्ण होने (दब जाने) पर क्षीण हो जाय तो रोगी एक मास में मर जायगा[५]।

इस प्रकार मृत्युकालसूचक बहुत से वचन शास्त्रों में मिलते हैं। इनके अतिरिक्त भूधर ने आधे प्रहर से लेकर १६ प्रहर तक के समय में होने वाली मृत्यु की नाड़ी का उल्लेख किया है। इन पर अनुभव करने से मृत्युकाल निर्णय में बड़ी सरलता होती है।

---

१ - पादांगुलगा नाडी मन्दा-मन्दा यदा भवेद्।
पञ्चभिर्दिवसैस्तस्य मृत्युर्भवति नान्यथा।।

२ - क्षणाद् गच्छति वेगेन शान्ततां लभते क्षणात्।
सप्ताहान्मरणं तस्य यद्यंगं शोथवर्जिम्।। (भूधर)

३ - मुखे नाड़ी वहेत्तीव्रा, कदाचिच्छीतलावहेत्।
आयाति पिच्छिलः स्वेदः सप्तरात्रं न जीवति।। (रावण)

४ - देहे शैत्यं मुखे श्वासो नाडी तीव्रातिदाहिका।
मासार्ध जीवितं तस्य नाडीविज्ञातृभाषितम्।। (रावण)

५ - भूलताभुजगाकारा नाडी देहस्य संक्रमात्।
विशीर्णे क्षीणतां याति मासान्ते मरणं ध्रुवम्।। (कणाद)

चरक संहिता के इन्द्रिय स्थान से भी इस विषय में बहुत सहायता प्राप्त होती है। यदि ज्यौतिष सम्बन्धी ज्ञान से भी सहायता ली जाय तो बड़ा काम होता है। यद्यपि प्रत्येक कार्य में गम्भीर ज्ञान बड़ा कार्यकारी होता है तथापि इसमें रोगारम्भक काल की सही जानकारी हो तो साधारण पञ्चाङ्ग देखने के ज्ञान से भी काम चलाया जा सकता है।

स्वस्थ की मृत्युज्ञापिका नाड़ी

अभी तक पूरा साध्यासाध्य विवेक या काल-ज्ञान-प्रकरण अस्वस्थ के दृष्टिकोण से कहा गया है। कभी-कभी ऐसा होता है कि देखने में मनुष्य स्वस्थ है पर अचानक उसकी मृत्यु हो जाती है। इस दृष्टिकोण से रावण ने विचार करते हुए लिखा है कि :-

स्वस्थ मनुष्य की नाड़ी यदि बिना हथेली फैलाये नीचे प्रतीत हो और पुनः हथेली फैला देने पर सूक्ष्म गति वाली हो तो वह तीन दिन में मर जाता है [१]।

कणाद ने इसी विचार के अन्त में इतना और जोड़ दिया है :-

यदि हाथ ऊपर करने पर नाड़ी बिजली के वेग के समान हो तो वह मनुष्य सात दिन में मर जाता है [२]।

इस प्रकार नाड़ी द्वारा काल-ज्ञान अथवा साध्यासाध्य-विवेक प्राप्त कर तदनुकूल आचरण कर आप यश एवं विश्वास के पात्र बनें।

◆

---

१ - स्वस्थस्य तलगापूर्व नाडी स्यादप्रवर्तनात्।
भूयः प्रपञ्चनात्सूक्ष्मः त्रिदिनैर्म्रियतेनरः।। (रावण)
अप्रवर्त्तनात् के स्थान में अप्रपञ्चनात् पाठ भी उसी अर्थ में मिलता है।

२ - ऊर्ध्वहस्तं तडिद्वेगा सप्ताहेम्रियतेनरः। (कणाद)

अध्याय १६

दूत, भूत, आत्मा एवं विदेश

प्रसन्नता का विषय है कि कतिपय मनीषियों, चिन्तकों एवं अध्यवसायियों ने नाड़ी परीक्षा पर विशेष अभ्यास कर प्रत्यक्ष नाड़ी परीक्षा में उल्लेखनीय सफलता अर्जित कर ली है जिससे इस विज्ञान के विरोधियों को व्यवहारतः अच्छा उत्तर मिलता है। उनमें कुछ ने अपनी निष्ठा की चरमसीमा में अभ्यास कर अद्यावधि वर्णित शास्त्र से बाहर दूतनाड़ी, पाञ्चभौतिक नाड़ी व आत्मिक नाड़ी आदि पर विचार किया है। वे अनुसन्धानकर्त्ताओं एवं जिज्ञासुओं के लिये प्रेरणादायक हैं।

इस पुस्तक के लेखक की गति इस दिशा में नहीं है, फिर भी समसामयिक अन्य चर्चा का अभाव पुस्तक में न रहे इसलिये अध्याय के शीर्षक में कहे हुए विषयों की ओर संकेत कर देना आवश्यक है।

दूतनाड़ी - शास्त्र में रोगी के शुभाशुभ के दृष्टिकोण से दूत-परीक्षा लिखी हुई है। रोग या उसके लक्षण के दृष्टिकोण से विशेष दूत-परीक्षा का उल्लेख शास्त्र में प्रायः नहीं मिलता परन्तु कतिपय साधकों ने दूत की नाड़ी-परीक्षा कर रोगी के रोग लक्षणों का वर्णन करने की क्षमता प्राप्त कर ली है। उनके द्वारा किया हुआ निर्णय विस्मयजनक और सत्य प्रतीत होता है। उनके अभ्यास का अभिनन्दन होना चाहिये परन्तु अधिक उत्तम होता कि वे नाड़ी-परीक्षा के अन्य क्षेत्र में अपनी शक्ति लगाते क्योंकि यह कार्य विशिष्ट साधकों, योगाभ्यासियों और दैवीशक्तिसम्पन्न साधकों के लिए भले ही प्रशिक्षण के दृष्टिकोण से उपयोगी हो सकता है पर सामान्य साधकों के लिये इसकी कोई उपयोगिता नहीं। जहाँ तक शास्त्र-कर्म अथवा सामयिक विज्ञान की बात है वहाँ दूत-नाड़ी परीक्षा पर विचार करने से उलझनें, विसंगतियाँ सामने आ सकती हैं जो इस वैज्ञानिक पद्धति के लिये हानिप्रद हो सकती है।

पञ्चमहाभूत नाड़ी - आयुर्वेद ने पञ्चमहाभूतों की सत्ता पूर्णरूपेण स्वीकृत किया है। उसने चिकित्सा सौकर्य आदि के दृष्टिकोण से पञ्चमहाभूतों का पूर्ण प्रतिनिधित्व त्रिदोष (वात-पित्त-कफ) में आरोपित किया है जो अपने में इतना पूर्ण और वैज्ञानिक है कि आज तक इसके विरुद्ध कुछ न हो सका और न कुछ मिल सका। पञ्चमहाभूतों के प्रतिनिधि से तीन दोषों के लिये तीन ही अंगुलियों का निर्देश है। तीनों अँगुलियों के रखने योग्य श्रेष्ठतम स्थान मणिबन्ध की नाड़ी को ही त्रिदोष की परीक्षा के लिये सामान्यतः स्वीकार किया गया है। सर्वशास्त्र सम्मत-शाश्वत सत्य त्रिदोष-विज्ञान के ऊपर या उससे परे जाकर आयुर्वेदीय काय-चिकित्सा के लिये पञ्चमहाभूतात्मक नाड़ी-परीक्षा सामान्यतः हितकारी और ज्ञान-विज्ञान सम्मत नहीं हो सकती।

आत्मिक नाड़ी - उपर्युक्त दूतनाड़ी परीक्षा और पञ्चमहाभूतात्मक नाड़ी परीक्षा के ऊपर आत्मा की नाड़ी देखने का भी साहस किया जा रहा है। यद्यपि स्वस्थ के लक्षण प्रसन्नात्मा के विपरीत अप्रसन्न आत्मा से आत्मा के अप्रसन्न होने या विकास ग्रस्त होने की बात सामने आती है पर स्पष्ट कहा गया है कि आत्मा निर्विकार है और वह सत्व-महाभूत (त्रिदोष) गुण एवं इन्द्रियों से परे है [१]। यह बात केवल आयुर्वेद सम्मत ही नहीं अपितु सर्वशास्त्र सम्मत है। ऐसी स्थिति में आत्मा की नाड़ी परीक्षा में क्या, क्यों और कैसे देखा जा सकता है और आत्मिक नाड़ी-परीक्षा का इस समादृत नाड़ी-विज्ञान पर क्या प्रभाव पड़ सकता है ? इस पर गम्भीरतापूर्वक विचार करना चाहिये।

नाड़ी द्वारा विविध लक्षणों का परीक्षण - नाड़ी-परीक्षा द्वारा मुख्य रोग या मुख्य पीड़ा और साध्यासाध्य का निर्णय ज्ञान-विज्ञान-व्यवहार विशेषतः चिकित्सा के लिये शास्त्र में वर्णित है। यदि यह कार्य में नहीं आ सका तो नाड़ी-परीक्षा की कोई उपयोगिता नहीं। ऐसी अवस्था में दर्जन से ऊपर निर्णीत लक्षण-समूह का कोई तात्पर्य नहीं। चिकित्स्य, चिकित्सा और चिकित्सक का उससे विशेष लाभ नहीं होता। यही कारण है, जो चमत्कार और प्रचार के बावजूद भी ऐसे चिकित्सकों को यथोचित सम्मान नहीं मिल सका जो नाड़ी-परीक्षा द्वारा १५-१५ लक्षण लिखकर आश्चर्यचकित करने की क्षमता रखते हैं।

१- निर्विकारः परस्त्वात्मा सत्वभूतगुणेन्द्रियैः।

कुल मिलाकर हमारी भावना यह है कि साधकजन अतिशायिता से विमुख होकर वास्तविकता की ओर बढ़ें।

विदेशों में नाड़ी-परीक्षा - विश्व के प्रत्येक देश में नाड़ी-परीक्षा द्वारा रोग परीक्षण की कोई न कोई पद्धति अवश्य है परन्तु थाईलैण्ड, तिब्बत, श्रीलंका आदि में भारतीय आयुर्वेद की नाड़ी-परीक्षा का ही प्रायः अनुसरण किया जाता है।

तिब्बत में एक-एक अंगुलि में भारतीय आयुर्वेद में वर्णित नाड़ी-परीक्षा के एक स्थल के स्थान पर तीन-तीन स्थल बताये जाते हैं। प्रत्येक अंगुलि के तीन स्पर्श-स्थल से तीन विभिन्न व्याधियों या पीड़ाओं का निर्णय करने की बात यहाँ मानी गयी है। ऐसा पटियाला राजकीय आयुर्वेद महाविद्यालय में हुए अन्तर्राष्ट्रीय आयुर्वेदीय सेमिनार में एक वक्ता ने चित्र प्रदर्शित करते हुए बताया। इस पुस्तक का लेखक इस विषय में सर्वथा अनभिज्ञ और अदृष्ट कर्मा है। उसका इतना कथन अवश्य है कि यह विषय विचारणीय है।

थाईलैण्ड गये हुए हमारे एक मित्र ने बताया कि वहाँ नाड़ी परीक्षा हेतु रोगी के लिये विशिष्ट आसन की व्यवस्था है जिससे रोगी और वैद्य दोनों को सुविधा होती है। चाहे जो हो नाड़ी-परीक्षा के लिये सुविधाजनक विशिष्ट आसन का प्रचलन होना चाहिये।

आयुर्वेदीय नाड़ी-परीक्षा में सब कुछ स्पर्शतन्मात्रा का खेल है। इस दृष्टिकोण से यन्त्र-निर्माण की दिशा में भी पग बढ़ाये जा सकते हैं।

◆

अध्याय १७

पाश्चात्य दृष्टिकोण

नाड़ी-परीक्षा में निम्न बातों पर ध्यान दिया जाता है :-

१-गति, २-यति, ३-आयतन, ४-संहति, ५-शक्ति, ६-रक्तभार।

(१) गति (Rate) - स्वस्थावस्था में नाड़ी-गति प्रति मिनट की दर से पहले बता चुके हैं। यह स्मरणीय है कि नाड़ी की गति हृदय पर निर्भर है। हृदय जितना अधिक बलवान होगा नाड़ी उतनी ही तीव्र गति से चलती है।

हृदय की विशालता पर भी नाड़ी की गति निर्भर है। उसके बड़ा होने पर नाड़ी की गति कम होती है। यही कारण है कि सद्यः प्रसूत बालक की नाड़ी-गति प्रति मिनट सबसे अधिक होती है। पुरुषों की अपेक्षा स्त्रियों में नाड़ी गति १० अधिक होती है। यदि गर्भ की धड़कन प्रति मिनट १२० हो तो लड़का, यदि १४० हो तो लड़की समझनी चाहिए। गर्भस्थ लड़कों का हृदय बड़ा होने पर गर्भ की धड़कन १२० भी हो सकती है पर ऐसा बहुत कम होता है।

पैत्तिक ज्वर में नाड़ी-गति प्रति डिग्री ८ की दर से बढ़ जाती है। आंत्रिक ज्वर, त्र्याहिक ज्वर, शीर्षसौषुम्निक ज्वर, दण्डक ज्वर और वातश्लेष्म ज्वर में यह अनुपात उपर्युक्त दर से कम रहता है। स्वस्थावस्था में चलने-फिरने और व्यायाम आदि से नाड़ी की गति प्रति मिनट ८ कम हो जाती है। रक्त-भार के न्यून रहने पर नाड़ी की गति श्रम करने पर भी कम बढ़ती है। राजयक्ष्मा में भी इसी कारण नाड़ी गति न्यून रहती है।

(२) यति (Rhythm) - नाड़ी की समता-विषमता, समय और वेग के अनुसार देखी जाती है।

समयानुसार-इसमें यह देखा जाता है कि नाड़ी लगातार एक धारा में (एक रस होकर) चल रही है या कभी मन्द और कभी तीव्र चल रही है या बीच में लुप्त तो नहीं हो जाती।

वेगानुसार-इसमें यह देखा जाता है कि नाड़ी के प्रत्येक ध्यान का वेग सम है या विषम। कभी-कभी ऐसा देखा जाता है कि एक ध्मान मन्द या लुप्त हो जाता है पर उसी के बाद वाला ध्मान अति वेग से होता है।

(३) आयतन (Volume) - यह धमनी में आये हुए रक्त के परिमाण पर निर्भर करता है। कृश करने वाले रोगों (यथा राजयक्ष्मा आदि या जिन रोगों में शरीर से अधिक तरल निकल जाता है यथा विसूची आदि) में नाड़ी का आयतन कृश होता है।

जिन रोगों में रक्त का वेग बढ़ता है यथा ज्वर, रक्तपित्त का पूर्वरूप, क्रोध और उद्वेग आदि; उनमें आयतन अधिक स्थूल हो जाता है।

(४) संहति[१] (Elasticity) - इसमें धमनी की दीवारों की कठोरता और मृदुता देखी जाती है। यह स्मरणीय है कि ज्यों-ज्यों आयु बढ़ती जाती है त्यों-त्यों धमनियाँ अधिक कठोर होती जाती हैं [२]। वास्तव में बात यह है कि अधिक वातल युवा[३] की नाड़ी कम वातल वृद्ध से कठोर होती है। धमनी पर धीरे-धीरे अंगुलियाँ घुमाने से संहति का ज्ञान होता है।

कठोर धमनी रज्जुवत्[४] प्रतीत होती है। मृदु धमनी की दीवार अङ्गुलियाँ घुमाने मात्र से प्रतीत नहीं होती। कुछ दबाने से प्रतीत होती है। वृद्धावस्था, उपदंश, पुरातन अजीर्ण, वृक्करोग और यकृद्रोगों में धमनी कठोर हो जाती है। स्वस्थावस्था, कफप्रकृति अथवा मेदस्वी लोगों में धमनी की दीवार मृदु होती है।

१- संहनन

२- वायु के कारण कफ का कोप रहने पर नाड़ी मृदु होती है।

३- वस्तुतः जिस वृद्ध की नाड़ी मृदु है वह भले ही आयु में वृद्ध हो परन्तु स्वास्थ्य की दृष्टि से वह युवा है। इसी प्रकार जिस युवा की नाड़ी कठोर हो वह स्वास्थ्य की दृष्टि में वृद्ध है।

वृद्ध की कठोर नाड़ी अर्श (बवासीर) की नाड़ी के सदृश प्रतीत होती है। अतः कोष्ठबद्धता आदि के पश्चात् अर्श का निर्णय करना चाहिये।

४- रज्जुवत् का तात्पर्य रज्जु के समान एक लाइन में कठोरता से है। अर्श के समान तीनों अंगुलियों के स्पर्श स्थल से नहीं, जिनके बीच-बीच में अवकाश रहता है।

(५) शक्ति (Tension) - जितने अधिक बल से दबाने से नाड़ी का स्पन्दन बन्द होता है उतनी ही शक्ति अधिक होती है। इसके विपरीत जितने कम बल से स्पन्दन बन्द होता है शक्ति उतनी ही कम होती है। आयतन और शक्ति का अनुपात रोगों में इस प्रकार होता है :-

(क) विस्तृत आयतन और तीव्र शक्ति-अधिक रक्तभार, वातरक्त और पुरातन वृक्करोग में होती है।

(ख) विस्तृत आयतन और क्षीण शक्ति-महाधमनी रोग, तीव्र ज्वर और तीव्र संक्रमण में होती है।

(ग) संकुचित आयतन और तीव्र शक्ति-हृदयावसाद और अधिक रक्तभार में होती है।

(घ) संकुचित आयतन और क्षीण शक्ति-अति[१] क्षीणावस्था और हृदयावसाद में होती है।

नाड़ीगति का चित्र

आजकल नाड़ी की गति के चित्र लेने के दो प्रकार के यन्त्र प्रचलित हैं :-

(१) स्फिग्मोग्राफ (Sphygmograph) - इसमें नाड़ी की गति और स्वरूप दोनों तरंग के रूप में कागज पर चित्रित होते हैं।

(२) पालीग्राफ (Polygraph) - इसके द्वारा धमनी और सिरा दोनों की गति साथ ही कागज पर अंकित होती है जिसमें दोनों का तुलनात्मक ज्ञान सरलता से होता है।

इसमें २ बटन होते हैं एक को अंगुष्ठमूलीया धमनी पर लगाकर धमनी का चित्र लेते हैं। दूसरे बटन को अनुमन्यासिरा Jugular Vein पर लगाकर सिरा-गति का चित्र लेते हैं।

उपर्युक्त दोनों यन्त्रों की प्रयोगविधि विक्रेताओं से प्राप्त हो सकती है। ये यन्त्र अति प्रचलित नहीं हैं। रोग-ज्ञान प्रकरण में इनका विशिष्ट स्थान भी नहीं है। अतः इनके विस्तार एवं इनके द्वारा कागज पर उतरने वाले चित्रों के फेर में हम पाठकों को नहीं ले जायेंगे। इनके आविष्कार की जानकारी कराना मात्र ही हमारा उद्देश्य है।

१- विशेषतः राजयक्ष्मा में।

नाड़ी-सम्बन्धी पारिभाषिक शब्द

फ्रीक्वेण्ट (Frequent) - स्वस्थावस्था की अपेक्षा अधिक वेगवती गति।

इन्फ्रीक्वेण्ट (Infrequent) - स्वस्थावस्था की अपेक्षा न्यून स्पन्दन संख्या।

रेगुलर (Regular) - नियमित गति।

इर्रेगुलर (Irregular) - अनियमित गति।

इन्टरमिटेन्ट (Intermittent) - रुक-रुक कर चलने वाली।

फुल या लार्ज (Full या Large) - रक्त से पूर्ण नाड़ी।

स्माल (Small) - अल्प रक्तवाली या रिक्त नाड़ी।

थ्रेडीपल्स (Thready Pulse) - सूत जैसी कृश नाड़ी (क्षीणता में)।

हार्ड (Hard) - स्पर्श में कठोर नाड़ी।

साफ्ट (Soft) - मृदु नाड़ी।

जर्किंग (Jerking) - आघात-प्रतिघातयुक्त।

बाउंडिंग (Bounding) - उप्लुत्य गामिनी।

थ्रिलिंग पल्स (Thrilling Pulse) - कम्पनवती।

रक्तभार

रक्तभार मापक यन्त्र (Sphygmo mono meter) - हृदय के बायें क्षेपक कोष्ठ की मांसपेशियों के संकोच से उसमें आगत रक्त पर एक विशिष्ट दबाव अथवा भार पड़ता है। इस दबाव से प्रेरित रक्त महाधमनी में तदुपरान्त उसकी शाखाओं में जाता है। इस रक्त का जो दबाव रक्तवाहिनियों की दीवाल पर पड़ता है उसे रक्तभार कहते हैं जो मुख्तः हृदय की गति, रक्त की मात्रा, धमनियों के दीवाल की स्थिति तथा सूक्ष्म धमनियों के संकोच पर निर्भर है। यह विभिन्न प्रकार का होता है। यदि इस दबाव को नापा जा सके और उस नाप का एक मापदण्ड स्थिर किया जा सके तो रोगज्ञान और शरीर की विभिन्न परिस्थितियों की जानकारी में कुछ सरलता हो जायगी। इस दृष्टिकोण से प्रेरित होकर वैज्ञानिकों ने रक्त-भार-मापक यन्त्र का आविष्कार कर डाला।

इस यन्त्र के मुख्यतः तीन भाग होते हैं—

१. वायु को पम्प करने के लिये एक अण्डाकार रबर की थैली, जिसे बल्ब Bulb कहते हैं।

२. धमनी को दबाकर पूर्णतः रक्त गमन के अयोग्य बनाने के लिये पट्टी, जिसके भीतर प्रारम्भिक भाग पर रबर की थैली बनी रहती है। इसी में बल्ब द्वारा हवा भरी जाती है। इसे इलास्टिक बैग (Elastic bag) कहते हैं।

३. पारा भरा हुआ मीटर, जिसके दोनों ओर अथवा एक ओर माप के अङ्क लगे रहते हैं। इसे मर्करी मोनो मीटर (Mercury mono meter) कहते हैं। बहुत से यन्त्रों में मर्करी मोनो मीटर के स्थान पर अङ्कांकित घड़ी होती है पर यह मर्करी मोनो मीटर की अपेक्षा अच्छी नहीं मानी जाती है।

रक्तभार नापने की विधि - परीक्षक परीक्षणीय व्यक्ति की एक बाहु में इलास्टिक बैग को ठीक से बाँधकर सुला देगा। अपने दायें हाथ से परीक्षणीय व्यक्ति की बँधी हुई बाहु वाले हाथ की नाड़ी की परीक्षा करेगा अथवा श्रवण यंत्र (Stethscope) द्वारा उसी हाथ के कूर्पर स्थित धमनी में हृदय की गति देखता रहेगा। नाड़ी या हृदय -परीक्षा के प्रारम्भ से ही बल्ब के द्वारा इलास्टिक बैग में हवा भरना प्रारम्भ करेगा। इसी समय इस वायु के दाब से मर्करी मोनो मीटर में पारा अपने धरातल से ऊपर उठना प्रारम्भ होगा। अब एक ऐसी स्थिति आयेगी जबकि वायु के दबाव से बाहु की धमनी में बँधे हुए भाग के आगे नाड़ी की ओर रक्त का आगमन सर्वथा बन्द हो जायगा। परिणामतः स्टेथिस्कोप से हृदय की धड़कन सुनायी नहीं पड़ेगी और रक्त बहना बन्द होने के कारण नाड़ी की गति भी बन्द हो जायगी। ठीक इसी समय मर्करी मोनो मीटर में जिस अंक तक पारा उठा रहेगा उतना ही रक्तभार माना जायगा। मर्करी मोनोमीटर के स्थान में यदि घड़ी हो तो उसकी सुई जिस अंक पर पहुँचे उतना ही रक्तभार माना जायगा।

रक्तभार के दो भेद - इस प्रकार यह सिद्ध होता है कि जितने दबाव से धमनी की गति बन्द हो गयी उतना ही दबाव बाँयें क्षेपक कोष्ठ को रक्तप्रेषण के लिये डालना पड़ता है। इस प्रकार से जो रक्तभार मालूम होता है उसे आकुञ्चित या सिस्टोलिक (Systolic) रक्तभार कहते हैं। सिस्टोलिक रक्तभार मालूम होते ही बल्ब के नीचे लगी हुई पेंच को घुमा देते हैं। परिणामतः धमनी पर दबाव डालने वाली हवा निकलने लगती है और धमनी में वेग से रक्त आगे बढ़ता है। इसी समय मर्करी मोनोमीटर में पारा नीचे की ओर गिरने लगता है। नाड़ी में रक्तप्रवाह के अधिकतम वेग के समय यन्त्र में पारा जिस अंक तक पहुँचा रहेगा वही प्रसारीय या डाइस्टोलिक (Diastolic) रक्तभार कहा जाता है।

रक्तभार - मापनविधि

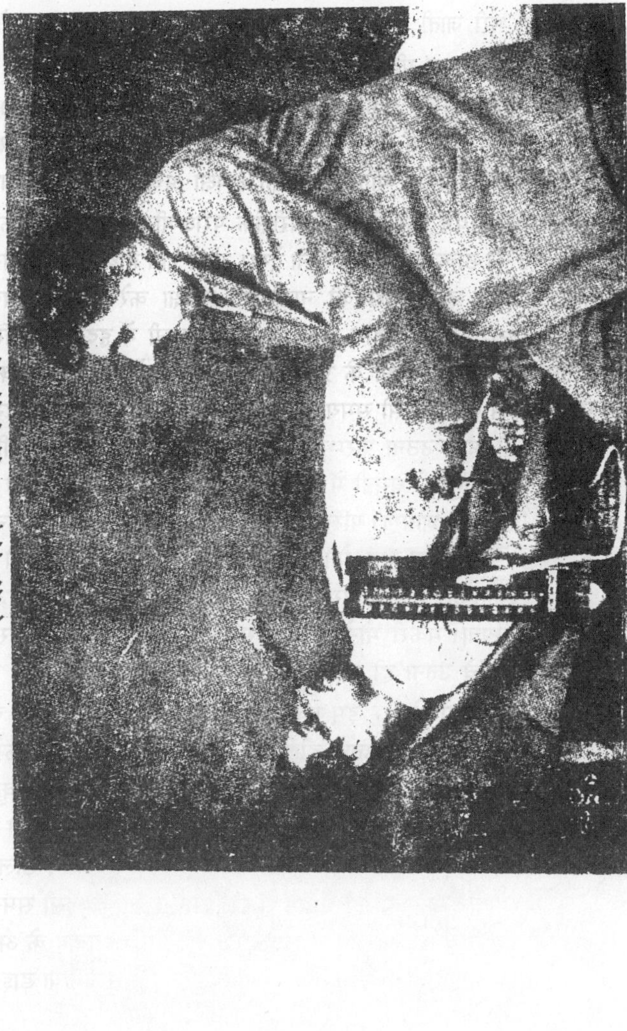

चिकित्सक — श्रद्धेय श्री पं. रामबिहारी जी शुक्ल, वाराणसी

रक्तभार मापने में सावधानी – सिस्टोलिक रक्तभार मालूम हो जाने पर इलास्टिक बैग में अधिक हवा नहीं भरनी चाहिये। अन्यथा पारा निश्चित रक्तभार के अंक से ऊपर उठकर भ्रम पैदा कर देगा। *दूसरी ओर रक्त के अधिक देर तक और अधिक रुक जाने से हृदय की गति बन्द हो सकती है या अन्यान्य आपत्तियाँ उठ खड़ी हो सकती हैं।*

विशेष स्वस्थावस्था में तरुण अथवा नारी का सिस्टोलिक (आकुञ्चित) रक्तभार साधारणतः १२० से १४० तक होता है। बाल्यावस्था में रक्तभार कुछ कम एवं वृद्धावस्था में रक्तभार कुछ अधिक होता है। क्रोध, भय, शोक, बड़बड़ाहट, जल्दबाजी एवं नींद आदि का प्रभाव भी रक्तभार पर कुछ पड़ता है। सामान्यतः रक्तभार निम्न बातों पर निर्भर करता है :-

१. हृदय की मांसपेशियों, २. धमनी की दीवालों, ३. धमनी की दीवालों की स्थितिस्थापकता, ४. रक्त का परिमाण। इन कारणों पर यहाँ प्रकाश डालना बहुत आवश्यक नहीं।

साधारणतः आयु की वार्षिक संख्या में ९० से लेकर १०० तक जोड़ने से स्वस्थावस्था का आकुञ्चित रक्तभार निकलता है। जैसे ३५ वर्ष की आयु में यह रक्तभार ३५ + ९० = १२५ अथवा ३५ + १०० = १३५ होगा। यह स्मरणीय है कि रक्तभार में १०-५ अंकों का अन्तर विशेष अन्तर नहीं माना जाता।

युवावस्था में या उसके बाद १०० से नीचे यदि आकुञ्चित रक्तभार हो तो उसे न्यून रक्तभार (लो ब्लड प्रेशर) कहना चाहिये। यही रक्तभार यदि ९० से कम हो जायगा तो मृत्यु हो जायगी।

तथोक्त आयु में ही १४५ से ऊपर आकुञ्चित रक्तभार होगा तो उसे उच्च रक्तभार (हाई ब्लड प्रेशर) माना जायगा। २४० के ऊपर यदि यह रक्तभार चला जाय तो सिरायें फट जायँगी और रोगी की मृत्यु हो जायगी।

धमनी रोग, उन्माद , भ्रम, मदात्यय, मधुमेह, रक्तपित्त, गर्भावस्था आदि में हाई ब्लड प्रेशर होता है। हाई ब्लड प्रेशर सामान्यतः ४० वर्ष की आयु के पश्चात् होता है। डाइस्टोलिक ब्लड प्रेशर युवावस्था में साधारणतः ७९-९० होता है। हृद्रोग, रक्ताल्पता, प्रसव, वमन-विरेचन, अतिसार, रक्तातिसार और धातुक्षय आदि में लो ब्लड प्रेशर होता है।

औषधियों, यौगिक क्रियाओं एवं कतिपय उपायों द्वारा रक्तभार को न्यून या अधिक किया जा सकता है।

स्वस्थ रक्तभार-कोष्ठक

आयु	आकुञ्चित रक्तभार	प्रसारीय रक्तभार	अन्तर
१०-१४ वर्ष	११०	७२	३८
१४-१९	११८	७८	४०
२०-२४	१२०	८०	४०
२५-२९	१२२	८१	४१
३०-३४	१२३	८२	४१
३५-३९	१२४	८३	४१
४०-४४	१२६	८४	४२
४५-४९	१२८	८५	४३
५०-५४	१३०	८६	४४
५५-५९	१३२	८७	४५
६०-	१३६	९०	४६

नोट - आकुञ्चित रक्तभार १६० से अधिक और प्रसारीय १३० से अधिक हो तो अशुभ समझिये। परन्तु कतिपय लोगों में महाधमनी के पतली रहने के कारण जन्म से ही उच्च रक्तभार रहता है।

विशेष - स्त्रियों में दोनों ब्लड प्रेशर पुरुषों की अपेक्षा १० कम होते हैं।

डाइस्टोलिक (प्रसारीय) रक्तभार स्वस्थ व्यक्ति में ६०-९० के बीच रहता है। आकुञ्चन और प्रसारीय रक्तभार में ३०-६० तक अन्तर स्वस्थ व्यक्ति में रहता है। इससे कम या अधिक अन्तर रोगसूचक है।

अध्याय १८

विशेषक

कई परिस्थिथों एवं रोगों में एक ही शब्द या एक ही प्रकार की नाड़ी गतियों अथवा उनके लिये मिलते-जुलते एक ही प्रकार के शब्द प्राप्त होते हैं। उनके रहस्य को समझना बड़ा कठिन है। यह कठिनाई नाड़ी परीक्षा में एक ही रोग का निर्णायक नाम लेने में बहुत बड़ी बाधा है। उन रहस्यों को भेदन कर रोग के लिये एक ही नाड़ीगति का उल्लेख करना सामान्य बात नहीं है, पर यह आवश्यक ही नहीं अनिवार्य कर्त्तव्य है कि विभिन्न रोगों के लिये उन मिले-जुले शब्दों का अन्तर या विशेषक पठकों व पाठकों के सामने रखा जाय जो लेखक के ज्ञान की सीमा के बाहर है क्योंकि नाड़ीगति के लिये सटीक शब्द, उनका स्पर्श में अनुभव और उस अनुभव को सटीक शब्द में लिपिबद्ध करना असम्भव है पर उसने दुस्साहस किया है, इसलिए कि तद्विद्य सामने आयें और लेखक को आशीर्वाद की भावना से ओत-प्रोत हो अपने विचार प्रगट कर नाड़ी परीक्षा की जटिलताओं को कम करने में सहायक हों। विभिन्न ग्रन्थों में विचित्र प्रकार के विभिन्न शब्द प्राप्त होते हैं जिनका अर्थ भी समझना आवश्यक है। नाड़ी परीक्षा के तद्विद्यों को नाड़ी परीक्षा के समस्त शब्दों और समस्त भावों में एकात्मता - एकरूपता-एकार्थता लाने का उदार प्रयास करना चाहिये। इस विज्ञान को सरल-सुबोध-सुकर करना समय की प्रबल माँग है। शब्दों से ऊपर बढ़कर यह सुबोध और क्रियात्मक बन सके तो इसका दर्प चरितार्थ हो सकेगा।

लेखक अपने ज्ञान-विज्ञान - अनुभव से निम्नलिखित शब्दों को विचारकों की सेवा में उपस्थित कर रहा है:-

मन्द - मन्दाग्नि, क्षीणधातु , यक्ष्मा, अतिसार , ग्रहणी विकार व अरिष्ट (१ दिन के भीतर मृत्यु) में जो नाड़ी की गतियाँ हैं वे सब मन्द या इससे मिली-जुली चलती हैं। स्पन्दनों की संख्या भी मिली-जुली है।

मन्दाग्नि एवं क्षीणधातु – में नाड़ीगति मन्दतर होती है। इस गति में स्पन्दन क्षीण होते हैं। तनिक भी बल या भार या शक्ति उसमें नहीं प्रतीत होती। लेकिन तीनों अंगुलियों से तनिक दबाव डालने पर प्रयत्न करने से स्पन्दन प्रतीत होते हैं। उपर्युक्त नाड़ी गति के अतिरेक का सटीक उदाहरण यक्ष्मा (इसमें मन्दाग्नि, क्षीणधातु के परिणामस्वरूप सभी धातुओं का क्षय होता है) में प्राप्त होता है। विशेषतः उस समय जब रोगी मुमूर्षु होता है। यह स्पष्ट सत्य है कि रोगी की आयु 'परंदिन सहस्त्राणि' अर्थात् अधिकतम १ हजार दिन या तीन वर्ष है। मरने के सप्ताह भर पूर्व से नाड़ी के स्पन्दन मन्दतर होते हैं। इतने कि "नाड़ी गति नहीं है या रोगी मर गया" कह देने की इच्छा वैद्य में होती है पर उसके बाद भी रोगी २-३ दिन जीता है और, अतिशय प्रयत्न करने पर नाड़ी गति क्षीणतम या मन्दतर प्रतीत होती है। यक्ष्मा की सामान्य अवस्था में "रोगों का नाड़ी पर प्रभाव" अध्याय में नाग (हाथी) की गति पर ध्यान दें जो उठे हुए पैर की धीरे-धीरे या मस्ती से रखता है।

अतिसार में मन्द गति स्पष्ट प्रतीत हो जाती है पर विसूचिका (हैजा) में मणिबन्ध पर नाड़ी चलती ही नहीं। प्रयत्न करने पर कूर्पर, कक्षा या मन्या में नाड़ी मन्द गति से प्रतीत होती है। विसूचिका के अतिरिक्त अन्य रोगों के अरिष्ट (निश्चित मरण चिह्न) में नाड़ी स्थानच्युत होती है।

ग्रहणी विकार अथवा संग्रहणी में नाड़ी मृत सर्प के समान चलती है। यहाँ अतिशयोक्ति है क्योंकि मृत सर्प में नाड़ी गति होती ही नहीं। उसकी समानता का प्रश्न कहाँ उठता है? यहाँ मृत सर्प का तात्पर्य मुमूर्षु सर्प से है। मरने के निकट सर्प रुक-रुक कर क्षीण शक्ति से श्वास लेता है। मनुष्य आदि सभी प्राणी ऐसे ही श्वास लेते हैं। ग्रहणी विकार में रह-रहकर या रुक-रुककर अत्यन्त क्षीण शक्ति वाले स्पंदन वैद्य की अंगुलि पर प्रतीत होते हैं। इनके स्पर्श करने के लिये अतिशय एकाग्र होकर वैद्य को प्रयास करना पड़ता है। यह अति मन्दाग्नि और क्षीणधातु का परिणाम है। विशेषतः उस समय जब रोग का दौरा प्रबल होता है।

क्षीण से तात्पर्य शक्ति की न्यूनता से है। यह नाड़ी अपना उभार थोड़ी कठिनाई से प्रतीत होने देती है जैसे मूर्च्छा में व ईमानदार के स्वाभिमान नाशजन्य चिन्ता से ओजक्षय में नाड़ी के स्फुरण वैद्य की अंगुली विशेषतः तर्जनी में नोकीले आकार के प्रतीत होते हैं। उसमें मन्दता कम रहती है।

ध्यान दें ! ओजक्षय का तात्पर्य ओजो ह्रास है। क्योंकि ओजक्षय में मृत्यु होती

है। तब नाड़ी स्फुरण का प्रश्न ही नहीं रहता। ओज वास्तव में आत्मबल से सम्पर्कित-सम्बन्धित है। सामान्यतः दूष्यों के क्षय का इस पर उतना प्रभाव नहीं पड़ता जितना आकस्मिक भय और स्वाभिमान (अभिमान) नाश का पड़ता है।

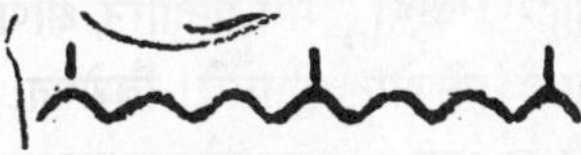

मृतसर्प समा या अणुस्पन्दा — ग्रहणी विकार में।

स्वाभिमान नाश की बात ऊपर लिखी है। विशेषतः नौकरी करने वाले ईमानदार इससे तब पीड़ित होते हैं- जब उनके ईमान पर धक्का लगता है। वे सामान्य स्वस्थ रहते हैं, हँसते रहते हैं पर मन में चुभन, एक टीस और घटना जमी रहती है। इसमें तर्जनी पर नोकीले उभार होते हैं।

भय (विशेषतः आकस्मिक भय) जन्य ओजक्षय में चेहरा उड़ा रहता है। धूमिल रहता है। मुस्कराहट या हँसी नहीं आती। नाड़ी क्षीण और मन्द होती है, उसमें नोकीले उभार नहीं होते।

तनु - से तात्पर्य पतली रेखा या नाड़ी की न्यूनतम मोटाई से है।

अणु स्पन्द का तात्पर्य बिन्दु के समान से है। इस स्पन्दन में स्फुरणों की स्वाभाविक लम्बाई , मोटाई और दबाव में बेहद न्यूनता होती है। बहुत प्रयत्न करने पर बिन्दु के समान स्फुरण अंगुलि के मध्य में मिलेंगे जैसे महाजीर्ण में। इस रोग में सूखे मल से अत्यन्त रुकावट होती है। यहाँ तक कि सात-सात, आठ-आठ दिन तक रोगी को तनिक भी मल नहीं निकलता। भस्मक (तीक्ष्णाग्नि) रोग भी नहीं होता है। उस सूखे मल के दबाव से नाड़ी के स्फुरण अणु के समान प्रतीत होते हैं।

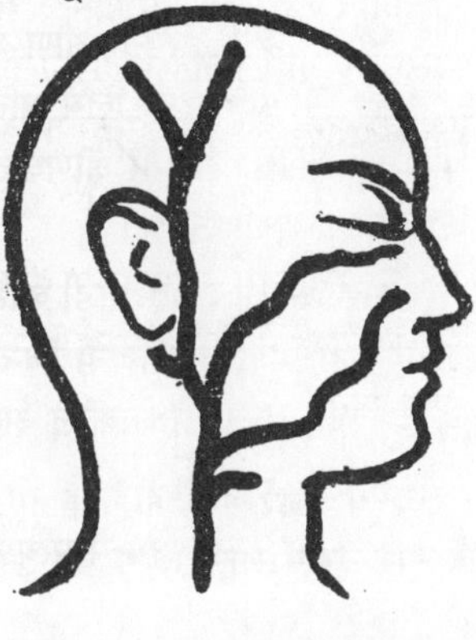

मृत की नाड़ी — पुरुष और नारी की दोनों ओर की मान्या नाड़ियाँ अच्छी तरह स्पर्श करने पर न फड़कती हों तो उसे मृत जाने।

विचित्र

(क) **बलवती** - बलवान स्फुरण वाली, उच्च रक्तचाप में। कठोर और गरीयसी के बीच में। स्फुरण-पित्त वात दोष के समान।

(ख) **स्तब्ध** - जकड़ी सी, उभार कठोर पर कमजोर वेग वाले। जैसे-कुछ मोटे रबर की नलिका में रुक-रुक कर जल आये।

(ग) **आप्यायती** - तृप्त, कफ दोष में हंस गति समान, उभार उससे अधिक और कफ से भरे हुए के समान।

"स्थित्वा स्थित्वा चलति"- से तात्पर्य है कि नाड़ी के स्पन्दन कुछ क्षण रुक-रुककर होते हैं और वैद्य की अंगुली में रुक-रुककर प्रतीत होते हैं। यह गति प्राणनाश का ज्ञान कराती है। प्रतिज्ञा यह है कि प्रत्येक स्पन्दन के बाद रुकावट हो।

स्थान विच्युता - "रोगों का नाड़ी पर प्रभाव" अध्याय में विसूचिका देखें।

अणुस्पन्दा - इसमें नाड़ी वैद्य की अंगुली में बिन्दु के समान स्पर्श करती है। अर्थात् अंगुली में अत्यन्त न्यून स्थान (दायरे) में स्पर्श की अनुभूति होती है।

सूक्ष्मा - इसमें रोगी की नाड़ी पतली (मोटाई में कम घेरे वाली होती है।

सूक्ष्मतमा - अत्यन्त पतली डोरे के समान घेरे वाली होती है।

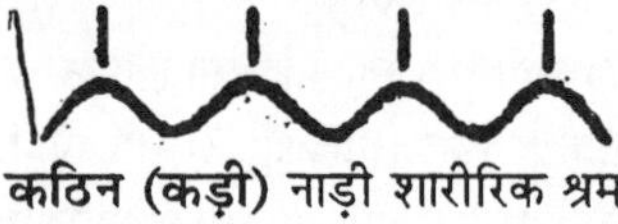

सूक्ष्मतमा — अत्यन्त पतली।

कठिन (कड़ी) नाड़ी शारीरिक श्रमशील वृद्धों में होती है। इसमें स्फुरण तो पृथक्-पृथक् होते हैं पर वे लगातार तारतम्य बनाये रहते हैं। परिणामतः वैद्य की अंगुलियों में स्फुरणों का ऊपरी हिस्सा अलग-अलग नहीं प्रतीत होता। ऐसा प्रतीत होता है कि वैद्य की अंगुलियाँ डण्डे को स्पर्श कर रही हैं। इसमें स्फुरणों के बीच में विराम बहुत कम प्रतीत होतें हैं।

स्थूलतम या कठोर या दृढ़वाहिनी श्रमिक वृद्धों में मोटी और कड़ी, लगातार एक गति।

जड़ा - अर्श में नाड़ी की कठोरता लगभग वृद्धों जैसी होती है या उससे कम होती है। पर कठोरता या भारी दबाव के साथ उसमें स्फुरण वैद्य की अंगुलियों

में स्पष्ट प्रतीत होते हैं। इसमें श्रमशील वृद्ध की नाड़ी की अपेक्षा स्फुरणों के बीच-बीच में स्पष्ट उचित विराम से प्रतीत होते हैं।

अजीर्ण रोग की नाड़ी से अधिक और श्रमशील वृद्धों की नाड़ी के दबाव से कम दबाव या काठिन्य इसमें होता है।

बहुत लोगों को अर्श रहने पर भी उसका अनुभव नहीं होता जब वे अपने में घनघोर कब्जियत बताते हैं तब उनको समझाया जा सकता है या स्पष्ट मांसांकुर दिखाई पड़ें या रक्तार्श हो अथवा क्रिमि और खुजली रोग न होने पर भी गुदा में खुजली हो। छोटे बच्चों में उदरस्थ कृमि में गुदा में खुजलाने में स्पष्ट हाथ में नन्हें-नन्हें कीड़े आ जाते हैं। मातायें गुदा में चूना लगने या खुजली होने पर बच्चों की गुदा से खुजली के कृमि स्पष्ट निकाल लेती हैं।

भारी, गरीयसी, गुर्वी व भरिता - से तात्पर्य आम (कीचड़ के समान) से भरी हुई नाड़ी से है।

गरीयसी या गुर्वी - रबर की नली में अत्यन्त गाढ़ा तरल भरकर ऊपर से दबाने से उत्पन्न अनुभूति जैसी अनुभूति इसमें होगी। विशेषता यह होगी कि दो अंगुलियों के बीच के खाली स्थान की अनुभूति इसमें होगी। यह नाड़ी अजीर्ण में मिलती है।

स्तब्ध - श्रमशील वृद्धों जैसी, पर इसमें स्फुरण की अनुभूति अपेक्षाकृत अधिक होगी। गरीयसी या गुर्वी नाड़ीगति में कथित रबर से कुछ मोटे रबर की नलिका में गाढ़ा द्रव भरकर पड़ने वाले दबाव के समान अनुभूति इसमें होगी। कफ की नाड़ी जैसी मन्द गति इसमें नहीं होगी।

आप्यायती - खूब भरपेट भोजन कराकर इस गति का अनुभव होगा।

चंचला या चपला - इसका तात्पर्य अत्यन्त तीव्रगति से है। इसके स्फुरणों को गिना नहीं जा सकता जैसे वात ज्वर या वातोल्वण सन्निपात में, विशेषतः यह गति वैद्य की तर्जनी के नीचे अधिक अनुभूत होती है। मदात्ययजन्य दाह में भी ऐसा होता है। वात ज्वर या वातोल्वण सन्निपात से अलगाव अन्य लक्षणों से होता है या मदात्यय में इतिहास से निर्णय करने में सुविधा होगी।

दीर्घा - इसमें नाड़ी के स्फुरणों में मोटाई कठिन और गरीयसी के बीच में होगी। स्फुरणों के बीच में अन्तर भी कम होगा। तीन अंगुल की पतली रस्सी को

बीच में दो अंगुलियों के बीच वाले दोनों स्थानों पर सन या रूई का रेशा हटाकर रस्सी का स्पर्श कर इसका अनुभव होगा।

दीर्घा — अंगुलि मध्य के नीचे तो अनुभूति होगी ही, परन्तु तीनों अंगुलियों के बीच के दोनों सन्धियों में द्रुत वेग के कारण अंगुलि तल के समान उभार प्रतीत करानेवाली, पित्तोल्वण सन्निपात में।

पृथुला या स्फार - चिपटी या फैली हुई सी। अन्त्रवृद्धि में विशेषतः अनामिका अंगुली के नीचे। अर्श में स्पर्श अंगुलियों के मध्य में अधिक प्रतीत होता है पर अन्त्रवृद्धि में स्पर्श अंगुलिमध्य के चारों ओर अधिक क्षेत्र में होता है। अर्श में अनामिका के नीचे स्पर्श कमजोर और कम क्षेत्र में होता है, इसमें अनामिका के नीचे स्पर्श बलवान और अधिक क्षेत्र में होता है।

बलवती - उच्च रक्तचाप के वेग में नाड़ी बलवान स्फुरण वाली होती है। वह वैद्य की अंगुलियों पर अधिक दबाव (उभार) देती है पर उसमें कठोरता नहीं होती। वह स्फार या पृथुला या चिपटी भी नहीं होती। गोलाई के उभार के सदृश होती है। यही स्वस्थ में सामान्य उभारयुक्त और शक्तियुक्त होती है।

नाड़ी के स्फुरणों में अवरोध - सामान्य स्थिति में न्यूनतम ३० स्फुरण लगातार एक क्रम से चलने का तात्पर्य रोगी सामान्य स्वस्थ है। यहाँ रोग या दोष प्रकोप की नाड़ी की बात नहीं है पर लाखों में एक ऐसे सामान्य स्वस्थ मिलते हैं जिनमें ३० स्फुरणों के बीच में ही २-३ स्फुरण नहीं होते।

उच्च रक्तचाप कम होने पर या अन्यान्य हृद्रोगों में भी प्रायः बीच-बीच में २-३ स्फुरणों का अनुभव सर्वथा नहीं होता। तात्पर्य यह है कि ऐसी स्थिति में घबड़ाहट-पीड़ा आदि होती है पर प्राण संकट नहीं होता। न्यून रक्तभार में भी ऐसा होता है। ऐसी अवस्था में रोग के प्रति विशेष सावधानी रखनी चाहिये।

उपर्युक्त एक दिशा निर्देश मात्र है जिससे आगे शब्दों का-भावों का-सही एवं क्रियात्मक अर्थ लग सकेगा।

इस अध्याय में वर्णित नाड़ी परीक्षा सम्बन्धी शब्दों को "विशेषक चित्र" एवं शब्दकोष (अध्याय २१) से समञ्जन कर निर्णय अपेक्षित है।

अध्याय १९

कठिनाइयाँ

छ शास्त्र ये हैं :-

१ - न्याय	४ - दर्शन
२ - वेदान्त	५ - ज्योतिष
३ - व्याकरण	६ - छन्द

परन्तु प्रस्तुत प्रसंग में इनका कोई अर्थ नहीं है। यहाँ पर शास्त्र का तात्पर्य सिद्धान्त, लेख या थ्योरी से है। इसी पक्ष में लिखे गये साहित्य को, शब्द को कैसे व्यक्त किया जाय जिससे उसका निर्दुष्ट, अविकल, विचिकित्सा रहित (संशय रहित) और निर्विवाद भाव प्रकट हो - अभिव्यक्ति हो। इससे आगे बढ़कर उसे सामान्य चिकित्सक समझ सकें, स्वीकार कर सकें, ग्रहण कर सकें और, यदि चिकित्सकेतर ज्ञान-विज्ञान सम्पन्न जन समझ सकें तो सोने में सुगन्ध हो जाय।

प्रत्येक कर्म शास्त्र का अनुसरण करता है। शास्त्रीय विधि से परे हटकर किया हुआ कर्म अपने उद्देश्य में सफल नहीं होता। ऐसी स्थिति में नाड़ी-परीक्षा के शास्त्र को, शब्द को, ज्ञान की कर्म के रूप में कैसे परिणति हो और कर्म के दृष्टिकोण से उसका भाव क्या है? तात्पर्य क्या है? यह कैसे जाना जाय? उससे आगे बढ़कर रोगी परीक्षा में उसका सही या अविकल प्रयोग कैसे हो? अभिव्यक्ति कैसे हो? यह ज्वलन्त प्रश्न है। यद्यपि अमरसिंह के अनुसार आयुर्वेद मूलतः ज्ञान है और विज्ञान उसका विरोधी है। अधिक व्याख्या में न जाकर हम इतना ही कहेंगे कि मोक्षफलिका धी (बुद्धि = धारणा) का नाम ज्ञान है और उससे भिन्न बुद्धि का नाम विज्ञान है, हस्तकौशल है। नाड़ी देखना एक अनुभवजन्य कर्म है। वह शिल्प नहीं है। उसके शब्दों को अनुभव करना एवं व्यक्त करना महाकठिन है। पर जो कुछ भी अनुभूति और अभिव्यक्ति है, वह अनिर्वचनीय और चमत्कारिक है।

नाड़ी-परीक्षा का मूल 'कूर्म' (पान्स) स्पष्ट व्याख्यात है (नाड़ी दर्शन) पर :-

स्त्रीणामूर्ध्वमुखः कूर्मः पुंसां पुनरधोमुखः।
अतः कूर्मव्यतिक्रान्तात् सर्वत्रैव व्यतिक्रमः।।
लक्ष्यते दक्षिणेपुंसां या च नाड़ी विचक्षणैः।
कूर्मभेदेन वामानां वामे चैवावलोक्यते।।

अर्थात् स्त्रियों में ऊर्ध्वमुख कूर्म है और पुरुषों में अधोमुख है। पुरुषों में जो नाड़ी दक्षिण में लक्षित होती है वही कूर्मभेद से स्त्रियों में बाँयें देखी जाती है।

— वसवराज एवं कणाद।

यह कूर्मभेद आज तक स्पष्ट नहीं हो सका। शरीर शास्त्री-अनुसन्धाता-ज्ञानी-विज्ञानी इस पर प्रकाश डालने की कृपा करें।

और भी -

प्रायः स्फुटा भवति वामकरे वधूनाम्,
पुंसां च दक्षिणकरे तदियं परीक्षा। (योगरत्नाकर)
वामभागेस्त्रियोयोज्या,
नाड़ी पुंसां तु दक्षिणे। (भूधर)

उपर्युक्त श्लोकों के ऊपर एक ज्वलन्त प्रश्न यह उठता है कि तृतीया प्रकृति या नपुन्सकों (चरक संहिता शा. २/२५ चक्रपाणि) के कौन हाथ की नाड़ी देखी जायगी। पुरुष-स्त्री चिन्हों के आधिक्य या बल के आधार पर या अन्य प्रकार से!

आयुर्वेद में पंच महाभूत को सर्वस्व एवं त्रिदोष को चिकित्सा का सिद्धान्त स्वीकार किया गया है। प्रस्तुत प्रसंग में इसके रहस्य में न जाकर रोगिपरीक्षा के साधनों में सर्वोपरि नाड़ी परीक्षा तर्जनी-मध्यमा-अनामा नामक ३ अंगुलियों की सत्ता, इयत्ता, महत्ता स्वीकार करते हुए बतायी गयी है :-

(१) क - वातेऽधिके भवेन्नाड़ी प्रव्यक्ता तर्जनी तले। ...... (रावण)

ख - आदौ च वहते वातो .... (कणाद)

ग - आदौ वातवहा नाड़ी .... (रावण)

अर्थात् क - वाताधिक्य में नाड़ी वैद्य की तर्जनी अंगुली के नीचे प्रव्यक्त (अच्छी प्रकार स्पष्ट) होती है।

ख - वात आदि में या तर्जनी अंगुली के नीचे बहता है। ध्यान दें, वहते शब्द वह प्रापणे धातु से बना है जिसका तात्पर्य है - वात तर्जनी अंगुली के नीचे प्राप्त होता है।

ग- आदि (प्रारम्भ) में वात वहा नाड़ी है।

(२) क- पित्तेव्यक्ताथ मध्यायां....(रावण)

ख- मध्येपित्तं तथैव च ....(कणाद)

ग- मध्ये वहति पित्तला.....(रावण)

अर्थात् क- पित्त प्रकोप में मध्यमा अंगुली में नाड़ी स्पष्ट होती है।

ख- मंध्य अंगुली में पित्त स्पष्ट होता है।

ग- मध्य में अर्थात् मध्यमा अंगुली के नीचे पैत्तिक नाड़ी प्राप्त होती है।

(३) क- अन्ते च वहते श्लेष्मा....(कणाद)

ख- अन्ते श्लेष्म विकारेण....(रावण)

सामान्यजन उपर्युक्त उद्धरणों का अर्थ लगाते हैं- तर्जनी अंगुली के नीचे वात, मध्यमा अंगुली के नीचे पित्त एवं अनामिका अंगुली के नीचे कफ बहता है जैसे कोई द्रव या तरल बहता है पर यह अर्थ गलत है क्योंकि रक्त में तीनों दोष साथ ही मिलकर बहते हैं।

प्रश्न यह है कि वायु तर्जनी अंगुली ही के नीचे, पित्त, मध्यमा अंगुली के ही नीचे एवं श्लेष्मा (कफ), अनामिका अंगुली के ही नीचे क्यों प्राप्त होता है ?

ज्ञातव्य तथ्य यह है कि तर्जन या प्रताड़ना में तत्क्षण तर्जनी अंगुली ही आवेश के साथ सामने आती है और, तर्जन वात का विषय है।

मध्यमा अंगुली से ही प्रायः ललाट पर तिलक लगाया जाता है और, वैष्णवों के अनुसार मध्यमा अंगुली से तिलक लगाने से आयु या अग्नि बढ़ती है।

और, अनामिका सबसे कम हिलने-डुलने वाली अंगुली है। यह सभी वैद्य जानते हैं कि कम हिलना-डुलना कफ के कारण होता है क्योंकि कफ आलसी होता है।

हमारे कहने का तात्पर्य है कि वात से प्रकुपित रक्त स्वतः वैद्य की तर्जनी अंगुली की ओर चुम्बक के सदृश तेजी से बलपूर्वक दौड़ता है, पित्त से प्रकुपित

रक्त मध्यमा अंगुली एवं कफ से प्रकुपित रक्त अनामिका अंगुली की ओर स्वाभाविक रूप से दौड़ता है। क्यों ? रचना शारीर एवं क्रिया शारीर के विद्वान् इस पर प्रकाश डालें। दार्शनिक और अन्यान्य वैज्ञानिक भी इस ओर ध्यान दें।

"नाड़ी दर्शन" में शब्दकोष प्रकरण में नाड़ी परीक्षा के शब्दों की व्याख्या का प्रयास किया गया है पर उससे लेखक सन्तुष्ट नहीं है। लाचारी में विद्वानों का ध्यान आकृष्ट करने का वहाँ प्रयास किया गया है।

नाड़ी परीक्षा के न्यूनतम ६० शब्द वर्णना शक्ति के ऊपर हैं, अस्पष्ट हैं। एक दूसरे से मिलते-जुलते हैं। उनके अर्थों को स्पष्टतया अलग-अलग नहीं किया जा सका है।

उदाहरण के लिए —

द्रुत-कठिन-जड़ बलवती-स्फार पृथुला, कृश- गम्भीर-जड़ मन्द-क्षीण-मृतसर्प समा-विलीन-मन्थर-मृदु-शिथिल-अणुस्पन्द-तलगा एवं दीर्घ-दृढ़वाहिनी-पिच्छिल-प्लावयन्ती-बलवती-आप्यायती-स्तब्ध- अनृजु-समा आदि बहुत से अनेक स्थानों पर शब्द हैं जिनकी अभिव्यक्ति न होने से नाड़ी परीक्षा आगे नहीं बढ़ रही है।

यह सत्य है कि नाड़ी परीक्षा से जो कुछ रोग-ज्ञान होता है वह स्पष्ट और महत्वपूर्ण होता है। प्रतिज्ञा यह है कि वहाँ विडम्बना न हो।

यह भी याद रखा जाय कि नाड़ी परीक्षा को, आयुर्वेद का विज्ञान बनने दिया जाय। सारे भारत में- सारी दिशाओं में विज्ञान आगे बढ़े पर व्यक्ति की शक्ति कुण्ठित न हो।

नाड़ी द्वारा रोगीपरीक्षा पर अश्विनी कुमार, भारद्वाज, आत्रेय, अँगिरा, भेड़, हारीत, कणाद , नन्दी, रावण, शार्ङ्गधर , वसवराज आदि ऋषियों और आचार्यों ने विचार किया है।

चरक संहिता इन्द्रिय स्थान अ. ३ में स्पष्ट लिखा है कि-

तस्य चेन्मन्ये परिमृश्यमाने न स्पन्देयातां, परासुरिति विद्यात्।

अर्थात् यदि रोगी की दोनों ओर की मन्या नाड़ियों में स्पर्श करने पर स्पन्दन न मालूम हो तो जानना चाहिये कि वह शीघ्र ही प्राणत्याग कर देगा।

दर्शनस्पर्शनप्रश्नैः परीक्षेताथरोगिणम्।

और

पंचभिर्ज्ञानेन्द्रियैः परिप्रश्नेनचेति।।

इत्यादि रोगीपरीक्षा प्रकारों में स्पर्शन परीक्षा या स्पर्शेन्द्रिय परीक्षा उष्णशीत भावों के अतिरिक्त स्पन्दन अथवा नाड़ी स्पन्दन पर भी लागू है।

चरक, सुश्रुत, अष्टांग हृदय (वृद्धत्रयी), भावप्रकाश (मध्यत्रयी) और शार्ङ्गधर संहिता (लघुत्रयी) में नाड़ी परीक्षा का वर्णन है। ऐसी स्थिति में नाड़ी परीक्षा आर्ष या आचार्य प्रतिपादित नहीं है, यह कहना अनुचित है। हाँ, यह अवश्य है कि चरक संहिता के "पराधिकारे नहि विस्तरोक्तिः" प्रतिज्ञा वाक्य के अनुसार विस्तार से वहाँ नहीं कहा गया है। इसी प्रकार योग-अध्यात्म ज्योतिष आदि के विषयों में भी संकेत किये गये हैं जिनका अपने स्थानों पर विस्तार से वर्णन है। इसलिये भी कि ऋषियों ने, आचार्यों ने आयुर्वेद को 'त्रिविधशिष्यबुद्धिगम्य' लिखा है। विशेषज्ञों के लिये-बहुश्रुतों के लिए तत्तद् विषयों के ग्रन्थों में यथेष्ट वर्णन है। यही स्थिति नाड़ी परीक्षा की भी है। विशेषज्ञ और बहुश्रुत इस ओर आगे बढ़ें।

अध्याय २०

पश्चात् कर्म

हस्त प्रक्षालन – नाड़ी देखते समय रोगी के हाथ से वैद्य के हाथ का सम्पर्क होता है। इसलिये आवश्यक है कि वह नाड़ी देखने के बाद अपना हाथ स्वच्छ जल (विशेषतः उत्तम सुगन्धित कृमिनाशक जल यथा कर्पूरवासित जल) से भली भाँति धोकर[१] तौलिया से पोंछ लें, जिससे संक्रमण न हो।

यह स्मरणीय है कि यथा सम्भव प्रत्येक रोगी देखने के बाद ऐसा करें। यदि यह सम्भव न हो तो कम से कम संक्रामक या घृणित व्याधियों के रोगियों को देखने के बाद अवश्य ऐसा करें।

नाड़ी ज्ञान की सुरक्षा – इस प्रकार विद्वानों को अत्यन्त सूक्ष्मतापूर्वक नाड़ी-ज्ञान करना चाहिये। यह विद्या स्वर्ग में भी दुर्लभ है अतः अत्यन्त यत्नपूर्वक इसकी रक्षा करनी चाहिये[२]।

◆

---

१. नाडी दृष्ट्वा तु यो वैद्यो हस्तप्रक्षालनं चरेत्।
रोगहानिर्भवेच्छीघ्रं गंगास्नानफलं लभेत्।। (नाड़ी दर्पण)

२. एवं सूक्ष्मादिभेदेन नाडी ज्ञेया विचक्षणैः।
स्वर्गेपि दुर्लभा गोपनीया प्रयत्नतः।। (महर्षि कणाद)
किसी भी प्रामाणिक ग्रन्थ में किसी भी विद्या को छिपाने का निर्देश नहीं है। प्रत्येक स्थान पर सभी विद्याओं को श्रद्धालु और सत्पात्र को देने के लिये स्पष्ट कहा गया है। जहाँ भी गोपनीय शब्द आया है उसका तात्पर्य रक्षा करने योग्य हैं। अतः हमारी प्रार्थना है कि नाड़ीज्ञान की कला की सुरक्षा कीजिये एवं सत्पात्रों में इसका प्रचार कीजिये।

अध्याय २१

शब्द-कोष

कठिन या कठोर	=	स्पर्श में कठिन (दबाने से ठोस जैसी) और कुछ मोटी।
कराग्र	=	नाड़ी पर वैद्य की तर्जनी अंगुली का स्पर्श-स्थल।
कृश	=	आकार मेँ पतली।
कोष्ण	=	स्पर्श में कुछ उष्ण।
गम्भीर	=	धीमी-धीमी (चञ्चलतारहित)
गुर्वी	=	भारी (जैसे कुछ भरने से गति में भारीपन हो)।
चञ्चल या चाञ्चल्य	=	अत्यधिक स्पन्दन वाली विशेषतः तर्जनी पर प्रतीत होती है।
चपल	=	क्षण-क्षण में विभिन्न स्थान पर विभिन्न स्पर्श वाली, स्पन्दन अधिक रहेंगे, तर्जनी पर अपेक्षाकृत अधिक अनुभूति होगी।
जड़	=	अवरोध के कारण अत्यन्त कम गति वाली पर सरलता से स्पर्शगम्य।
तन्तुला	=	तन्तु के समान।
तलगा	=	त्वचा की सतह से नीचे गति वाली, इसमें बहुत चेष्टा से या दबाने से स्फुरण प्रतीत होते हैं।

दीर्घा	=	तीनों अंगुलियों में लम्बी रेखावत् स्पर्श वाली।
द्रुत	=	अत्यधिक स्पन्दन वाली। ये स्पन्दन गिने नहीं जा सकते।
दृढ़वाहिनी	=	दृढ़ (अत्यन्त दबाने से भी न दबने वाले स्पन्दनों वाली।
नाना धर्मवती	=	दोष, दूष्य, काल एवं अंगुली के क्रम को छोड़ कर विभिन्न - विभिन्न गतियों वाली।
पिच्छिल	=	फिसलने वाली।
प्लव	=	उछाल या स्पन्दन।
प्लावयन्ती	=	उछालती (उछलती) हुई।
पृथुला	=	चिपटी।
बलवती	=	स्वस्थ की नाड़ी।
स्वच्छ परीक्षण	=	स्वस्थ की नाड़ी।
विलीन	=	डूबी सी, अत्यन्त कठिनाई से स्पर्श लभ्य।
मन्द	=	धीमा स्पन्दन।
मन्थर	=	धीमा स्पन्दन या धीरे-धीरे।
मुख	=	नाड़ी पर वैद्य की तर्जनी अंगुली का स्पर्श स्थल।
मध्यकर	=	नाड़ी पर वैद्य की मध्यमा अंगुली का स्पर्श स्थल अध्याय १३ में मध्यकर का जो तात्पर्य है वह एक नई दिशा की ओर संकेत मात्र है।
मूल	=	नाड़ी पर वैद्य की अनामिका अंगुली का स्पर्श स्थल।
मृदु	=	कोमल।
वक्र	=	टेढ़ी।
विकल	=	छटपटाती हुई सी।
विलुलिता	=	चंचल।

विशदा	=	स्पष्ट प्रतीत होने वाली।
विशेषक	=	अलगाव (एक सी मालूम होने वाली नाड़ी गतियों में विभेदक उपाय)।
व्याकुल	=	छटपटाती हुई।
शिथिल	=	चञ्चलता से रहित, थकी सी।
शीघ्रा	=	स्वाभाविक से अधिक स्पन्दन वाली।
शीता	=	शीतल स्पर्श वाली।
समा	=	बराबर एक गति वाली
सरल	=	सीधी।
सूक्ष्म	=	इसके स्पन्दन अत्यन्त सूक्ष्म प्रतीत होते हैं।
स्तब्ध	=	जकड़ी सी।
स्थिर	=	एक गति (बिना हेर-फेर के) से चलने वाली।
स्निग्ध	=	चिक़नी।
स्फुटा	=	स्पष्ट।
स्वच्छ	=	आम दोष या अपक्व अन्न या अन्यान्य विजातीय द्रव्य से रहित।
स्फार	=	फैली हुई सी।
क्षीण	=	पतली रेखावत् प्रतीत होने वाली। बलहीन
अनृजु	=	टेढ़ी, वातकोप में। हस्त मैथुन में तर्जनी पर अर्धचन्द्राकार अनुभूत।
अणुस्पन्दा	=	तनिक स्पर्शयुक्त स्पन्दन वाली। आप्यायती तृप्त सी, भरी हुई।
ऋजु	=	सीधी।
मृत सर्पसमा	=	ग्रहणी रोग की नाड़ी पढ़े।

◆

समन्वय प्रणाली के मूर्धन्य चिकित्सक .....

श्रद्धेय श्री पं. कविराज व्रजमोहन दीक्षित ए.एम.एस., वाराणसी की

शुभ-सम्मति

यद्यपि नाड़ी विज्ञान अनुभवगम्य है, गुरूपदेश द्वारा ही उसका ज्ञान सम्भव है तथापि पुस्तकों से पथ-प्रदर्शन होता है और उनके द्वारा विधिज्ञान कर नाड़ी से रोग-निर्णय करने की क्षमता प्राप्त होती है, भले ही इसमें समय अधिक लगे।

इस विषय की पुस्तकें विषय पर प्रकाश डालते वक्त भी सर्वांगीण नहीं कही जा सकतीं। प्रस्तुत पुस्तक इस ओर एक ठोस कदम है। पञ्चमहाभूत, त्रिदोष, हृदय, मस्तिष्क, सिरा, धमनी, नाड़ी आदि की समुचित व्याख्या कर इस विषय को सरल तथा सुबोध बनाने में लेखक को अच्छी सफलता मिली है। साथ ही चिकित्सा से सम्बद्ध अनेक किन्तु आवश्यक विषयों का भी समुचित ज्ञान पठकों एवं पाठकों को इस पुस्तक से हो सकेगा।

यह विषय अभी तक उपेक्षित रहा है। कुछ लोग ही नहीं अनेक वैद्यों को भी इस विज्ञान पर नहीं के बराबर आस्था है। किन्तु प्रस्तुत पुस्तक से उन्हें सन्तोष होगा। रोग-निर्णय का इससे सरल, सस्ता तथा बिना खर्च का अन्य कोई साधन नहीं। अतः लेखक ने इस ओर प्रयास कर एक बड़े अभाव की पूर्ति की है। पुस्तक वैद्य, छात्र तथा आयुर्वेद प्रेमियों के लिए भी उपयोगी एवं संग्रहणीय है।

— व्रजमोहन दीक्षित